Ian Ogilvy

Miesel und die Gruselgrotte

Ian Ogilvy

Miesel und die Gruselgrotte

Aus dem Englischen
von Michaela Kolodziejcok

Ravensburger Buchverlag

Bibliografische Information Der Deutschen Bibliothek

Die Deutsche Bibliothek verzeichnet diese Publikation in der Deutschen Nationalbibliografie; detaillierte bibliografische Daten sind im Internet über **http://dnb.ddb.de** abrufbar.

1 2 3 4 5 12 11 10 09 08

Die Originalausgabe erschien 2007
unter dem Titel „Measle and the Doompit“
bei Oxford University Press

Redaktion: Iris Praël

Printed in Germany

ISBN 978-3-473- 34724-7

www.ravensburger.de

Und wieder einmal
für Barnaby und Matilda

Inhalt

Die Klassenfahrt

„Wasss? Du machst wasss?“

„Ich mache eine Klassenfahrt, Iggy.“

Iggy Niggle starrte Miesel böse an. Seine runden Fischaugen funkelten argwöhnisch und seine schmalen blassen Lippen hatte er ganz fest aufeinandergepresst. „Wozu?“

„Was meinst du mit ‚wozu‘? Es ist eine Klassenfahrt. Das heißt, dass meine Klasse einen Ausflug macht, der von der Schule organisiert wird …“

„Schule! Pah!“, murmelte Iggy giftig.

Miesel seufzte. Manchmal machte Iggy es einem wirklich nicht leicht – so wie jetzt mal wieder. In dem Augenblick, da er die Klassenfahrt erwähnt hatte, war Miesel bewusst geworden, dass es gehörig Knatsch geben würde. Iggy verabscheute es, ohne Miesel zu sein, was auch der Grund dafür war, warum er einen so heftigen Groll gegen Miesels Schule hegte. Miesels Schule war der Ort, wo Miesel jeden Tag außer am Wochenende hinging – was bedeutete, dass Miesel fünf von sieben Tagen nicht bei Iggy sein konnte. Und das war, Iggys Meinung nach, einfach nicht richtig.

„Alssso, dieser Klassenausflug: Wasss machst'n da? Vonner Wiese abheben? Häh? Isss ja schließlich ein Flug, odder? Alssso wirst du losssfliegen, wasss? Und dann tussst du dir weh und ich hab wasss zu lachen! Ho, jaaa! Ich werd mich dodlachen!"

Miesel beschloss um des lieben Friedens willen, Iggys Witz ein bisschen lustig zu finden. Er lachte und sagte: „Der war gut, Iggy!" Erwartungsvoll blickte er den kleinen schwarzen Hexer an, in der Hoffnung, die Andeutung eines Lächelns zu entdecken – Fehlanzeige. Iggy grollte und schmollte hartnäckig weiter.

„Und für wie lange?", fragte Iggy beleidigt.

„Für eine Woche, glaube ich. Nicht wirklich lange."

Iggy schnaubte verächtlich. „Eine ganze Woche! Dis sind ja fassst eine Sssquillion Tage!"

„Nicht ganz, Iggy!"

Iggy hatte keinen blassen Schimmer, wie das mit den Zahlen funktionierte, aber er wusste, dass Miesel sich gut damit auskannte, und so widersprach er nicht. Stattdessen hob er bloß eine Augenbraue und drehte den Griff seines Schirms zwischen den Fingern, sodass Miesel eine Ladung Regentropfen ins Gesicht platschte.

Der Schirm war brandneu und sehr schick. Sam Stubbs, Miesels Vater, hatte ihn Iggy geschenkt – ein ausgezeichnetes Geschenk für einen schwarzen Hexer, da über den Köpfen aller schwarzen Hexer dauerhaft kleine schwarze Regenwolken hängen. Ohne einen Schirm werden sie pitschnass. Da es sich bei Iggy Niggle um einen ziemlich armseligen, schwächlichen kleinen schwarzen Hexer handelte, war seine Wolke winzig, nicht größer als eine Männerfaust, aber nichtsdestotrotz tröpfelte aus ihr beständig ein feiner Regen auf Iggys Schultern herab. Der Regenschirm (oder *Segen-Stirn,* wie er ihn nannte), war Iggys allerliebster Lieblingsbesitz – obwohl man das nicht vermutet hätte. Sam hatte Iggy in den letzten paar Wochen zwölf Schirme geschenkt, und Iggy hatte es fertiggebracht, sie alle zu verlieren oder kaputt zu machen oder gar beides auf einmal. Darum hatte sich Sam bei dem letzten Schirm etwas ganz Besonderes einfallen lassen. Zunächst hatte er den Schaft, die Speichen und den schwarzen Schirmstoff so verstärkt, dass sie nahezu unzerstörbar wurden. Damit war schon mal etwas gegen Iggys rabiates Herumhantieren getan. Aber Sam hatte sich hinsichtlich Iggys ausgeprägtem Hang, seine Sachen zu verbummeln, noch etwas viel Schlaueres einfallen lassen: Er belegte den superstabilen Regenschirm mit einem Zurück-zum-Besitzer-Zauber. Alles was Iggy – beziehungsweise jeder, der von dem Zauber wusste – zu tun hatte, war, einen ganz bestimmten Pfiff auszustoßen, den Sam ihm beigebracht hatte. Er begann mit einem lang gezogenen *Twiiiii*, darauf folgten zwei kurze *Twiis* und dann noch einmal ein langes, wobei man alle Töne genau treffen musste. Iggy hatte einen vollen Monat gebraucht, um den Pfiff zu lernen. Aber sobald er ihn einmal konnte, musste er nur noch pfeifen, und der Regenschirm – egal, wo er sich befand – öffnete sich, hob vom Boden ab und flog zurück in Iggys erwartungsvoll geöffnete Hände. Der Schirm ging stets vor dem Losfliegen auf, so würde jeder, der ihn durch die Lüfte segeln sah, vermuten, dass es sich einfach um einen abhandengekommenen Regenschirm handelte, der seinem Besitzer von einer heftigen Bö aus der Hand gerissen worden war.

Bisher hatte Iggy zwölfmal nach seinem brandneuen Schirm gepfiffen – und dabei besaß er ihn erst seit einer

Woche. Zu Iggys Verteidigung sei allerdings gesagt, dass er den Schirm bei einem dieser Male nicht wirklich verloren hatte. Miesel hatte dafür gesorgt, dass auch er den Spezialpfiff kannte. Im Gegensatz zu Iggy, der ein bisschen begriffsstutzig war, hatte Miesel anderthalb Minuten gebraucht, um den Pfiff zu beherrschen. Dann hatte Miesel, nur so zum Spaß, nach dem Schirm gepfiffen und ihn über das weit ausgedehnte Gelände von Merlin Manor fliegen lassen, während Iggy ihm die ganze Zeit hinterherjagte. Als Iggy schließlich völlig aus der Puste bei Miesel ankam und Miesel sah, der da auf einem Baumstumpf saß, mit seinem kostbaren Schirm in der Hand, wurde er furchtbar böse und drohte Miesel alle möglichen schrecklichen Zauberflüche an, von denen er natürlich keinen einzigen beherrschte.

„Iggy, du brauchst dem Schirm nicht hinterherzurennen“, sagte Miesel mit besänftigender Stimme.

Iggy keifte, dass er Mumps in eine verfaulte Rübe verwandeln würde, dann hielt er jedoch inne und fragte: „Wasss?“

„Weißt du nicht mehr? Du brauchst nur zu pfeifen, Iggy – und er kommt geradewegs zu dir zurück.“

Iggy rollte unschlüssig mit seinen Fischaugen, während die Erkenntnis über diese neue Vorgehensweise in seinem Spatzenhirn ein Eckchen fand und sich dort niederließ. Dann grinste er triumphierend und schrie: „Ha! Sssieh ma an. Ich hab gewonnen, nich! Is nämlich völliger Quatsch, wenn du meinen Segen-Stirn mopsssen tust. Ich brauch nämlich nur nach zu pfeifen, sssiehst du!“

Und jetzt standen Miesel und Iggy in gedrückter Stimmung an der Küchentür von Merlin Manor, unmittelbar neben Iggys kleinem Haus. Iggys Haus war eigentlich eine Hundehütte. Tinker, Miesels kleiner schwarz-weißer Terrier, hatte sie nie benutzt, weil er die gemütlichen weichen Polstermöbel in Merlin Manor bevorzugte.

Iggy war es wegen seiner kleinen Regenwolke nicht erlaubt, das Haus zu betreten.

„Ist mir egal, wie winzig sie ist. Ich lasse nicht zu, dass dieses Ding meine ganze Küche volltropft“, hatte Nanny Flanell ausgerufen, und so musste Iggy draußen bleiben, weshalb auch Tinkers Hundehütte zu Iggys Haus geworden war. Die Hütte war gerade groß genug, dass Iggy hineinpasste, seine Regenwolke aber nicht, und so konnte sich Iggy drinnen zusammenkauern und hatte es schön warm und trocken. Aber jetzt stand er draußen vor seinem Haus. Um während der Unterhaltung mit Miesel trocken zu bleiben, hatte er den neuen Schirm aufgespannt, damit die Regentropfen aus seiner Wolke darauf tröpfelten anstatt auf seinen Kopf und seine Schultern.

„Alssso – wo soll sssie denn hinfahren, diessse Klassenfahrt?“

Beim Wort „Klasse“ zischte Iggys S-Laut noch schärfer als sonst, weil er versuchte, möglichst viel Verachtung in die Silben zu legen. Miesel ging auf, dass ihm nichts anderes übrig bleiben würde, als diese Klassenreise in den düstersten Farben auszumalen – wenn auch nur, um seinem Freund eine Freude zu machen.

„Wir fahren an einen grässlichen Ort, ganz oben im Norden. Es wird kalt und nass werden – und furchtbar langweilig.“

Für einen kurzen Augenblick erhellte sich Iggys Miene, bevor sie wieder einen beleidigten Ausdruck annahm.

„Und wasss macht ihr da, an diesem grässlichen Ort?“

„Wir werden uns alles, was da so lebt, anschauen, Iggy.“

„Wasss – etwa Gierigaffen und Ecketanten und Rhini-Rhono-Rhinoresusse ... äh ... und diessse Dingsss mit den spitzen Dingsss auf der Nase?“

„Nein, Iggy. Keine Giraffen oder Elefanten oder Rhinozerosse. So was Spannendes leider nicht. Ich glaube vielmehr, wir werden uns die meiste Zeit Moose ansehen.“

„Moose? *Moose*? Wasss'n dis?“

„Grünes Zeug. Es wächst, wo's feucht und kühl ist.“

Iggy glotzte Miesel für ein paar Sekunden ausdruckslos an. Dann sagte er: „Na ja, ich bin auch feucht, aber dis wächst nich auf mir. Alssso is dis schon mal tadoller Quatsch, odder? Wasss guckt ihr noch an?“

„Äh, na ja, ich glaube, wir werden uns auch Wasser ansehen.“

„Wasser?“, quietschte Iggy. „Wasser? Hah – weißte was, Mumps? Bei dir piepssst ja wohl essskrem!“

Miesel grinste leise.

Dass sie sich Moose und Wasser anschauen würden, entsprach nicht ganz der Wahrheit. Moose und Wasser waren zwar von Mr Lockey erwähnt worden, aber eher spaßeshalber. Die ganze Klasse hatte gestöhnt, als der Lehrer verkündete, sie würden allerlei regionale Moosarten studieren und die Wasserqualität der Seen und Flüsse miteinander vergleichen, aber dann ließ er ein brüllendes Gelächter vom Stapel.

„Ha! Angeschmiert! Eure Gesichter, zum Totlachen! Nein, nicht Moose und auch kein Wasser. Doch nicht so was Langweiliges! Euch Kindern kann man auch alles erzählen, ihr glaubt es.“

Iggy war mit seinen Fragen noch nicht zu Ende.

„Und wer fährt diessse Klassenfahrt?“

„Hab ich doch schon gesagt, Iggy. Meine Klasse.“

„Ho, ho! Alssso alle deine Freunde, nich?“

Iggy hasste es, dass Miesel neben ihm noch andere Freunde hatte. Das war nicht ganz fair, denn obgleich Miesel tatsächlich viele Freunde in seiner Klasse hatte, konnte er nie jemanden mit nach Hause bringen. Daher hatte Iggy eigentlich auch keinen Grund zu glauben, Miesel hätte seine Freunde lieber als Iggy, da der kleine Hexer Miesel ja noch nie mit ihnen zusammen erlebt hatte.

Es gab viele Gründe, warum Miesel seine Schulfreunde nicht nach Merlin Manor einladen konnte. Seine kleine Schwester, die übermächtige Mallockee, war einer davon. Tilly konnte es sich ohne Weiteres in den Kopf setzen, seinen Gästen für ein paar Minuten einen grünen Hautton zu verpassen. Und der Versuch, *das* zu erklären, hätte die Stubbs-Familie einfach überfordert. Dann wären da natürlich noch Iggy und seine Anwesenheit zu erklären, schlichtweg ein Ding der Unmöglichkeit. Und so hatte sich Miesel eine höchst verworrene Geschichte zusammengesponnen: dass seine Eltern furchtbar allergisch waren gegen jeden, der jünger als zweiundsiebzig war, und dass sie binnen Minuten tödlich erkrankten, sobald sie auf junge Menschen trafen – ihn selbst und seine Schwester ausgenommen, natürlich. Es war keine wirklich gute Geschichte, aber die beste, die ihm eingefallen war, und einstweilen hielt er die Neugierigen damit auf Abstand.

Iggy war damit beschäftigt, seinen mürrischen, grimmigen Ausdruck abzulegen. Das dauerte eine Weile, denn Iggys Gesichtsmuskeln schienen ein Eigenleben zu führen. Miesel sah zu, wie der kleine schwarze Hexer verschiedene groteske Mienen ausprobierte, um sich schließlich für eine zu entscheiden, die für Miesel aussah, als müsste sich Iggy jeden Moment übergeben. Aus Erfahrung wusste Miesel, dass dieses bestimmte Gesicht bedeutete, dass Iggy für kurze Zeit besonders nett sein würde – und das verhieß nie etwas Gutes. Denn Iggy war nur dann wirklich nett, wenn er etwas im Schilde führte.

„Kann ich mitkommen?“, schnurrte er mit sanfter Stimme.

Miesel wurde angst und bange. Wie sollte er diese Bitte abschlagen, ohne Iggys Gefühle zu sehr zu verletzen? Vielleicht gab es ja einen Ausweg …

„Nein, Iggy, tut mir leid, aber du kannst nicht …“

Sofort tauschte Iggy die Leidensmiene gegen einen Ausdruck wütender Empörung.

„Kann nich? Kann nich? KANN NICH?“, tobte er und schob sein Gesicht dicht an das von Miesel heran.

„Warte, Iggy, ich bin noch nicht fertig. Du kannst nicht mitkommen, weil es eine Klassenfahrt ist. Du gehst nicht zur Schule und bist in keiner Klasse …“

„Schule is dooof! Schule is eckelig! Schule is scheußlich!“

„Und du weißt ja, warum du keine Schule besuchst, oder?“

Iggys Augen verengten sich lauernd. Die Wahrheit war, dass er keine Ahnung hatte, warum er keine Schule besuchte.

„Weil du für die Schule einfach viel zu schlau bist, Iggy!"

Nach ausgiebigen Zuckungen nahm Iggys Gesicht einen Ausdruck der Zufriedenheit an.

„Ich bin schlau", stimmte er ernst zu. „Ich bin esss-krem schlau."

„Und darum gehst du auch auf keine doofe, eklige, scheußliche Schule, Iggy. Ich muss aber hingehen, weil ich nichts weiß. Du musst nicht hingehen, weil du *alles* weißt!"

Iggy nickte selbstgefällig. Sein blasser Mund grinste jetzt so breit, dass Miesel die beiden Reihen spitzer Zähne sehen konnte, drei auf jeder Seite.

„Ho, ja – ich weiß allesss, nich wahr? Jede klitzefeine Sssache. Ich tu über allesss auf der ganzen weiten Welt Bescheid wissen! Und dis, Mumps, disssis auch der Grund, warum ich nich zur Schule gehe!"

Iggy beendete seinen Satz auf einer Note des Triumphs und Miesel seufzte erleichtert. Es kam oft vor, dass Iggy die letzte Bemerkung, die jemand geäußert hatte, als seine eigene Idee vereinnahmte, und Miesel wusste, das war ein gutes Zeichen. Es bedeutete, dass Iggy ihm keine weiteren Scherereien wegen der Klassenreise machen würde.

Die Reise war Mr Lockeys Idee gewesen.

Mr Lockey war ein neuer Vertretungslehrer, der für die schreckliche Miss Patterson eingesprungen war, die keiner leiden konnte. Miss Patterson unterrichtete Naturkunde. Sie war knapp fünfzig Jahre alt und hatte ein sauertöpfisches, hässliches Gesicht und krauses, graues Haar wie ein Büschel Stahlwolle. Sie trug dicke Tweedkostüme, abgewetzte Wollstrümpfe und klobige, plumpe Schuhe. Ihre Mundwinkel waren immer nach unten gezogen, und die Lippen blieben in steter Missbilligung fest zusammengekniffen. Infolge der dauerhaft zusammengezogenen Augenbrauen hatte sich eine tiefe waagerechte Falte in ihre Stirn eingegraben. Sie schrie oft herum und hatte nicht das kleinste bisschen Geduld mit Menschen, die Naturkunde unbegreiflich fanden – und dazu zählte auch Miesel Stubbs.

Als Miss Patterson also an einem besonders schlimmen Fall von Windpocken erkrankte, der sie für mindestens einen Monat in einem abgedunkelten Raum ans Bett fesseln würde, war keiner und am wenigsten Miesel darüber traurig. Vor allem nicht, weil Mr Lockey als Vertretungslehrer eingesprungen war.

Mr Lockey war einfach klasse! Er erzählte viele Witze, verlor niemals die Geduld und erhob seine Stimme nur, um in schallendes Gelächter auszubrechen. Doch was am allerbesten war: Er brachte es fertig, dass der Naturkundeunterricht richtig Spaß machte, und für Miesel war jeder, der das schaffte, eine Art von Genie.

Mr Lockey sah aus wie ein großer Bär. Er hatte eine mächtige Brust, breite Schultern und Arme so dick wie

Baumäste. Er hatte langes gelocktes Haar und ein breites Kinn, über dem eine lange Nase aufragte. Seine großen leuchtenden Augen schienen immer über irgendetwas zu lachen. Er erinnerte Miesel ein bisschen an

Tobias Jugg, aber nur was Aussehen und Statur betraf. Mr Lockeys Persönlichkeit ähnelte der von Toby Jugg in keinster Weise. Toby Jugg war vermutlich der böseste Hexenmeister, den Miesel je kennengelernt hatte. Und jetzt, da Toby ein schwarzer Hexer und damit unerfreulicherweise auch noch verrückt geworden war, gab es wohl keinen gefährlicheren Zauberer als ihn.

Die Zauberergilde hatte eine beträchtliche Anzahl von Mitarbeitern ausgesandt, um Toby Jugg zu suchen. Bislang hatten sie jedoch noch kein Glück gehabt. Toby Jugg war verschwunden, niemand hatte auch nur die leiseste Ahnung, wo er stecken könnte. Mr Needle und Mr Bland waren zur selben Zeit verschwunden und die Ermittler der Zauberergilde suchten auch nach ihnen.

Man wollte sie vernehmen. Die wichtigste Frage der Zauberergilde an Mr Needle und Mr Bland war, warum sie ihre Posten verlassen hatten, als das Glibbermonster über Merlin Manor hergefallen war. Sollten sie jemals ausfindig gemacht werden, sahen Needle und Bland einer höchst unerquicklichen Zeit in den Vernehmungsräumen der Zauberergilde entgegen; dennoch konzentrierte sich die Suche auf den wahnsinnigen und gleichwohl mächtigen Toby Jugg.

Der Vertretungslehrer war das genaue Gegenteil des übergeschnappten schwarzen Hexers. Nie sagte Mr Lockey zu irgendjemandem ein unfreundliches Wort (auch nicht *über* irgendjemanden). Er schenkte jedem, der seinen Weg kreuzte, ein Lächeln, und er hörte sich aufmerksam jedes Problem an, das man an ihn herantrug (oder er hörte es notfalls heraus). Und er war, kaum eingetroffen, allseits beliebt an der Schule.

Im Gegensatz zu Toby Jugg und all den anderen schwarzen Hexern, denen Miesel bisher begegnet war, schwebte über seinem Kopf auch keine bedrohliche schwarze Regenwolke. Genau genommen versprach es immer ein sonniger Tag zu werden, sobald Mr Lockey in der Nähe war.

Er hatte die Klassenfahrt am Morgen verkündet.

„Meine Damen und Herren!“, rief er mit dröhnender Stimme und grinste die Klasse fröhlich an. „Ich möchte etwas bekannt geben! Es ist mir gelungen, unseren liebenswerten und großartigen Rektor davon zu überzeugen, dass er uns einen ganz besonderen Ausflug machen lässt! Diese Klasse und nur diese Klasse, weil ihr alle solche bemerkenswerten Schüler seid, wird zu den wilden und flauschig weichen Hügeln von Mount Spindrift fahren. Wer kann mir sagen, wo Mount Spindrift liegt?"

Da niemand es wusste, zeigte Mr Lockey die Lage von Mount Spindrift auf der Wandkarte.

„Da – seht ihr! Hoch oben im Norden, wo der Wind so scharf bläst, dass der Regen seitwärts fällt! Wo die Schneeflocken so groß sind wie Eierkuchen! Wo das Moos so dick ist, dass ihr es als Matratze benutzen könnt! Wir werden dort eine ganze Woche verbringen und einen Mordsspaß haben!"

Miesels Eltern, Sim und Lee, hatten auf eigene Faust ein paar Erkundigungen eingezogen. Miesel hatte einfach schon zu viele schlimme Dinge erlebt – und das alles nur, weil er ihr Sohn war. Sie hatten, ohne Miesel etwas davon zu sagen, den Rektor angerufen. Mr Crusoe hatte sie beruhigt.

„Mr Lockey hat absolut untadelige Referenzen vorzuweisen", sagte er. „Und was diese Klassenreise angeht, so haben wir erfahren, dass er sie schon des Öfteren veranstaltet hat mit Klassen verschiedener Schulen und jedes Mal mit großem Erfolg. Die Kinder logieren in einem gemütlichen Haus gleich in der Nähe eines schönen Sees und sie werden die örtliche Flora und Fauna erforschen. Und wie ich immer sage – eine Woche an der frischen Luft hat noch niemandem geschadet!“

„Fährt noch jemand mit außer Mr Lockey?“, fragte Lee.

„Oh ja, in der Tat!“, antwortete Mr Crusoe begeistert. „Zwei Damen werden die Klasse begleiten. Mr Lockeys Schwestern. Ich habe beide kennengelernt und war zutiefst beeindruckt. Eine ist gelernte Krankenschwester, die andere eine pensionierte Lehrerin – besser kann man's nicht treffen, oder?“

Lee verabschiedete sich und legte den Hörer auf. Anschließend überlegten sie und Sam gemeinsam. Ihnen war angesichts der Klassenfahrt etwas mulmig zumute – aber die Tatsache, dass die gesamte Klasse eine Reise unternehmen würde, die schon ein paarmal zuvor stattgefunden hatte, mit einem Lehrer, der den Anschein gab zu wissen, was er tat, zerstreute ihre Bedenken.

„Miesel kann nicht immer vom normalen Leben ferngehalten werden“, sagte Lee. „Bloß weil er zur Zauberwelt gehört, bedeutet das nicht, dass er sich von der menschlichen Welt abschotten muss. Immerhin ist er ein Mensch, nicht wahr? In ihm steckt nicht die Spur von Magie, Gott sei Dank!“

„Und außerdem“, sagte Sam, „jetzt, wo diese landesweite Fahndung nach Toby Jugg läuft, ist es mir lieber, Miesel befindet sich außer Reichweite, für den Fall, dass irgendetwas Unerfreuliches passiert.“

Ab nach Norden!

Der Bus war riesig, glänzend und nagelneu. Die Worte SPINDRIFT TOURS prangten an jeder Seite, und er stand, groß und glitzernd, mitten auf dem Schulparkplatz.

„Also dann, Leute!", rief Mr Lockey. „Koffer hinten rein und dann alle an Bord!"

Mr Lockey hatte sich breitbeinig an der Bustür aufgestellt, die Hände in die Hüften gestemmt, und strahlte die versammelte Klasse an. Rechts und links von ihm standen seine beiden Schwestern – und auch sie lächelten, wenn auch nicht so begeistert wie Mr Lockey. Miesel bemerkte in den Augen der beiden Frauen eine leichte Anspannung.

Na ja, dachte er, *ist ja auch kein Wunder. Für den Haufen hier würde ich auch nicht gern verantwortlich sein.*

Die beiden Lockey-Damen sahen einander verblüffend ähnlich, außer dass die eine dunkles Haar hatte und die andere blond war. Die Brünette, die Agatha hieß, war außerdem noch sehr schlank, während die Blonde, deren Name Annie lautete, von etwas kräftigerer Statur war. Beide machten einen sympathischen Eindruck.

Miesels Blick wanderte von den beiden Schwestern zu seinen lärmenden Klassenkameraden. Charley Lucas und Michael Denny krakeelten wie immer am lautesten. Sie hatten beschlossen, dafür zu sorgen, dass das Gepäck in den Bus verfrachtet wurde, und grölten lauthals, dass alle rüberkommmen und ihnen die Koffer übergeben sollten. Kaum war das getan, schleuderten sie die Taschen und Koffer schon mit beachtlicher Wucht in den dunklen Gepäckraum. Charley war groß und dick mit einem runden, freundlichen Gesicht und glatten Haaren, die an seinem Kopf klebten. Michael war das genaue Gegenteil – dünn und schmächtig mit Wuschellocken, die ihm andauernd in die Augen fielen.

Etwas abseits hatten sich ein paar Mädchen umeinander geschart und steckten die Köpfe zusammen. Cheryl Tucker war dabei und Michelle Dunstable und Polly Williams. Miesel beobachtete, wie Cheryl ganz plötzlich den Kopf zurückwarf und schrill loslachte. Sofort tat Michelle das Gleiche. Polly lächelte bloß.

„Hoi!“, schrie eine Stimme ein bisschen zu dicht an

Miesels Ohr. Miesel wandte sich um und sah in das Gesicht seines Freundes Del Fisher. Del grinste breit.

„Ich hab dich gesehen!“, gackerte er laut. „Ich hab gesehen, wie du Polly Williams angestarrt hast.“ Dann verfiel Del in einen lustig klingenden Singsang und trällerte, während er wie ein verrückt gewordener Medizinmann um Miesel herumtanzte: „Du willst ihr kleiner *Freund* sein! Du willst sie *küüüssen*!“

„Nein, will ich nicht“, sagte Miesel und grinste zurück. In Wahrheit sah Miesel Polly Williams ausgesprochen gern an, und er hatte auch schon ansatzweise darüber nachgedacht, sie ins Kino einzuladen – aber das hätte er niemals zugegeben, vor allem nicht vor Del Fisher. Wenn Del jemals auf den Gedanken käme, dass sich Miesel ernsthaft für Polly interessierte, würde er sich halb totlachen und diese Neuigkeit im Nu an der Schule herumerzählen. Del hatte krauses, rotes Haar, schlaksige Arme und Beine und ein Kartoffelgesicht.

„Beeilung! Beeilung!“, dröhnte Mr Lockey vergnügt. „Alle mal einen Zahn zulegen, bitte!“

Miesel, Del und Charley nahmen ganz hinten im Bus

Platz. Ein paar Minuten später schloss sich unter lautem Zischen die Tür, der Motor erwachte stotternd zum Leben, und schon ging's los.

Die Reise schien eine Ewigkeit zu dauern und tatsächlich zog sie sich über den Rest des Tages hin. Sie machten ein paarmal halt und stopften sich mit schlechtem Rasthausessen voll. Und später, als es dunkel war, döste Miesel für eine halbe Stunde vor sich hin. Er wurde wieder wach, als der Bus schlingernd zum Halten kam und sich Mr Lockeys Donnerstimme erhob.

„Also dann! Aufwachen, aufwachen! Wir sind da! Alle Mann raus, schnappt eure Koffer, und dann versammeln wir uns vor der Haustür für die Zimmerverteilung!"

Miesel und seine Freunde suchten ihr Gepäck heraus und stellten sich dann zu den anderen, die sich bereits um Mr Lockey und seine Schwestern versammelt hatten. Draußen vor dem Haus war es zwar dunkel, aber Miesel konnte erkennen, dass es ein großes Gebäude war – fast so groß wie Merlin Manor. Die aus mächtigen grauen Granitblöcken errichteten Mauern sahen massiv aus, und die Eingangstür war aus starkem Eichenholz, das sich im Laufe der Jahre schwarz verfärbt hatte. Auf der einen Seite der Tür war eine verschnörkelte Lampe angebracht. Ihr gelber Lichtschein fiel auf die Köpfe der kleinen Schar, die sich dort versammelte.

Agatha und Annie standen unter der Lampe. Agatha

hielt ein Klemmbrett in den Händen und las etwas davon ab.

„Die Mädchen sind in dem einen Seitentrakt untergebracht, die Jungen in dem anderen!“, rief sie und warf über den Rand des Klemmbretts einen mahnenden Blick auf die Horde umhertobender Schüler. „Wenn ich jetzt gleich eure Namen aufrufe, nenne ich dazu jeweils auch eine Farbe – und die steht für das Zimmer, in dem ihr seid. Meine Schwester Annie wird euch den Weg zeigen. Ruhe, bitte!“

„Ja, Klappe halten, ihr Rotzgören!“, dröhnte Mr Lockey vergnügt.

Agatha Lockey las die Namen laut vor, und als sie zu Miesel kam, sagte sie: „Miesel Stubbs – orange!“

Miesel grinste seine Freunde an. Ihre Namen waren bereits genannt worden – alle waren „orange“.

„Kommt mit, mir nach!“, sagte Annie Lockey.

Miesel, Del, Michael und Charley folgten Annie ins Haus. Sie führte sie durch einen Korridor, ein paar Stufen hinauf, um mehrere Ecken herum, dann eine lange Treppe hinauf, noch einen Korridor entlang, drei Stufen nach unten, eine scharfe Linksbiegung, eine scharfe Rechtsbiegung – dann riss sie eine Tür auf und sagte: „Da wären wir! Del Fisher, Michael Denny, Charles Lucas und Miesel Stubbs – orange!“

Die Jungen drängelten sich in den Raum hinein. An zwei Wänden standen jeweils zwei Doppelstockbetten.

An der dritten Wand war ein großer Schrank, der verbleibende Platz wurde von einer Kommode ausgefüllt. Am anderen Ende des Zimmers befand sich ein großes Fenster, aber draußen war es einfach nur stockfinster.

„Wir haben euch ein bisschen abseits einquartiert, weil mein Bruder sagte, ihr wärt manchmal etwas zu laut“, sagte Annie und lächelte nervös auf sie herab. „Hier unten könnt ihr so viel Lärm machen, wie ihr wollt! Nun denn, wählt eure Schlafplätze und packt die Koffer aus. Das Abendessen ist in einer halben Stunde fertig. Ihr werdet einen Gong hören. Folgt einfach seinem Klang bis zum Speisesaal. Und kommt nicht zu spät, sonst ist nichts mehr übrig.“

Annie winkte ihnen beim Hinausgehen flüchtig zu und zog die Tür hinter sich ins Schloss. Miesel nahm eines der oberen Stockbetten in Beschlag, indem er seinen Koffer daraufwarf. Del schnappte sich das andere und Michael und Charley ließen sich auf den unteren nieder. Sie packten ihre Koffer aus, was bedeutete, dass sie alle Sachen mit beiden Armen zusammenrafften und das ganze knittrige Knäuel in eine der Kommodenschubladen stopften. Während die anderen anfingen, sich gegenseitig Kissen um die Ohren zu schleudern, trat Miesel ans Fenster hin. Er legte seine Handkanten rechts und links an die Schläfen, presste sein Gesicht ans Fenster und versuchte, draußen etwas zu erkennen.

„Irgendwelche Monster da draußen?“, rief Charles.

„Kann keine sehen“, sagte Miesel, der angestrengt in die Finsternis spähte. „Genau genommen kann ich gar nichts sehen. Es ist zappenduster …“

Irgendetwas Weiches streifte seinen Hinterkopf. Miesel drehte sich um, bückte sich und hob das Kissen auf, das zu seinen Füßen lag. Dann stürzte er sich in das Gewühl, das nach einer erstklassigen Kissenschlacht aussah.

Der Gong ertönte, als die Schlacht ihren Höhepunkt erreicht hatte. Die Jungen ließen die Kissen fallen und trabten völlig aus der Puste zum Speisesaal. Alle anderen hatten sich schon eingefunden, einige standen noch herum, andere hatten bereits zu beiden Seiten des ausladenden Tisches Platz genommen, der sich von einem Ende des Raums bis zum anderen erstreckte. Das Essen war bereits aufgetragen: große Töpfe voll dampfendem Eintopf, Teller mit Kartoffelpüree, Schüsseln voller Erbsen und Karotten.

Alle waren versammelt – außer Mr Lockey und seine Schwestern.

Eine Weile warteten alle Kinder geduldig darauf, dass die drei auftauchten. Nach zehn Minuten sagte Del laut: „Wenn wir nicht anfangen, wird das Essen kalt.“ Ohne noch einen weiteren Moment zu verschwenden, nahm er Platz, schöpfte sich etwas Eintopf in eine Schüssel, nahm einen Löffel zur Hand und begann, sich das Essen in den Mund zu schaufeln. Cheryl protestierte leise, man müsse auf die Erwachsenen warten, aber niemand beachtete sie.

Miesel, Charley und Michael fanden Platz bei Del und quetschten sich nebeneinander auf die Stühle. Alle langten kräftig zu und hauten ordentlich rein. Miesel fand das Essen nicht besonders lecker. Der Eintopf war wässrig und fade, das Gemüse matschig und zerkocht. Miesel war an Nanny Flannells Essen gewöhnt, das stets großartig schmeckte, aber offenbar waren seine Mitschüler nicht gerade Feinschmecker, denn sie luden sich die Teller bis zum Rand voll.

Eine halbe Stunde später, als alle aufgegessen hatten, war noch immer weit und breit nichts von den Lockeys zu sehen. Ein paar Kinder standen auf und durchstreiften den Rest des Hauses. Andere scharten sich zu kleinen Gruppen und flüsterten aufgeregt miteinander.

Miesel stieß Del mit dem Ellbogen an und nickte dann in Richtung Charley und Michael. Als sie ein wenig von dem lärmenden Pulk abgerückt waren, fragte Charley: „Was gibt's, Miesel?"

„Ich finde, wir sollten uns ein bisschen umschauen. Gucken, ob sonst noch jemand im Haus ist."

Und so zogen sie los. Es dauerte keine ganze Stunde, und sie hatten das Haus bis in den letzten Winkel durchforstet, von den höhlenartigen Kellerräumen bis zu den engen Mansarden unterm Dach. Sie durchsuchten die große Küche, die Wohnräume, die Schlaf- und Badezimmer – sie nahmen jedes nur denkbare Fleckchen in Augenschein und standen am Ende wieder in ihrem eigenen Schlafraum.

Ein paar Minuten herrschte bedächtige Stille. Dann sagte Miesel: „Ihr wisst, was das heißt, oder?"

„Was?", fragte Del.

„Bis die Lockeys zurückkehren – *falls* sie überhaupt zurückkehren –, sind wir ganz allein."

Del machte ein verwirrtes Gesicht. „Nein, sind wir nicht", sagte er, nahm ein Kissen zur Hand und warf es auf Miesel. „Wir sind doch viele!"

Miesel duckte sich zur Seite weg und das Kissen segelte an ihm vorbei. „Ich meine, es sind keine Erwachsenen hier", sagte er ernst. „Wenn irgendwas passiert, wenn zum Beispiel jemand krank wird oder ein Feuer ausbricht oder eine Flutwelle kommt oder ein Erdbeben, dann ist niemand da, der sich um uns kümmert."

„Ein Erdbeben?", sagte Michael und schob sich nervös eine Locke aus den Augen. „Hier in der Gegend gibt's doch keine Erdbeben, oder?"

„Natürlich nicht", sagte Miesel. „Zumindest nicht, soweit ich weiß. Aber der Punkt ist doch: Wir sind auf uns allein gestellt."

Michael nickte nachdenklich. Dann sagte er: „Meinst du, wir sollten vielleicht unsere Eltern anrufen?"

„Gute Idee", sagte Charley. Er fuhr mit einer Hand in

die Hosentasche und zog ein Handy hervor. Del und Michael taten es ihm nach, und alle tippten schon eifrig Telefonnummern, als sie bemerkten, dass Miesel noch keinen Finger gerührt hatte.

„Willst du denn nicht zu Hause anrufen?“, fragte Del.

Miesel schüttelte den Kopf. „Ich habe kein Handy“, murmelte er.

„Warum nicht?“

Miesel tat die Frage mit einem Schulterzucken ab. Tatsache war, dass Handys auf Merlin Manor nicht funktionierten. Das Anwesen strotzte nur so von Magie, die die Verbindungen störte, daher waren Mobiltelefone unbrauchbar. Sogar außerhalb von Merlin Manor waren Handys für die Stubbs-Familie ohne Nutzen – Sam war ein Zauberer, Lee eine Manaquelle, und Matilda war eine Mallockee, und ihre geballten Zauberkräfte überlagerten einfach jedes mögliche Signal. Miesel vermutete zwar, dass er ohne Weiteres ein Handy nutzen konnte, solange er nicht in der Nähe von Merlin Manor oder in der Nähe eines seiner Familienmitglieder war, aber da er ja nur eben diese anrufen würde, erschien es ihm unsinnig, ein Handy zu haben.

Doch Miesel blieben weitere Fragen von Del, Charley und Michael erspart, da die Jungen plötzlich feststellten, dass offenbar kein einziges Mobiltelefon funktionierte. Del schüttelte seines und versuchte es noch mal.

„Ich komme nicht durch“, sagte er.

„Bei mir wird noch nicht mal ein Balken fürs Funksignal angezeigt“, sagte Michael.

„Was ist mit dem Festnetz?“, fragte Charlie und steckte sein unbrauchbares Handy zurück in die Hosentasche. „Wir könnten doch eines der Telefone im Haus benutzen, oder?“

Miesel schüttelte langsam den Kopf. „Ich bin mir fast hundertprozentig sicher, dass es hier keine gibt“, sagte er ruhig.

Seine Freunde starrten ihn an. Dann sagte Del: „Woher willst du das wissen?“

„Ich habe drauf geachtet, als wir uns im Haus umgesehen haben“, sagte Miesel, „Und ich habe nirgends ein Telefon entdeckt.“

„Das ist doch lächerlich!“, spottete Charley. „In jedem Haus gibt's ein Telefon.“

Ohne ein Wort stand Miesel auf und ging aus dem Zimmer. Del, Charley und Michael trotteten hinterher. In den nächsten vierzig Minuten nahmen sie erneut jeden Quadratmeter des Hauses gründlich unter die Lupe. Unterwegs trafen sie auf kleine Gruppen von Mitschülern, die das Gleiche taten – und wie sich herausstellte, funktionierten auch deren Handys nicht.

Irgendwann stießen sie auf Cheryl Tucker, die tief bedrückt und mit tränenüberströmtem Gesicht auf einem Fenstersims saß. Rechts und links von ihr standen Polly und Michelle. Michelle tätschelte Cheryls Hand.

„Ist schon gut, Cheryl!“, sagte Polly. „Hör auf zu weinen!“

„Aber was sollen wir machen?“, heulte Cheryl. „Was wird denn nun aus uns? Wir könnten alle sterben – und niemand würde es erfahren. Wir könnten hier liegen, ein Haus voller Leichen, und es würde eine Ewigkeit dauern, bis sie uns fänden!“

Polly sah zu Miesel hoch. Sie lächelte verstohlen und verdrehte die Augen – und Miesel grinste zurück und verdrehte ebenfalls die Augen. Er hörte schlagartig damit auf, als er bemerkte, dass Cheryl ihn ansah und ihr die Empörung groß und deutlich in das puppenhafte Gesicht geschrieben stand.

„Was glotzt du so?“, fuhr sie ihn verärgert an. „Warum machst du dich zur Abwechslung nicht mal nützlich und treibst ein Telefon auf!“

Nach einer Dreiviertelstunde erfolglosen Suchens führte ein unerklärlicher Instinkt alle Kinder im Speisesaal zusammen, wo noch immer die Reste des Abendessens auf dem langen Tisch standen.

Cheryl hatte Mr Lockeys Platz am Kopf der Tafel eingenommen. Sie hatte eine edelmütige Miene aufgesetzt und spielte sich als Anführerin der versammelten Kinder auf.

„Nicht ein einziges Telefon im Haus“, verkündete sie laut. „Und auch kein Internetzugang. Kein einziger Erwachsener! Wisst ihr, was das bedeutet? Wisst ihr das?“

„Ja klar“, sagte Del und grinste breit von einem Ohr zum anderen. „Ich weiß, was das bedeutet. Das bedeutet, dass wir machen können, was wir wollen! Wir können die ganze Nacht durchmachen! Wir können essen, was wir wollen! Wir können … wir können … wir können die Mädchen ersäufen!“

Alle Mädchen setzten ihr Sind-Jungs-nicht-total-bescheuert-Gesicht auf, alle außer Polly Williams. Miesel, der sie heimlich beobachtete und dabei gedacht hatte, dass sie viel hübscher als Cheryl war, konnte auf Pollys Gesicht nicht die Spur eines Grinsens erkennen. Polly machte den Eindruck tiefster Besorgtheit.

Die Unterhaltung im Schrank

In dieser Nacht bekam niemand viel Schlaf.

Wenn dreißig Kinder für unbestimmte Zeit auf sich gestellt sind ohne eine Autoritätsperson in ihrer Nähe, passiert eines unter Garantie: Sie teilen sich in zwei Gruppen auf, die meist annähernd gleich stark sind. Die eine Gruppe wird bemüht sein, alle an die Kandare zu nehmen und sich mehr oder weniger erwachsen aufzuführen. Und die andere Gruppe wird sich wild entschlossen zeigen, die Situation voll auszukosten und so viel Spaß wie möglich zu haben.

Cheryl mimte die Anführerin der Gruppe mit dem Motto: *Wir wollen verantwortlich handeln und artig sein*. Als Anführer der Rabauken tat sich Del Fisher hervor. Del war es, der mit einer Horde kreischender Kinder Jagd auf nicht existierende Geister im Haus machte. Del war es, der den Kühlschrank plünderte und für einen Mitternachtsschmaus sorgte, der einer ganzen Dynastie von Königen die Bäuche gefüllt hätte. Und Del war es, der sich spontan ein Spiel ausdachte, das *Verstecken ohne suchen* hieß. Jeder musste sich irgendwo im Dunkeln verstecken, während Del, Charley und Michael in der Küche hockten und ausprobierten, wie viel Essbares sie binnen anderthalb Stunden in sich hineinschaufeln konnten.

Miesel jedoch war ein bisschen zu beunruhigt, um sich mit ins Vergnügen zu stürzen. Außerdem sah er keinen Sinn darin, die ganze Nacht herumzutoben, sich die Lunge aus dem Hals zu schreien und zu futtern, bis ihm speiübel wurde; andererseits war es mindestens genauso bescheuert, Cheryls Vorschlag zu folgen und still und leise im Schlafraum zu hocken und ins Kissen zu heulen. Miesel sehnte sich einfach nur nach einem stillen Eckchen, wo er ungestört nachdenken konnte. Aus diesem Grund beschloss er, so zu tun, als würde er bei Dels beknacktem Spiel *Verstecken ohne suchen* mitmachen.

Miesel setzte sich von den umherwimmelnden Schülertrauben ab und machte sich auf in die oberen Stockwerke. Er erinnerte sich, irgendwo in den Mansarden einen Schrank gesehen zu haben, der vollgestopft war mit etwas, das aussah wie Decken. Ein perfektes Versteck!

Im Dachgeschoss angekommen, ging Miesel noch einmal genau denselben Weg wie vorher, bis er am Ende eines langen Korridors vor besagtem Schrank stand. Er öffnete die Tür. Jemand war ihm zuvorgekommen.

„Hallo“, sagte Polly Williams verdutzt. „Ich dachte, es ginge darum, dass man sich *nicht* findet.“

Polly saß auf einem Stapel Decken. Es sah recht gemütlich aus.

„Äh, tut mir leid“, sagte Miesel. „Ich hab nicht wirklich gesucht, also, ich hab schon gesucht, aber nicht nach Leuten, die sich versteckt haben … äh, ich habe nach einem Ort gesucht, an dem *ich* mich verstecken kann. Wenn du weißt, was ich meine? Tut mir leid.“

Das klang ja total panne, dachte Miesel. Er grinste entschuldigend und wollte bereits wieder die Tür zumachen.

„Was hast du vor?“, fragte Polly.

„Äh, na ja … Ich wollte dich … in Ruhe lassen.“

„Oh, bloß nicht“, seufzte Polly. „Es ist todlangweilig, allein hier drinnen zu hocken.“

„Oh“, sagte Miesel.

Polly rutschte ein Stück beiseite und klopfte mit der flachen Hand auf den Platz neben sich.

„Warum kommst du nicht rein und versteckst dich mit mir zusammen?“, sagte sie. „Es sei denn, du fällst lieber tot um, als dass man dich mit einem Mädchen sieht.“

Bis vor Kurzem noch wäre Miesel in der Tat lieber tot umgefallen, als mit einem Mädchen gesehen zu werden, aber in letzter Zeit war er zu der Ansicht gelangt, dass das eine oder andere Mädchen gar nicht so übel war, solange es nicht Cheryl Tucker hieß, die zwar unbestrittenermaßen hübsch, aber eine gnadenlose Nervensäge war. Mit Polly Williams jedoch war das etwas ganz anderes.

„Nein, nein. Äh ... ich falle nicht lieber tot um. Ich falle lieber auf ... lebendig, meine ich."

„Was meinst du jetzt damit?"

„Äh, nichts, war nur ein Spruch."

„Aha. Ein blöder, stimmt's?"

„Ja."

Es folgte betretenes Schweigen. Miesel wollte schon anfangen, übers Wetter zu plaudern, als Polly ein wenig befremdet sagte: „Na, dann komm! Steh nicht rum wie bestellt und nicht abgeholt."

Miesel kletterte vorsichtig mit eingezogenem Kopf in den Schrank und ließ sich neben Polly auf den Decken nieder. Dann lehnte er sich an die Rückwand und schloss im Schummerlicht die Augen.

„Du schläfst doch jetzt nicht ein, oder?", fragte Polly und klang dabei ein bisschen verärgert. Miesel riss die Augen auf.

„Willst du gar nicht darüber reden, was hier passiert?"

„Oh, äh, doch sicher."

„Findest du das Ganze nicht sehr, sehr seltsam?"

„Ein bisschen schon, ja“, sagte er.

„Ein bisschen? Ein bisschen?“, quiekte Polly. Sie schüttelte so heftig den Kopf, dass ihr die Haare ins Gesicht peitschten. „Das ist alles *total* seltsam, Miesel! Was ist hier denn bitte noch normal? Wo sind die Lockeys abgeblieben? Und was ist mit den Lockeys überhaupt los? Mr Lockey ist seltsam! Seine Schwestern sind echt seltsam! Und dieses Haus ist noch seltsamer!“

Miesel dachte an all die seltsamen Dinge, die ihm im Laufe der letzten Jahre untergekommen waren, und befand, dass die derzeitigen Ereignisse nicht so furchtbar seltsam waren. Aber davon sagte er nichts. Polly würde zu viele Fragen stellen, und es würde zu lange dauern, ihr alles haarklein zu erläutern – und außerdem würde ihm Polly ohnehin kein Wort glauben. Also nickte er stattdessen und hielt die Klappe.

„Ich bin froh, dass du meiner Meinung bist“, sagte Polly ernst. „Und – was wirst du jetzt dagegen unternehmen?“

„Ich?“, sagte Miesel. „Was meinst du damit?“

Polly schnalzte ungeduldig mit der Zunge. „Ach, komm schon, Miesel!“, murmelte sie. „Du bist doch viel schlauer als der Rest.“

„Was?“, sagte Miesel und fragte sich, ob er sich nicht vielleicht verhört hatte. Es hatte nie, nicht ein Mal, auch nur das leiseste Anzeichen dafür gegeben, dass irgendjemand aus der Schule, insbesondere ein Mädchen, ihn

für irgendetwas anderes als ein bisschen eigenartig gehalten hätte.

„Na ja“, sagte Polly, „du denkst nach, bevor du den Mund aufmachst. Und wenn du dann was von dir gibst, klingt es meistens auch irgendwie ganz vernünftig – und das kann ich von den anderen Jungs nicht gerade behaupten.“

„Und was ist mit den Mädchen?“, fragte Miesel, der spürte, wie er leicht errötete. Er war froh, dass es im Schrank ziemlich duster war.

„Na ja, selbstverständlich sind Mädchen sehr viel vernünftiger als Jungen“, sagte Polly bestimmt. „Außer Cheryl. Cheryl spielt einfach zu viel Theater, um was Gescheites von sich zu geben.“

Miesel fühlte sich leicht gekränkt.

„Also wenn die Mädchen so vernünftig sind – außer Cheryl", murmelte er, „warum bittest du nicht sie, etwas zu unternehmen? Was auch immer dir da vorschwebt."

„Sie hören nicht auf mich", sagte Polly. Der unterschwellige Missmut ließ ihre Stimme rauer klingen. „Sie hören nur auf Cheryl."

„Also doch nicht ganz so vernünftig", platzte Miesel heraus.

Es folgte eine lange Pause. Miesel hielt gespannt den Atem an und wartete auf einen Wutausbruch. Doch es kam keiner. Stattdessen seufzte Polly nur und sagte: „Nein, nicht ganz so vernünftig, vermute ich."

Miesel fiel ein Stein vom Herzen. „Was soll ich denn unternehmen?", fragte er unwillkürlich.

„Ich weiß nicht", sagte Polly. „Nichts. Vielleicht ..."

„Was?"

„Vielleicht möchte ich, dass du die Dinge so betrachtest, wie ich es tue."

„Wie betrachtest du die Dinge denn?"

„Na ja, ich bin eher geneigt zu glauben, dass es in dieser Welt wirklich ein paar sehr seltsame Dinge gibt. Wie die Lockeys – ich finde sie sehr seltsam. Und ich finde, du solltest sie ebenfalls seltsam finden."

„Okay, find ich auch", sagte Miesel und das war keineswegs nur so dahingesagt.

Es trat eine kurze Pause ein. Um sie zu überbrücken,

fuhr Miesel mit der Hand in seine Tasche und zog eine Tüte Gummibärchen hervor.

„Willst du ein Gummibärchen?“

„Danke.“

Polly langte nach der Tüte und Miesel zog sie blitzschnell weg.

„Och nö, hör auf!“, sagte Polly empört. „Das ist ein saublödes Spiel!“

„Nein, sieh mal, tut mit leid, ich will nur wissen, welche Sorte du am wenigsten magst. Damit du keins davon erwischst, verstehst du.“

„Oh. Na ja, rosa würde ich sagen. Ich mag die rosafarbenen nicht so gern.“

Miesel spähte in die Tüte und sah ein paar rosafarbene Gummibärchen. Vorsichtig schob er sie an den Rand und hielt Polly die Tüte abermals hin. Sie fuhr mit der Hand hinein, nahm ein grünes Gummibärchen und warf es sich in den Mund.

„Danke.“

Miesel biss in ein blaues. Für ihn waren die gelben etwas ganz Besonderes. Zitrone war die Sorte, die er am wenigsten mochte, daher ließ er von ihnen auch die Finger, es sei denn, er musste für dreißig Sekunden unsichtbar werden. In diesem Fall zerkaute er ein Gummibärchen mit Zitronengeschmack und verschwand für genau eine halbe Minute. Diese magischen Gummibärchen hatten sich in der Vergangenheit als äußerst nützlich erwiesen und schon mehr als einmal sein Leben gerettet. Und nicht nur *sein* Leben. Die blauen hatten seine Mutter gerettet, als sie beide von dem großen Drachen Arcturion bedroht worden waren. Die grünen hatten einmal Iggy vor einer Meute erzürnter schwarzer Hexer in Sicherheit gebracht – und aus diesem Grund ging Miesel nirgendwohin ohne eine Tüte Gummibärchen in seine Hosentasche.

Polly und Miesel saßen eine Weile schweigend da. Dass sie nebeneinandersaßen, ohne zu reden und – was noch wichtiger war – ohne dass ihm die langen Pausen peinlich waren, all das überraschte Miesel. Gerade fing er an, sich an dieses Gefühl zu gewöhnen und es sogar auch ein bisschen zu genießen, als Polly plötzlich aufstand.

„Also, ich gehe ins Bett", erklärte sie. „Danke für das Gummibärchen."

„Oh, stimmt ja", sagte Miesel und rappelte sich ebenfalls hoch. „Ich auch."

„Weißt du noch, worüber wir gesprochen haben?"

„Ich denke schon", sagte Miesel und wunderte sich, dass Polly tatsächlich annehmen konnte, er habe ihre Unterhaltung vergessen, wo sie doch erst eine Minute her war.

„Gut. Also – dann raus hier!"

Miesel wollte gerade aus dem Schrank klettern, als Polly ihn mit erhobener Hand zurückhielt.

„Warte eine Sekunde“, zischte sie. „Lass mich erst nachsehen, ob die Luft rein ist. Das Letzte, was ich jetzt gebrauchen kann, ist, dass irgendjemand sieht, wie ich mit einem Jungen aus einem Schrank steige.“

Da er nur allzu gut wusste, was Del Fisher tun würde, wenn er herausbekäme, dass Miesel für eine Weile mit einem Mädchen in einem Schrank gesteckt hatte, nickte er und wich in den Schatten zurück. Polly steckte ihren Kopf heraus, sah sich nach beiden Seiten um und flüsterte: „Okay, aber gib mir bitte ordentlich Vorsprung, ehe du rauskommst.“

Polly schlich hinaus in den Flur, und Miesel lauschte auf das leiser werdende Tap-Tap-Tap ihrer Schuhe, während sie davoneilte. Zwanzig Sekunden später steckte Miesel den Kopf heraus. Es war niemand zu sehen, und so schlüpfte er aus dem Schrank und mischte sich eine Minute später wieder in das Gewimmel im Erdgeschoss.

„Wo warst du?“, fragte Charley fordernd.

„Ja, genau“, sagte Del, „wir haben dich schon gesucht.“

„Wo bist du gewesen?“, fragte Michael.

„Ach, nirgendwo“, sagte Miesel ausweichend. „Ihr wisst schon – bin einfach so rumgelaufen.“

Mittlerweile waren alle hundemüde. Es war ein langer Tag gewesen. Die Kinder zogen sich in ihre Schlafräume zurück wie Miesel, Del, Charley und Michael auch.

Dort wartete eine Überraschung auf sie. Auf jedem Kissen lag ein Schokoriegel.

„Also das find ich doch mal *echt* nett!", sagte Charley und wickelte hastig seinen Snack aus.

„Supernett!", sagte Del und biss in seinen Riegel.

„Hammermäßig nett!", murmelte Michael mit vollem Schokomund.

Erst nachdem Miesel den letzten Krümel vertilgt hatte, fragte er sich, wie die Schokolade eigentlich auf ihre Kissen gelangt war.

Wer hat sie dort hingelegt?

Wann?

Und warum?

Aber dann überrollte ihn eine Welle der Müdigkeit. Aus halb zugefallenen Augen sah er, dass seine Freunde schon fest schliefen. Keiner von ihnen hatte sich die Mühe gemacht, einen Schlafanzug anzuziehen.

Na, dann zieh ich auch keinen an, dachte Miesel. Er streckte sich auf seinem Bett aus, und kurz darauf war er von einer warmen, samtigen Dunkelheit umhüllt.

Wo sind alle?

Als er erwachte, spürte er die grelle Sonne auf seinem Gesicht. Offenbar hatten er und seine Freunde vergessen, am Abend zuvor die Vorhänge zu schließen. Er richtete sich auf einem Ellbogen auf und linste mit verquollenen Augen zum Fenster hinüber. Auch das hatten sie vergessen zu schließen – es stand sperrangelweit auf und ein sanftes Lüftchen trug den Duft von frisch gemähtem Gras ins Zimmer.

Miesel beugte sich vor und sah in das Bett unter sich. Del war nicht da.

Er sah zu dem anderen Stockbett auf der gegenüberliegenden Seite. Auch das war leer.

Miesels Kopf war schwer und er fühlte sich schwummerig. Er kletterte aus dem Bett und streifte sich ein paar Sachen über. Unwillkürlich kam ihm der Gedanke, dass seine Freunde ziemlich fies waren – offensichtlich waren sie irgendwo hingegangen und hatten ihn einfach zurückgelassen.

Miesel öffnete die Tür des Schlafraums und lief in Richtung Speiseraum. Auf dem Weg dorthin traf er keine Menschenseele und auch im Speisesaal war niemand zu sehen. Er stand da, inmitten des weiten, leeren Raums und spitzte die Ohren. Es herrschte eine tiefe Stille, die schwer in der Luft zu hängen schien.

Von einer leicht kribbeligen Unruhe erfasst, verließ Miesel den Speisesaal und stieg hinauf ins Dachgeschoss des Hauses. Von dort arbeitete er sich langsam zum Parterre vor, spähte in jedes einzelne Zimmer. Als er unten angelangt war, hatte sich das Kribbeln zu einem kleinen Angstklumpen verhärtet, der sich tief in seine Eingeweide grub.

Das Haus war menschenleer.

Ich stecke in großen Schwierigkeiten, schoss es Miesel durch den Kopf.

Mit Schwierigkeiten hatte Miesel bereits zur Genüge Erfahrungen gemacht – und immer waren seine Feinde aus der Zauberwelt dafür verantwortlich gewesen. Er zermarterte sich das Hirn und versuchte, darauf zu kommen, wer diesmal dahintersteckte.

Alle schwarzen Hexer, die ihn hassten, saßen im Arrestlokal, tief unter der Zauberergilde hinter Schloss und Riegel, und Miesel zweifelte nicht daran, dass die Sicherheitsvorkehrungen dort sehr streng waren. Es war

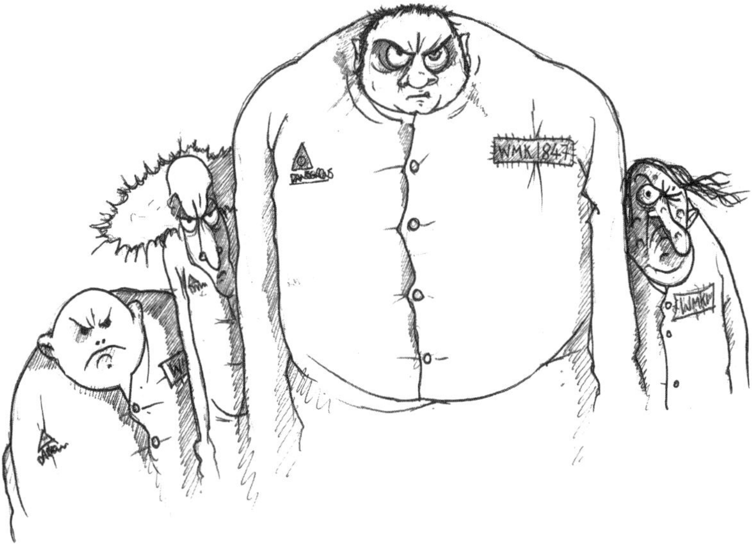

also höchst unwahrscheinlich, dass seine alten Feinde Griswold Gristle, Büford Cudgel, Frognell Flabbit und Richter Cedric Hardscrabble seine gesamte Klasse weggehext hatten. Aber wer dann?

Widerwillig zog Miesel den einzig möglichen Schluss. Nur Toby Jugg war noch auf freiem Fuß und konnte tun und lassen, was er wollte. Nur Toby Jugg hatte die Macht, so eine Katastrophe heraufzubeschwören. Aber wo war er? Und was wollte er?

Miesel stand reglos da und lauschte angestrengt. Aber er hörte nur den Wind, der um die Fenster strich.

Ihm blieb nur eines zu tun. Eine neue Suche durchzuführen – und diesmal eine wesentlich gründlichere. Erstens, um herauszufinden, ob er wirklich allein war, und zweitens, um Hinweise auf den Verbleib seiner Mitschüler zu suchen.

Mit laut wummerndem Herzen machte sich Miesel an die Arbeit. Diesmal fing er im Erdgeschoss an. Er durchstöberte jeden Raum und jeden Schrank, sogar jede Kommode – und entdeckte, dass alle Klamotten verschwunden waren wie auch die Zahnbürsten und die Koffer.

Langsam und darauf bedacht, keinen Lärm zu machen, arbeitete sich Miesel bis zum Dachgeschoss des Hauses vor. Die tiefe Stille zerrte an seinen Nerven, sodass sie zum Zerreißen gespannt waren, und jedes plötzliche Knacken eines Dielenbrettes und jedes unvermutete Quietschen eines rostigen Scharniers jagte ihm einen Angstschauer über den Rücken. Er erwartete, dass ihm jeden Moment irgendetwas Gräuliches entgegenspringen würde, und er näherte sich jeder dunklen Türöffnung mit größter Vorsicht.

Schließlich erreichte er das Dachgeschoss. Der Flur erstreckte sich hier über die gesamte Länge des Hauses. Die zwei schmalen Fenster, an jedem Flur eines, ließen nur wenig Licht herein. Der größte Teil des Flurs lag im Dunkeln und war uneinsehbar – vor allem die Tür, die sich genau auf halber Strecke zwischen den beiden Fenstern befand.

Miesel öffnete sie langsam.

Sie knarrte leise.

Im Schrank war es sehr dunkel …

Sein Fuß berührte etwas Weiches am Boden …

„Aua! Pass auf, wo du hinlatschst!“

Miesels Herz hüpfte fast aus seiner Brust, erschrocken schnappte er nach Luft. „Wer ist da?“, stotterte er.

„Ich bin’s“, sagte Polly Williams, gähnte und richtete sich von ihrem behelfsmäßigen Lager auf – ein Deckenstapel, der auf dem Schrankboden lag.

Miesels Herzschlag beruhigte sich, sodass sein Blut wieder gleichmäßig durch die Adern pulsierte. Nach und nach gewöhnten sich seine Augen an das dämmrige Licht, und jetzt konnte er Polly deutlich sehen. Sie rieb sich den Schlaf aus den Augen und sah Miesel mit kleinlauter, betretener Miene an.

„Du willst vermutlich wissen, was ich hier drinnen zu suchen habe?“, murmelte sie und senkte den Blick.

In diesem Moment ging Miesel auf, dass er vor demselben Schrank stand, den Polly und er sich am Abend zuvor geteilt hatten. Noch ehe er bejahen konnte, dass er in der Tat gerne wissen wollte, was sie da drinnen zu suchen hatte, sagte Polly: „Ich konnte nicht schlafen. Ich bin mit Cheryl und Michelle in einem Zimmer und sie schnarchen wie Walrösser. Also bin ich hier rauf.“

„Ah“, sagte Miesel und fragte sich, ob Walrösser tatsächlich schnarchten.

„Es ist schön kuschelig und ruhig hier drinnen“, erklärte Polly.

„Ja."

Es folgte eine peinliche Stille. Dann sagte Polly: „Suchen sie nach mir? Cheryl und Michelle, meine ich. Du hast dir vermutlich schon gedacht, wo ich stecke?"

„Nein", sagte Miesel zögernd. „Ich habe ... einfach nur ... äh ... gesucht."

„Wonach?"

„Äh ... na ja ... nach allen."

Polly starrte ihn ein paar Sekunden an. Dann sagte sie: „Was meinst du damit?"

Miesel fragte sich, wie Polly die Neuigkeit aufnehmen würde. Er war heilfroh, dass jetzt nicht Cheryl vor ihm saß. Cheryl würde vermutlich einen hysterischen Anfall bekommen. Aber Polly war anders. Es war höchst unwahrscheinlich, dass Polly durchdrehen würde. Trotzdem war es das Beste, ruhig und gefasst zu klingen. Und so erzählte er ihr in möglichst sachlichem Ton, was geschehen war.

Als er geendet hatte, spiegelte sich in Pollys Gesicht tiefes Unverständnis wider. Abrupt und ohne ein Wort zu sagen, kletterte sie aus dem Schrank heraus und rannte zur Treppe. Miesel eilte hinter ihr her.

Polly machte sich nicht die Mühe, noch mal jedes Stockwerk zu durchsuchen. Sie flog einfach die Treppen hinunter, bis sie im Erdgeschoss angelangt war. Dann rannte sie mit Miesel im Schlepptau geradewegs in den Speisesaal. Sie standen nebeneinander in dem großen leeren Raum und starrten auf die Überreste des gestrigen Abendessens. „Das ist ein Scherz oder was meinst du?“, fragte Polly.

„Ein Scherz. Was für ein Scherz?“

„Ach, du weißt schon – alle hauen ab und verstecken sich und dann kommen sie aus einer Ecke hervorgesprungen und rufen laut: ‚Überraschung!‘ Diese Art von Scherz.“

Miesel schüttelte den Kopf. „Ich glaube nicht, dass es ein Scherz ist!“

„Aber wo stecken sie dann alle?“

„Äh … na ja, ich glaube, sie wurden weggebracht“, sagte Miesel leise. „Ich weiß nicht, wohin.“

„Warum? Und wer hat sie weggebracht? Und wieso sind *wir* noch hier?“, warf Polly ein.

Miesel konnte die erste Frage nicht beantworten und wollte nur ungern eine mögliche Erklärung für die zweite anbieten … aber über die dritte Frage nachzudenken war durchaus lohnenswert.

Klick, klick, klick, machte es in Miesels wendigem Gehirn.

„Na ja“, sagte er langsam, „du hast nicht in deinem

Bett gelegen, oder? Du hast in dem Schrank gehockt. Vielleicht … vielleicht hat derjenige, der sie alle weggebracht hat, nichts von dir gewusst, und so wurdest du einfach übersehen."

„Okay", sagte Polly, „aber was ist mit dir? Du hast nicht in dem Schrank gesteckt, stimmt's? Du hast in deinem Zimmer geschlafen, oder? Warum wurdest du also nicht zusammen mit Del und den anderen beiden weggebracht?"

Miesel hatte darauf keine Antwort parat – zumindest keine, die er Polly sagen konnte. Er konnte sie unmöglich in seinen Verdacht einweihen, dass man ihn ausgesondert hatte, damit ihm ein besonders grässlicher Hexer ein besonders grässliches Schicksal bescheren konnte. Polly hatte noch nie etwas von schwarzen Hexern gehört und würde ihn zweifellos für verrückt erklären. Während sie schweigend dastanden, erinnerte sich Miesel an die Zeit, als er Toby Jugg zum ersten Mal begegnet war … *Die rasante nächtliche Fahrt auf der Autobahn … wie sie bei dem Café gehalten hatten … und Toby so nett war, ihm eine Limonade zu kaufen …*

„Ich glaube, ich weiß, wie's abgelaufen ist", sagte er plötzlich.

„Wie *was* abgelaufen ist?"

„Wie – wer auch immer es war – alle hier rausgeschafft hat, ohne uns zu wecken. Und … und ohne *sie* wach zu machen."

Polly machte große Augen. „Du meinst …“, flüsterte sie, „du glaubst, sie wurden weggebracht, während sie *schliefen*?“

„Ja“, sagte Miesel. „Ansonsten wären sie nicht mitgegangen. Ich glaube … ich glaube, uns allen wurde gestern ein Schlafmittel verabreicht.“

„*Was*?“, kreischte Polly. Vor Fassungslosigkeit blieb ihr der Mund offen stehen.

Miesel nickte. „Die Schokolade.“

„Welche Schokolade?“

„Lag auf deinem Kopfkissen kein Schokoriegel?“

„Nein. Auf deinem?“

„Ja. Bei uns allen. Also, jedenfalls haben wir in *unserem* Zimmer welche gefunden. Ich bin einfach davon ausgegangen, dass jeder einen Schokoriegel bekommen hat.“

Polly zog die Stirn kraus. In ihre Augen trat ein abwesender Ausdruck, als versuche sie sich an etwas zu erinnern. Dann glättete sich ihre Miene.

„Also darum haben sie so gekichert!“, sagte sie.

„Wer?“

„Cheryl und Michelle! Als ich in unser Zimmer kam, waren sie bereits da – und beide kauten etwas. Sie sahen mich an, und dann tauschten sie einen Blick und fingen an zu kichern. Sie haben sich meinen Riegel geschnappt und ihn miteinander geteilt!“

„Das ist es!“, rief Miesel in heller Aufregung. „Du hast nicht von der Schokolade gegessen, aber alle anderen schon!“

„Nein … aber … ach, sieh mal, Miesel, findest du nicht, das ist alles etwas weit hergeholt?“

„Nein“, erklärte Miesel bestimmt. „Find ich nicht. Und ich sag dir auch, warum. Mir ist schon mal ein Schlafmittel verabreicht worden …“

„Echt?“, sagte Polly und klang zum ersten Mal halbwegs beeindruckt.

„Ja. Und als ich heute Morgen aufgewacht bin, habe ich mich genauso gefühlt wie damals. Ich war ganz schlapp und wie erschlagen und hab alles verschwommen gesehen …“

„Das laute Geschnarche von Cheryl und Michelle!“, quietschte Polly. „Sie haben vorher doch noch *nie* geschnarcht! Aber letzte Nacht klangen sie wie … wie …“

„Wie Walrösser?“, sagte Miesel.

„Ganz genau – wie Walrösser!“

„Du hältst das Ganze also für möglich?“

Polly sah ihn ernst an. „Ich glaub schon, Miesel“, sagte sie leise. „Aber … aber warum? Und wozu? Und warum hat man dich hiergelassen? Und was machen wir jetzt?“

„Wir könnten rausgehen und suchen“, schlug Miesel vor. „Vielleicht stoßen wir da draußen ja auf irgendwelche Hinweise.“

„Na, dann los!“, sagte Polly, deren Gesicht vor Eifer glühte.

Sie verließen den Speisesaal, durchquerten die Halle und zogen die schwere Haustür auf. Vor ihnen lag die kiesbestreute Auffahrt, auf den Steinchen glitzerte die helle Morgensonne. Ein feiner Nebel hing über den Feldern, Mount Spindrift war verschwommen in der Ferne zu erkennen. Es war recht kühl. Polly ging zu einer Reihe von Kleiderhaken, die an der Wand hinter der Tür befestigt waren, suchte sich einen langen Wollschal aus und schlang ihn um den Hals. „Okay. Ich bin so weit, wenn du so weit bist.“

Miesel öffnete die Haustür.

Noch bevor sie einen Fuß hinaussetzen konnten, zuckte ein Blitz über den Himmel, und zwei Sekunden später ertönte der lauteste Donnerschlag, den Miesel

und Polly je gehört hatten. Es schien direkt über ihren Köpfen zu rumpeln. Hoch oben erblickten sie eine riesige schwarze Wolke, die sich fast über den ganzen Himmel erstreckte. In rasender Geschwindigkeit wälzte sie sich auf das Haus zu. An ihrem unteren Rand hing ein Regenschleier, und selbst aus ihrer jetzigen Position konnten sie sehen, wie dicke Tropfen auf die Oberfläche des Sees niederprasselten und das Wasser aufwühlten. Diese Wolke bewegte sich so rasend schnell, dass kaum einen Augenblick später die ersten Tropfen auf die nach oben gewandten Gesichter der Kinder fielen.

„Komm“, sagte Miesel und sie traten in den Schutz des Hauses zurück. Mit Schwung zogen sie die schwere Haustür zu, die mit einem Knall ins Schloss fiel. Das Regenprasseln draußen schwoll zu einem tosenden Gebraus an, während der Sturm über sie hinwegzog; mehrere gleißend helle Blitze zuckten kurz hintereinander auf, denen augenblicklich ein ohrenbetäubendes Donnerkrachen folgte.

„Ich glaube nicht, dass wir irgendwohin gehen können“, sagte Polly verdrossen. „Zumindest nicht, bevor das Gewitter vorbei ist.“

„Vielleicht dauert's ja nicht lange“, sagte Miesel.

Sie standen am Ende der Halle, auf der Schwelle zum Wohnzimmer, als hinter ihnen plötzlich ein donnerndes *Rums!* ertönte.

Miesel und Polly wirbelten herum.

Die Haustür stand sperrangelweit auf.

Ein Blitz erleuchtete die Welt draußen.

Die Umrisse einer massigen Gestalt zeichneten sich in der Türöffnung ab.

Rechts und links von der dunklen Gestalt standen zwei kleinere.

Mit zitternden Fingern tastete Miesel nach dem Lichtschalter, der sich neben der Wohnzimmertür an der Wand befand. Es war ein Doppellichtschalter, mit dem man zum einen die Haustürbeleuchtung an- und ausknipsen konnte, zum anderen aber auch den großen Kronleuchter an der Decke der Halle.

Miesels Finger fanden den Schalter. Gelbes Licht durchflutete die Eingangshalle.

„Hallöchen, Miesel, alter Junge.“

Die Rückkehr des Feindes

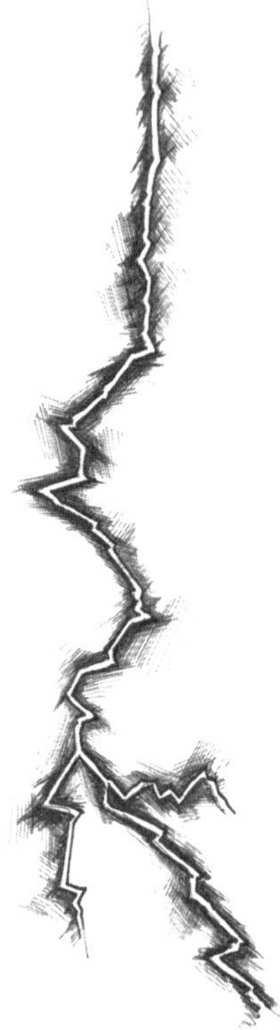

Dass Miesel nicht wirklich überrascht war, Toby Jugg zu sehen, schmälerte kaum den jähen Schrecken, der ihm in die Glieder fuhr.

Toby schlenderte in die Halle hinein. Er hielt einen Regenschirm in der Hand. Kaum war er eingetreten, schloss er den Schirm per Knopfdruck und schüttelte ihn so kräftig, dass ringsum Tropfen auf den Steinboden spritzten. Die beiden schemenhaften Gestalten, die neben Toby Jugg gestanden hatten, traten ins Licht, und Miesel erkannte sie sofort.

Mr Needle und Mr Bland.

Im Gegensatz zu Toby waren die beiden Abgesandten der Zauberergilde nass bis auf die Knochen und zitterten vor Kälte. Neben Toby Jugg sahen sie winzig aus, aber wie Miesel bemerkte, standen sie gekrümmt da, die

Knie gebeugt, und beide drückten ihr Kinn auf die Brust, so als wollten sie sich kleiner machen. Angsterfüllt und gleichzeitig bewundernd starrten sie zu Toby hinauf. Beide Männer sahen ausgemergelt und erschöpft aus. Die Gesichter waren leichenblass und unter ihren Augen zeichneten sich tiefe, dunkle Ringe ab.

Toby hingegen sah größer und breiter aus, als Miesel ihn in Erinnerung hatte. Seine gelben Augen funkelten im Schein des Kronleuchters. Das Haar, einst durchzogen von wenigen grauen Strähnen, fiel ihm nun in einer schlohweißen Prachtmähne bis über die Schultern. Er trug einen feinen dunkelblauen Anzug, der ihm wie angegossen passte, und sein roter Seidenschlips war mit etwas befestigt, das für Miesel wie eine teure diamantene Krawattennadel aussah. Er grinste und entblößte zwei Reihen spitzer Zähne. Er hob gerade an, etwas zu sagen, als er bemerkte, dass Miesel nicht allein war.

„Wer lungert da hinter deinem Rücken rum, Miesel? Tritt aus dem Schatten, wer immer du auch bist!"

Polly trat mit einem freundlichen Lächeln hinter Miesel hervor. Soweit sie sehen konnte, war das hier ein Erwachsener, eigentlich waren es drei, offensichtlich kannten sie Miesel, und das bedeutete, dass jetzt alles wieder ins Lot kommen würde.

Doch dann bemerkte Polly Tobys glühende Augen und seine spitzen Zähne und die Art, wie er Miesel angrinste – wie ein hungriger Wolf. Sie ging nicht weiter, sondern trat zu Miesel und schaute Toby in angstvoller Erwartung an.

Toby starrte mit hochgezogener Augenbraue zurück. Dann warf er einen Blick hinunter zu Mr Needle und Mr Bland. Mit seinen riesigen Händen packte er beide Männer am Genick, schürzte verächtlich die Lippen und fauchte: „Ihr habt eins *übersssehen*! Ihr elenden *Tölpel*!"

Mr Needle und Mr Bland fuhren verängstigt zusammen und ihre klatschnassen Körper zitterten noch heftiger als zuvor.

„Vergeben Sie uns bitte, Herr und Meister!", flüsterte Mr Needle. „Wir haben in jedem Raum nachgesehen und jedes Kind mitgenommen."

„Fürwahr, mein Herr und Meister!", plärrte Mr Bland. „Dieses hier muss sich irgendwo versteckt haben!"

„Habt ihr sssie denn nicht gezählt?", knurrte Toby und packte ihre Nacken fester. Mr Bland verzog das Gesicht vor Schmerz und Mr Needle kniff die Augen fest zusammen.

„S...s...sie zählen, Meister?"

„Ja, ihr Stümper! Sssie *zählen*! Um sssicherzugehen, dass ihr alle erwischt habt! Und ... habt ihr?"

Beide Männer stöhnten und schüttelten langsam die Köpfe. Toby hob beide am Genick in die Höhe und schüttelte sie wie Hundewelpen.

„Ihr Schwachköpfe! Trottel! Ich erteile euch einen

sssimplen Auftrag und ihr vermassselt es! Ich sollte euch in Ssstücke reißen!“

Mr Needle und Mr Bland quiekten wie zwei von Panik ergriffene Schweinchen. Ein letztes Mal schüttelte Toby sie grob durch und ließ sie dann einfach fallen, als wären sie nichts weiter als zwei Plastiktüten voller Abfall. Die beiden plumpsten auf den Boden und kauerten sich, die Köpfe in den Armen vergraben, ängstlich zusammen. Toby richtete seinen bohrenden Blick auf Miesel und Polly.

„Alssso, Miesel – du hast eine kleine Freundin gefunden, wasss? Polly, ssstimmt's? Ja, richtig – Polly Williamsss!“

„Wo…woher wissen Sie, wie ich heiße?“, fragte Polly und ihre Stimme zitterte leicht vor Befangenheit.

„Mein liebesss Kind“, erwiderte Toby freundlich. „Wir sssind uns schon begegnet. Sssehr oft sogar. Tagtäglich, um genau zu sssein.“

„Da…daran kann mich nicht erinnern“, sagte Polly. „Tut mir leid.“

Miesels Hirn arbeitete auf Hochtouren, fieberhaft suchte es nach einem Ausweg aus dieser brenzligen Lage. Und dann hakten sich seine Gedanken an Tobys letzter Bemerkung fest.

Wir sssind uns schon begegnet …

Was in aller Welt meinte er damit?

Sssehr oft sogar …

Wem waren sie oft begegnet?

Tagtäglich, um genau zu sssein …

Klick, klick, klick, machte es in Miesels wendigem Gehirn.

Dann war es, als würde eine Glühbirne in Miesels Kopf aufleuchten, und er begriff. „Sie waren Mr Lockey“, sagte er langsam. Dann zeigte er auf die zusammengekauerten, zitternden Gestalten von Mr Needle und Mr Bland. „Und diese beiden … die beiden waren Miss Agatha und Miss Annie, stimmt’s?“

„Oh, gut gemacht, Miesel!“, dröhnte Toby und sein Mund verzog sich zu einem noch breiteren Grinsen. „Mir war immer klar, dass du ein helles Köpfchen bist!“

Polly packte Miesel am Arm. „Ich versteh nur Bahnhof. Wovon redet ihr da? Wer ist das, Miesel?“

„Das ist Toby Jugg, Polly“, sagte Miesel. „Und du willst ihn *ganz* bestimmt nicht kennenlernen.“

„Aber … aber was meinst du damit, dass er Mr Lockey war?“

Miesel schüttelte grimmig den Kopf. „Du würdest mir doch nicht glauben, Polly“, murmelte er, „das würde niemand.“

„Stell mich auf die Probe!“, sagte Polly mit gebieterischer Stimme.

„Ja, alter Junge“, murmelte Toby und grinste hämisch angesichts von Miesels Dilemma. „Warum erklärst du Polly nicht allesss, hm?“

„Weil es total verrückt klingt, darum“, sagte Miesel und funkelte Toby zornig an. „Zauberer und Hexenmeister und schwarze Hexer und Zauberei und das alles! Sie wird mich für einen durchgeknallten Spinner halten!“

Toby dachte darüber einen Moment lang nach. „Hm, vielleicht wäre jetzt eine kleine Demonssstration ganz hilfreich“, erklärte er. „Ja, das ist eine ausssgezeichnete Idee. Komm her, Polly! Komm her und ssstell dich neben mich.“

Ohne es recht zu wollen, setzte sich Polly in Bewegung. Etwas in der Stimme dieses Mannes zwang den Zuhörenden, ihm zu gehorchen. Vier Schritte und sie stand neben Toby.

Hinter ihnen donnerte der Regen in Sturzbächen hernieder, ein Vorhang aus Wasser, der die rechteckige Türöffnung des Eingangs bedeckte. Blitze erhellten den Himmel und ein anhaltendes Donnergrollen war zu hören. Toby lächelte freundlich zu Polly herab. Er nahm ihren Arm und drehte sich mit ihr zusammen um, sodass sie mit dem Gesicht zur offenen Haustür standen.

„Also, Polly“, sagte Toby und erhob leicht die Stimme gegen das Tosen des Wolkenbruchs draußen. „Sssieh genau hin!“

Toby holte tief Luft. Dann pustete er langsam und blies seinen Atem hinaus durch die geöffnete Tür.

Sogleich verwandelten sich die dicken Regentropfen

in große, flaumweiche Schneeflocken. Der Regen, der sich außer Reichweite von Tobys eisigem Schwarzer-Hexer-Atem befand, prasselte unablässig weiter, war jetzt aber durch den Vorhang aus dickem Schnee, der im Türrahmen fiel, etwas gedämpft. Binnen weniger Sekunden hatte sich eine kleine Schneewehe auf der Türschwelle gebildet.

Polly stand da wie angewurzelt, mit offenem Mund und weit aufgerissenen Augen. Durch den dichten Vorhang aus Schneeflocken konnte sie gerade noch erkennen, dass ein paar Meter weiter hinten nach wie vor der Regen mit Karacho niederrauschte. Polly begriff auf Anhieb: Was auch immer hier geschah, war *ganz* bestimmt kein Naturschauspiel. Und sie begriff ebenfalls: Was auch immer hier geschah, wurde irgendwie von diesem seltsamen, furchterregenden Mann neben ihr heraufbeschworen.

„Er ist ein schwarzer Hexer, Polly“, sagte Miesel.

Polly riss sich von dem Schauspiel los und starrte Miesel verständnislos an.

„Ein *was*?“

Toby hörte auf zu pusten. „Ein schwarzer Hexer“, sagte er mit freudiger Häme. In dem Moment, als er zu sprechen begann, verwandelte sich der Schnee wieder in eine Regenflut und der kleine Schneehaufen auf der Türschwelle zerschmolz sofort zu Eismatsch.

„Aber … aber … Wie hat er das gemacht?“, keuchte

Polly, riss den Kopf herum und glotzte noch einmal auf den Regen, der vor der Tür zu Boden rauschte.

„Du wirst es nicht glauben, Polly“, sagte Miesel, „aber er ist so was wie ein Zauberer und das war gerade Zauberei.“

„So wasss wie ein Zauberer? *So wasss* wie ein Zauberer?“, knurrte Toby böse. „Ich bin nicht so wasss wie ein Zauberer, Sportsssfreund! Ich bin ein schwarzer Hexer – vermutlich der größte schwarze Hexer, der jemals gelebt hat! Und wenn du, meine liebe Polly, eine weitere Demonssstration sssehen möchtessst, wäre es mir ein Vergnügen, diesem Wunsch zu entsprechen! Na schön – warum machen wir es uns nicht gemütlich, während unsss meine beiden Diener hier etwasss zu esssen kochen! Needle, Bland – macht endlich das Esssen! Und zwar ein bissschen dalli!“

Mr Needle und Mr Bland flitzten sofort in die Küche wie zwei von panischer Angst ergriffene schwarze Käfer. Toby breitete beide Arme aus und lotste Miesel und Polly zum Wohnzimmer. Kaum eingetreten, schloss Toby auch schon die Tür, sperrte sie ab und steckte den Schlüssel in seine Tasche. Dann schlenderte er zum Kamin hinüber und stellte sich daneben. Auf dem Rost lagen ein paar Holzscheite, darunter ein Bündel zerfledderter Zeitungen.

„*Calor Callay Carbonficus*!“, sagte er, streckte einen Finger aus und richtete ihn auf die Feuerstelle. Ein blauweißer Funke schoss aus seiner Fingerspitze und zischte in den Zeitungsstapel. Das Papier ging in Flammen auf und eine Minute später prasselte ein gemütliches Feuer im Kamin.

Polly hatte die ganze Zeit kein einziges Wort gesagt. Jetzt nahm sie ruhig und gefasst auf einem der großen Lehnstühle Platz und faltete ihre Hände im Schoß. Beide, Miesel und Toby, beobachteten sie und warteten auf ihre Reaktion. Als sie erfolgte, war sie für beide überraschend.

„Tobt wegen Ihnen dieser Sturm da draußen?“

Toby lachte in sich hinein.

„Sssieh an, sssieh an! Wasss für eine intelligente junge Dame du doch bissst, Polly! Ja, in der Tat, das allesss geschieht wegen mir! Diese Regenwolke folgt mir überallhin. Alle schwarzen Hexer sind damit geschlagen. Und weil ich vermutlich der mächtigsssste schwarze Hexer bin, der je gelebt hat, ist meine erheblich größer als die meisssten Wolken – aber normalerweise ist sssie nicht ganz ssso gewaltig! Es gibt eine ganz einfache Erklärung dafür, warum sie ssso außergewöhnlich groß ist. Sie wurde künssstlich unterdrückt, und zwar sehr lange. Während ich Mr Lockey darstellte, war ich gezwungen, diesesss Ding unter Aufbietung all meiner Zauberkraft abzuschalten. Miesel hätte sofort erkannt, dass ich nicht der war, der ich vorgab zu sssein, wenn ssstets eine schwarze Wolke über meinem Kopf gehangen hätte!“

„Darum hat also immer da, wo sie waren, die Sonne geschienen!“, sagte Miesel leise.

„Ganz genau, alter Junge!“, dröhnte Toby. „Aber jetzt habe ich die Wolke freigelassen, und ich muss sssagen, selbssst ich bin tief beeindruckt! Schaut nur hinaus! Wasss für ein grandioser Sturm, nicht wahr? Ich vermute, die Energie hat sssich in der Zeit, als ich die Wolke unterdrückte, immer mehr angessstaut. Ich frage mich, wie lange er wohl weitertobt, ehe er sich wieder auf ein normales Maß reduziert."

„Das muss ungeheuer schwierig gewesen sein", sagte Miesel und bemühte sich, ein bisschen Bewunderung in seine Stimme zu legen. *Genau das muss ich jetzt machen,* dachte er schnell. *Ich muss so viel wie möglich erfahren – und ihn dazu bringen, immer weiterzureden!*

„Es war keineswegs *schwierig*, Miesel, alter Junge!", sagte Toby herablassend. „Nicht für jemanden, der so mächtig ist wie ich. Allerdings hat es eine große Menge Mana verbraucht. Aber das war kein Problem – nicht mit der Gruselgrotte in nächster Nähe."

„Gruselgrotte?"

„Ja, Miesel, die Gruselgrotte. Mana – freies Mana sprudelt dort wie aus einer Quelle. Wie du nur allzu gut weißt, können selbst die mächtigsten Zauberer wie ich binnen vierundzwanzig Stunden nur einen einzigen großen Zauber vollbringen. Doch indem ich wenn nötig zur Gruselgrotte gehe, kann ich diese lästige Beschränkung aufheben."

Was auch immer diese Gruselgrotte ist, dachte Miesel, *wenn sich Toby dort mit einer beliebigen Menge Mana eindecken kann, dann ist das die schlechteste Neuigkeit, die es gibt.*

Doch Miesel mühte sich, bloß keine Miene zu verziehen und nicht die Spur von Angst auf seinem Gesicht zu zeigen. So viel hatte er bei seinen bisherigen Begegnungen mit schwarzen Hexern gelernt: Wenn man auf sie in unerwarteter Weise reagierte, konnte man sie manchmal verwirren. Und ein verwirrter schwarzer Hexer ist weniger gefährlich als einer selbstsicherer. Leider schien Toby nicht im Mindesten verwirrt durch Miesels augenscheinliche Gelassenheit.

„Alssso, noch irgendwelche Fragen, bevor wir fortfahren?“, sagte er vergnügt.

„Fortfahren womit?“, fragte Miesel.

„Mit dem Ausssflug, den du unternehmen wirst“, erwiderte Toby.

„Ich will nach Hause“, erklärte Polly trotzig. Toby und Miesel starrten sie an – Miesel mit einer Miene, die besagte, dass er hoffte, sich verhört zu haben, und Toby mit einem Ausdruck amüsierter Boshaftigkeit.

Polly starrte zurück. „Es kümmert mich nicht, wer Sie sind, Mr Jugg – und auch nicht, *was* Sie sind –, aber Sie können uns hier nicht festhalten! Dann werden Sie furchtbaren Ärger kriegen. Mein Vater ist Polizist und er wird …“

Toby unterbrach sie. „Ach nein! Ein Polizist?“, flüsterte er und seine Stimme klang plötzlich ganz zittrig vor Angst. Miesel warf ihm einen überraschten Blick zu – und sah augenblicklich, dass Tobys Furcht nur gespielt war, weil der schwarze Hexer noch immer ein wölfisches Grinsen zeigte.

„J…j…ja genau, Polizist“, sagte Polly befangen. „Ein ziemlich hohes Tier, sogar. Er wird Sie festnehmen, und dann bleiben Sie eine ganze Weile hinter Gittern, es sei denn, Sie lassen uns jetzt gehen. Und damit meine ich uns *alle*. Wo halten Sie den Rest der Klasse versteckt?“

Toby warf lachend den Kopf in den Nacken. „Das ist mein Geheimnis und ihr müsst es heraussssfinden!“

An der Tür war ein zaghaftes Klopfen zu hören, und Toby ging hin, kramte den Schlüssel aus seiner Tasche und sperrte das Schloss auf. Er forderte Mr Needle und Mr Bland auf einzutreten. Mit angstvoll gesenktem Blick huschten die beiden Männer ins Zimmer.

Mr Needle schleppte eine große dampfende Schüssel und Mr Bland trug die Teller und das Besteck. Sie deckten den Tisch, und als sie fertig waren, rief Toby: „Essen! Kommt, Polly und Miesel, nach eurer langen Suchexpedition müsst ihr doch hungrig sein! Greift zu!“

Widerstrebend nahmen Miesel und Polly Platz. Wieder gab es den gleichen Eintopf und er schmeckte genauso fade wie zuvor.

„Das ist offenbar das einzige Gericht, das die beiden zustande bringen“, sagte Toby. „Wie armssselig, was?“

Weder Miesel noch Polly verspürten Hunger, und so

saßen sie da, ohne das Essen vor sich anzurühren. Toby nahm mit offenkundigem Abscheu ein paar Bissen zu sich. Als er fertig war, beugte er sich über den Tisch, hob den Topf hoch und ließ ihn auf den Boden neben seinen Stuhl plumpsen. Dann nahm er zwei leere Schüsseln und stellte sie daneben. Mit einer kleinen Geste gebot er Mr Needle und Mr Bland zu essen. Die beiden Männer krabbelten auf allen vieren zu dem Topf und schöpften sich mit bloßen Händen Eintopf in die Schüsseln. Dann vergruben sie wie zwei ausgehungerte Hyänen die Gesichter in den Schalen und verschlangen das Essen, so schnell sie konnten.

„Was passiert jetzt?", fragte Miesel und gab sich größte Mühe, das nervöse Beben in seiner Stimme zu verbergen.

Toby dachte einen Moment nach. „Ich werde euch bisss morgen einsperren – und dann werden wir ein bisschen Spaß miteinander haben", sagte er. „Needle! Bland! Aufssstehen, ihr faulen Misthunde. Wir bringen jetzt Master Stubbsss und Miss Williamsss in ihre neue Unterkunft."

Mr Needle und Mr Bland rappelten sich hastig auf. Mr Needle nahm Polly am Arm und Bland ergriff Miesel. Dann führten sie die Kinder zur Tür. Toby schlenderte ihnen in aller Seelenruhe hinterher.

„Wohin gehen wir?" Miesel drehte seinen Kopf, um Toby anzusehen. Der schwarze Hexer zeigte geradewegs den Flur hinunter. „Nach da unten, alter Junge“, sagt er. „Und zwar nach ganz tief unten.“

Mr Needle und Mr Bland schleiften Miesel und Polly durch die Halle, in Richtung Küchentrakt. Toby folgte ihnen. Kurz bevor sie die Küchentür erreicht hatten, hielten die Männer abrupt an. Scheinbar grundlos, denn der Flur war, abgesehen von einem alten, staubigen Wandteppich, der von der Decke bis zum Boden reichte, leer. Das gestickte Bild zeigte eine Gruppe von Jägern mit einer Hundemeute, die auf der Hatz nach einem in der Ferne entschwindenden Fuchs waren.

Mr Needle schob den Wandteppich beiseite. Dahinter kam eine schwere Holztür zum Vorschein. Polly und Miesel warfen sich verstohlene Blicke zu, und Polly hob eine Augenbraue, als wollte sie sagen: *Wieso haben wir die eigentlich nicht entdeckt?*

Mr Bland kramte einen Schlüsselbund aus seiner Tasche hervor. Er suchte den größten Schlüssel heraus, ein rostzerfressenes Eisending mit verschnörkeltem Griff, und schob ihn in das Schlüsselloch. Er drehte sich. Das uralte Schloss gab mit einem Quietschen nach – und die Tür schwang auf.

Dahinter waren Steinstufen, die spiralförmig in die Tiefe führten. Mr Needle und Mr Bland zerrten Polly und Miesel nach vorn, als alle nacheinander die Wendeltreppe hinabstiegen. Ihre Schuhe knirschten auf den alten Steinen. In regelmäßigen Abständen hingen trübe

Glühbirnen in rostigen Gittergehäusen von der Decke. Ihr Licht war gerade hell genug, dass man sah, wohin man trat. Die Treppe machte etwa neun Spiralwindungen, ehe sie unten ankamen. Sie standen in einem kleinen mit Steinen eingefassten Bereich, an der gegenüberliegenden Wand befand sich eine Tür. Mr Bland öffnete sie mit einem Schlüssel von seinem Bund. Dann wurden Polly und Miesel wortlos in den dahinterliegenden Raum geschubst.

Eine einzige Glühbirne warf ihr spärliches Licht in den kleinen kreisförmigen Raum. Darin befand sich nichts außer einem schmalen schmiedeeisernen Bett an der Wand, über dem ein paar dreckig aussehende Decken lagen.

Tobys Donnerlachen schallte von der offenen Tür herüber.

„Nicht ganz, wasss ihr gewöhnt seid, vermute ich! Aber vielleicht hat die kleine Polly so wasss ja schon mal gesehen, da ihr Vater Polizissst ist! Ein hochrangiger Polizissst, freilich – der arme, unschuldige Leute verhaftet und sie in Räumlichkeiten ähnlich wie diese hier einsperrt, möchte ich behaupten!“

„Was soll das alles?“, fragte Miesel. „Warum tun Sie das?“

„Oh, Miesel, alter Junge“, sagte Toby und schüttelte in gespielter Bedrücktheit den Kopf. „Warum tue ich das? Na ja, denk doch nur mal an all die schrecklichen

Dinge, die du angessstellt hast! Die du nicht nur mir, sssondern so vielen großartigen, redlichen schwarzen Hexern und Hexenmeissstern angetan hast – nicht zu vergessen das Unrecht, das du dem armen Dragodon und ssseinem alten Drachen zugefügt hast. Du warssst fürwahr ein unendlicher Quell des Verdrusses, nicht wahr?

Und haben nicht ich und paar meiner Freunde versssucht, deinem Treiben ein Ende zu setzen? Und hast du unsss nicht bei jeder Gelegenheit dazwischengefunkt? Und bin nicht jetzt *ich* an der Reihe, dir einen Ssstrich durch die Rechnung zu machen? Und bissst nicht *du* jetzt an der Reihe zu leiden?"

„Na ja, äh, woran haben Sie denn da gedacht?"

Toby grinste und schüttelte den Kopf.

„Nein, nein, Miesel – jetzt noch nicht! Ich will dieses Vergnügen noch eine Weile auskosssten! Du wirst esss noch erfahren – später. Gute Nacht, ihr Lieben! Schlaft gut!"

Nun gab Toby Mr Needle und Mr Bland ein Zeichen. Needle huschte vor und machte sich daran, die Tür zuzuziehen – aber kurz bevor sie ins Schloss fiel, rief Toby aus: „Halt! Nur einen Augenblick noch! Aufmachen, Needle!"

Die Tür schwang wieder auf und Toby spazierte in die Zelle hinein. Er baute sich vor Miesel auf und streckte seine Hand aus.

„Das hätte ich fassst vergessen“, murmelte er mit liebenswürdiger Stimme. „Gib sssie mir, alter Junge!“

„Ihnen was geben?“

„Du weißt, wasss, Miesel.“

Miesel glaubte es zu wissen – aber er würde sie nicht so ohne Weiteres hergeben.

„Nein, Toby. Ich weiß es nicht. Ihnen *was* geben?“

Toby seufzte. „Die Gummibärchen, die du immer mit dir herumträgssst, Miesel. Ich weiß, dass du sssie dabeihast – sssei so freundlich und gib sssie mir, bevor ich Gewalt anwenden muss.“

Zögernd und mit geknickter Miene fuhr Miesel in seine Hosentasche, wo seine Fingerspitzen die Gummibärchentüte aus Plastik berührten. Er konnte spüren, dass die Tüte oben offen war – und in diesem Moment hatte er einen Geistesblitz. So unauffällig wie möglich krümmte er die Fingerspitzen, sodass eine Art kleine Kelle entstand, und schob sie in die offene Tüte hinein. Es gelang ihm, ein paar Gummibärchen in seine Handfläche zu schaufeln. Dann zog er mit einer schnellen, fließenden Bewegung die Finger aus der Tüte und ließ dabei eine geringe Anzahl Gummibärchen aus der Hand in die Hosentasche gleiten.

„Jetzt mach schon, Miesel!“, bellte Toby. „Ein bisschen dalli, wenn's recht ist!“

Miesel zog die Tüte aus der Hosentasche und reichte sie Toby mit finsterer Miene.

„Ausssgezeichnet!“ Toby hielt sich die Tüte vors Gesicht und starrte voller Genugtuung auf den bunten Inhalt. „Schon mal ein Trick weniger!“ Er warf Polly einen

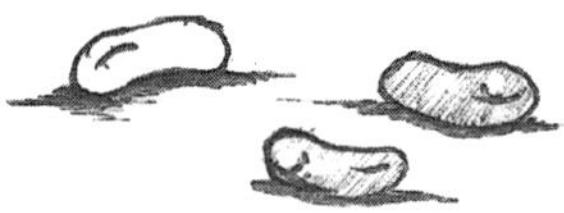

Blick zu und sagte: „Erssstaunliche Dinger, diese Gummibärchen, Polly. Wenn man das richtige erwischt, wird man unsssichtbar! Nicht lange, vielleicht für dreißig Sekunden, aber unssserem jungen Freund hier haben sssie in der Vergangenheit schon ein paarmal Kopf und Kragen gerettet. Stimmt's, alter Junge?“

Miesel gab keine Antwort. Stattdessen starrte er ausdruckslos in Tobys stechende Augen. Toby grinste widerwärtig. Dann drehte er die Tüte um und schüttete die Gummibärchen in seine flache Hand.

„Ein bescheidener Zauber“, sagte er hämisch.

Toby öffnete den Mund, beugte den Kopf hinunter und stülpte seine Lippen um das Häufchen Gummibärchen. Dann machte er ein schlürfendes Geräusch, hob den Kopf – und seine Hand war leer. Miesel sah Toby dabei zu, wie er mit bedächtigem Gesichtsausdruck ein paarmal kaute. Dann, mit einem einzigen krampfartigen Zucken seines Adamsapfels, schluckte er.

„Warum ihr Menschenkinder diese Dinger so mögt, ist mir ein Rätsssel“, sagte er. „Mir wird ssspeiübel davon. Aber was soll's. So kommt unsss wenigstens dieser Unsichtbarkeitshumbug nicht mehr in die Quere.“

Lässig hielt er Miesel die leere Plastiktüte hin, so als

erwarte er, dass Miesel nun den Abfall entsorgen würde. Ohne ein Wort zu sagen, nahm Miesel die Tüte und stopfte sie wieder in seine Hosentasche.

„Alssso", sagte Toby, „Needle und Bland werden beide vor eurer Tür possstiert. Sie werden die ganze Nacht Wache halten – beide kommen ohne Schlaf aus. Versssucht, euch ein bisschen auszuruhen. Ihr werdet für das, wasss vor euch liegt, eure ganze Kraft brauchen."

„Was, Toby?", sagte Miesel. „Was liegt noch vor uns?"

„Oh, vieles, alter Junge. Viele wundersame Dinge. Und alle sssind *extrem* gefährlich!"

Toby nickte Mr Needle zu und der verängstigte Mann schlug die Tür mit einem lauten Knall zu. Dann war das Geräusch eines Schlüssels zu hören, der sich im Schloss dreht.

Stille.

„Okay, Miesel. Jetzt mal raus mit der Sprache!", sagte Polly.

Eine Enthüllung

Ein Blick in Pollys entschlossenes Gesicht überzeugte Miesel, dass jetzt der richtige Zeitpunkt gekommen war, ihr alles zu erzählen. Polly hatte in den letzten fünf Minuten mehr Zauberei gesehen als die meisten Menschen in ihrem ganzen Leben – und schon deshalb würde die ganze durchgeknallte Geschichte, die er ihr erzählen musste, glaubhaft sein.

Und so verriet ihr Miesel alles über Basil Trampelbone und die Modelleisenbahn; er erzählte ihr die Geschichte von Dragodon, seinem Drachen Arcturion und seiner Riege mörderischer schwarzer Hexer; er erzählte ihr, dass sein Vater der Zauberergilde vorstand, und erklärte ihr, dass seine Mutter eine Manaquelle war. Er erzählte, wie er Toby Jugg begegnet war – und wie er anfangs geglaubt hatte, in ihm einen Freund gefunden zu haben, und wie er später in Caltrop Castle herausfand, dass er sich geirrt hatte. Zum Schluss berichtete er von dem Glibbermonster und seinem Angriff auf Merlin Manor – und Polly zog bei der Beschreibung des riesigen, schleimigen Monsters eine angewiderte Grimasse.

Als Miesel geendet hatte, trat eine lange Schweigepause ein. Er sah Polly an, die auf dem schmalen Bett saß, mit dem Rücken gegen die Steinwand gelehnt. Sie ließ den Blick ins Leere schweifen. Ihr Gesicht war völlig ausdruckslos.

„Du glaubst mir kein Wort, was?“

Polly warf Miesel einen Blick zu. „Doch, ich glaub dir“, sagte sie sehr leise.

Dann, ohne Vorankündigung, flog krachend die Zellentür auf. Toby Jugg stand in der offenen Tür.

„Herrlich, Miesel!“, brüllte er vergnügt. „Du hast all diessse hinterhältigen Lügen sehr überzeugend vorgetragen!“

„Lügen?“, fragte Polly mit großen Augen.

„Von wegen wie abscheulich schwarze Hexer sind, Polly. Wir sind die vollkommensssten Geschöpfe auf dieser Erde! Es sind all diessse anderen verachtensss-werten Kreaturen, die von Übel sssind! Menschen und Zauberer und Hexenmeisssster – die machen nichts als Scherereien! Wir schwarzen Hexer wollen lediglich eine bessere Welt erschaffen, das ist alles!“

„Oh. Aber … mal davon abgesehen, ist alles andere wahr?“, fragte Polly.

„Oh ja, meine Liebe! In der Tat! Ich hab es genossen, mir allesss noch mal anzuhören. Miesel ist ein trefflicher Geschichtenerzähler!“ Toby betrat die Zelle, und Miesel sah, dass Mr Needle und Mr Bland dicht hinter ihm standen.

Toby streckte Polly eine Hand entgegen. „Komm mit, Polly!“, sagte er. „Mit dir habe ich etwasss anderes vor.“

Polly presste sich noch fester an die Wand und wich vor Tobys ausgestreckter Hand zurück. „Wo bringen Sie mich hin?“, flüsterte sie.

„Na ja, zu dem Ressst deiner Klasse, natürlich!“, donnerte Toby. „Du hast doch nicht etwa geglaubt, du würdessst außen vor bleiben? Nein, mein liebesss Kind! Ich habe dich nur so lange in Miesels Obhut gegeben, bis ich die geeigneten Vorbereitungen für dich getroffen habe. Und jetzt sssind diese Vorbereitungen abgeschlossen – also, komm mit!“

Polly zog sich ganz ans andere Bettende zurück und schüttelte den Kopf. „Ich will hierbleiben.“

Toby legte verärgert die Stirn in Falten. „Das kannssst du nicht“, knurrte er und ging noch einen Schritt weiter in die Zelle hinein.

Ein Augenblick verstrich, in dem sich niemand rührte und kein Wort gesprochen wurde. Dann tat Polly etwas völlig Unerwartetes.

Sie zeigte mit dem Finger auf Toby und sagte laut: „*Pugilis Crestor Sejetto*!“

Ein purpurroter Funke schoss aus ihrer Fingerspitze heraus, sauste quer durch den Raum und hielt direkt auf Tobys Nase zu. Während er quer durch den kleinen Raum düste, verwandelte er sich – Knall auf Fall – von einem winzigen roten Pünktchen in einen großen knallroten Boxhandschuh.

Toby war so überrumpelt, dass er sich nicht rechtzeitig duckte. Der Boxhandschuh sauste mit zunehmender Geschwindigkeit durch den Raum und stoppte erst, als er Toby mitten ins Gesicht traf. Ein lautes *Wump!* war zu hören, als er auf Tobys Nase landete, sowie das

schmerzerfüllte Ächzen, mit dem Toby auf seinen Hacken leicht nach hinten federte. In dem Moment, da der Handschuh sein Ziel traf, verpuffte er in einer scharlachroten Wolke. Toby geriet, beide Hände fest an die Nase gepresst, kurz ins Taumeln. Dann verlor er das Gleichgewicht und knallte mit voller Wucht auf den Steinfußboden.

Eilfertig eilten Needle und Bland an die Seite ihres Herrn und beugten sich über ihn, doch Toby wehrte sie ab wie lästige Fliegen. Über den Rand seiner Hände hinweg, mit denen er sich noch immer die Nase hielt, starrte er Polly verblüfft an. Langsam rappelte er sich hoch. Er nahm die Hände von der Nase, und Miesel sah, dass aus jedem Nasenloch ein dünnes Rinnsal Blut floss. Er konnte an Tobys Miene ablesen, wie seine Verblüffung in Wut und Schmerz umschlug.

„Sssieh an, sssieh an“, sagte Toby langsam. Er zog ein Seidentaschentuch aus seiner Brusttasche und betupfte damit die blutende Nase. „Sssieh an, sssieh an“, wiederholte er, diesmal etwas leiser.

Polly starrte Toby an und auf ihr hübsches Gesicht legte sich ein Ausdruck von Trotz gepaart mit Angst.

„Ssso, die junge Polly ist also eine Zauberin, wasss? Das ist ja eine ziemliche Überraschung! Für mich zumindessst!“ Er richtete seine gelben Augen auf Miesel. „Wie steht’s mit dir? Wusstest du, dass deine kleine Freundin über magische Fähigkeiten verfügt?“

Miesel gab keine Antwort. Er war so verdattert, dass er Polly nur noch mit offenem Mund anglotzen konnte.

„Ja, na ja“, murmelte Toby. „Deinem ssstumpfsinnigen Gesichtsausdruck nach zu urteilen, scheint es mir, alsss käme es für dich genaussso überraschend wie für mich, Miesel, alter Junge.“

Toby wandte sich wieder an Polly und sagte. „Ich vermute, das war schon alles, wasss du zu bieten hast? Wenigstensss für die nächsten zwanzig Stunden, esss sei denn, du bissst eine weitere Mallockee? Das fällt mir allerdings schwer zu glauben, da Mallockees heutzutage doch recht rar gesssät sind.“

„Ich weiß nicht, was eine Mallockee ist“, murmelte Polly grimmig. „Ich weiß ja noch nicht mal, was *ich* bin.“

Toby lachte – ein kurzes, bellendes Lachen wie der Schrei eines Seelöwen. „Was du bissst, meine Liebe, das werde ich noch herausfinden müssen. Aber nicht hier! Wenn du jetzt keine weiteren Gewaltstreiche gegen mich in petto hast, dann erweise mir gütlichst die Ehre, mich zu begleiten, und zwar ein bisschen plötzlich!“

Polly schüttelte wieder den Kopf und kauerte sich am Bettende zusammen. Toby schnalzte mit der Zunge und gab Mr Needle und Mr Bland ein Zeichen. Die beiden Männer marschierten in die Zelle hinein, packten Polly an den Armen und zerrten sie hoch. Dann schleiften sie das Mädchen aus der Zelle. Miesel machte mit geballten Fäusten einen Schritt nach vorne – Toby lachte erneut und sagte: „Aber, aber Miesel! Keine Faustschläge, ich bitte dich! Davon habe ich für heute gründlich die Nassse voll!“

„Wohin bringen Sie sie?“ Miesel funkelte Toby wütend an.

„Keine Sssorge, ihr wird kein Haar gekrümmt. Ich will einfach nur mit ihr reden, das ist allesss.“

„Wieso?“

„Wiessso? Um herauszufinden, was esss mit ihr auf sich hat, Miesel! Eine kleine Zauberin in unssserer Mitte! Willst du nicht auch mehr über sssie in Erfahrung bringen?“

„Wehe, Sie tun ihr weh ...“

„Ich werde ihr nicht wehtun“, sagte Toby. „Ich brauche ihr nicht wehzutun. Ich kriege allesss heraus, wasss ich wissen will, ich erfahre allesss von jedermann, zu jeder Zeit. Es ist ein ziemlich einfacher Zauber, der Veritas-Zauberbann. Und er ist für den Verzauberten ganz harmlos. Und morgen werden wir dann alle gemeinsam zu unserer kleinen Entdeckungssssreise aufbrechen. Ich werde natürlich nur als Zuschauer mit von der Partie sssein.“

„Wohin gehen wir?“

„Also, von allen möglichen Abenteuern mal abgesehen, wirssst du dich natürlich auf die Sssuche nach deinen verschwundenen Mitschülern begeben. Polly wird übrigensss bei ihnen sein. Und auch wenn dir der Rest deiner Klasse vielleicht egal ist, ich bin mir sssicher, dass du keine Anstrengungen scheuen wirst, um *sie* zu finden, stimmt's?"

„Ja, aber wo …?"

„Aber Miesel – wenn ich dir das verrate, ist esss doch keine Entdeckungsssreise mehr, oder? *Sie stecken alle in der geheimen Höhle, Miesel!* Wo bleibt da denn der Spaß an der Sache? Nein, nein, esss wird deine Aufgabe sein, sssie zu finden … und ich werde mit riesssigem Vergnügen zusehen, wie du scheiterssst! Und mit Freuden werde ich zusehen, wie du dabei draufgehen wirst! Denn draufgehen wirst du ganz bestimmt, Miesel!"

Als Toby die Tür schon halb zugezogen hatte, hielt er noch einmal nachdenklich inne. „Wasss ihren Aufenthaltsort betrifft, gebe ich dir einen Tipp. Das ist ganz ungefährlich, denn du wirst sowiessso nichts damit anfangen können. Ich werde dir einen Namen nennen. Einen Namen, der dir den Schlaf raubt. *Dystopia.* Dort sind sssie. Sie befinden sssich alle in Dystopia. Gute Nacht!"

Die Tür schlug mit einem Knall zu. Dann drehte sich der Schlüssel.

Dystopia. Dieser Name sagte Miesel gar nichts. Toby hatte Recht – das half ihm kein Stück weiter.

Betrübt ließ sich Miesel auf der Kante des schmiedeeisernen Bettes nieder. Die rostigen Federn quietschten unter seinem Gewicht. Außer diesem leisen Geräusch und seinem eigenem Atem war kein Laut zu hören.

Miesel spürte, wie die Verzweiflung begann, sich seines Verstandes zu bemächtigen, und er schüttelte sie schnell ab. Schon oft hatte er erlebt, wie ein Ohnmachtsgefühl so überwältigend wurde, dass er zu nichts anderem mehr fähig war, als dazusitzen und mutlos auf den Boden zu starren. Mutlos auf den Boden zu starren war etwas, was Miesel sonst nie tat – nicht, wenn er noch etwas tun konnte.

Er musterte die Wände und die Decke, suchte jeden Zentimeter Mauerwerk nach Video-Kameras, Mikrofonen oder ähnlichen Vorrichtungen ab. Anscheinend gab es nichts Derartiges. Miesel bückte sich und spähte unter das Bett. Auch dort war nichts – außer zwei stabilen, im Mauerwerk verschraubten Eisenwinkeln, die an den beiden hinteren Bettfüßen festgemacht waren.

Das ist doch ein bisschen seltsam, dachte Miesel. *Wenn man verhindern will, dass ein Möbelstück verrutscht, dann macht man normalerweise die Füße am Boden fest, nicht an der Wand …*

Aber wenigstens wurde er hier weder abgehört noch ausgespäht, daher fühlte sich Miesel sicher genug, um die wenigen Gummibärchen hervorzuholen, die er aus der Tüte gefischt hatte.

Nur so wenige waren übrig! Und … und nur zwei gelbe Gummibärchen!

Tja, zwei sind besser als keins ... aber ich muss sie klug einsetzen ...

Miesel legte sich auf das schmale Bett, starrte hinauf zu der funzeligen Glühbirne und begann zu grübeln. Ein Gedanke ließ ihn nicht los:

Polly. Polly ist eine Zauberin. Offenbar weiß sie nicht viel darüber – und trotzdem kennt sie mindestens einen Zauberspruch! Einen ziemlich eigenartigen Zauberspruch allerdings. Ich frage mich, wie viele andere sie noch draufhat ... Hoffentlich sind die etwas brauchbarer als ein roter Boxhandschuh ...

Und dann wurde Miesel von Erschöpfung übermannt und schlief, ohne es zu wollen, tief und fest ein.

Das Loch

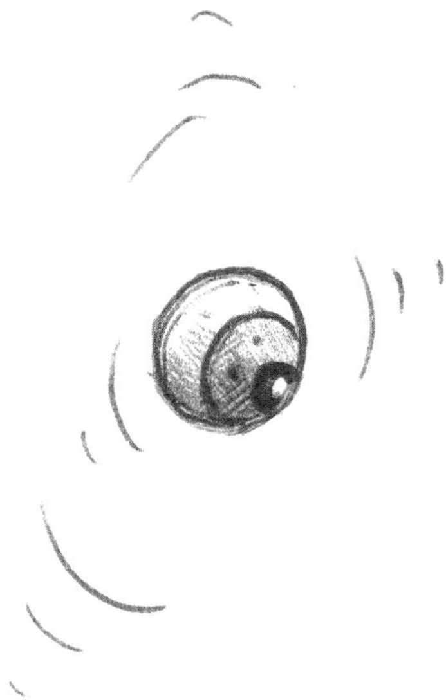

Miesel wurde von einem knirschenden Geräusch geweckt. Es hörte sich an, als würden große Steine aneinandergerieben. Miesel riss die Augen auf. Das Licht brannte noch immer. Das Knirschen wurde lauter und lauter … und es schien von irgendwo neben seinem Bett zu kommen.

Vorsichtig lehnte sich Miesel seitwärts und schaute hinunter auf den Steinfußboden.

Genau in der Mitte des Bodens war ein kleines rundes Loch, das sich schnell vergrößerte. Auf den ersten Blick sah es aus wie ein Tintenfleck, der sich allmählich auf einem schmutzigen Stück Stoff ausbreitet. Miesel schaute genauer hin und bemerkte erst jetzt, dass die Steine im Fußboden als Reihen sich überlappender, dreieckiger Kacheln angeordnet waren, und diese Kacheln rückten immer weiter voneinander ab und bildeten ein Loch. Und die Ränder dieses Lochs kamen den Füßen von Miesels Bett allmählich gefährlich nahe. Er spähte in das Loch hinein, aber da war nur ein tiefes Schwarz, das keinen Grund erkennen ließ. Die Wände des Lochs waren sehr glatt und sahen aus wie polierter Stein.

Das Knirschen wurde jetzt, da die Rotation der dreieckigen Steinkacheln den Saum des Loches immer näher und näher heranschob, sehr laut. Miesel konnte nichts anderes tun, als sich auf sein Bett zu kauern, den Rücken an die kalte Steinwand gepresst.

Als die Öffnung die vorderen Füße des Bettes erreicht hatte, machte das Bett einen kleinen Ruck. Der Boden darunter verschwand. Aber es stürzte nicht hinab; es wurde von den Winkeln, welche die beiden hinteren Füße an der Wand verankerten, festgehalten. Jetzt erst begriff Miesel, warum das Bett auf diese Weise befestigt worden war.

Das knirschende Geräusch dauerte noch ein paar Sekunden an, dann verstummte es. Miesel und das Eisenbett hingen freischwebend über einem riesigen, kesselförmigen Krater.

Mit äußerster Vorsicht rückte Miesel von der Wand ab. Langsam rutschte er auf den Bauch, klammerte sich am Bettgestell fest und äugte über die Kante.

Ein schwarzes Nichts.

Das Bett quietschte unheilvoll, und Miesel glaubte zu

spüren, dass das Gestell ein klitzekleines bisschen ruckte – *nach unten*! Er dachte an die Schrauben, die das Bett an der Wand festhielten – *so wahnsinnig stabil hatten die nun auch nicht ausgesehen …*

Schlotternd vor Angst zog sich Miesel langsam von der Bettkante zurück und presste sich so dicht wie möglich an die Wand.

Da war auf einmal das Rasseln eines Schlüssels zu hören. Miesel wandte den Kopf um und sah, wie Toby Jugg in der Tür erschien.

„Hallo, Miesel, alter Junge! Gut geschlafen?“

Miesel antwortete nicht. Höflichkeit zahlte sich hier wohl kaum aus – nicht bei einem schwarzen Hexer!

Toby spähte in den Abgrund zu seinen Füßen.

„Ungemein interessant, findessst du nicht?“, sagte er leichthin. „Das ist die Gruselgrotte. Ich frage mich, wie tief sie wohl ist.“

Toby griff in seine Tasche und holte eine Münze hervor. Dann lehnte er sich, mit einer Hand den Türrahmen umklammernd, über den Krater, streckte so weit wie möglich einen Arm aus und ließ die Münze in den Abgrund fallen.

Miesel spitzte die Ohren, um den Aufprall zu hören – aber er lauschte vergebens.

„Hmmm“, sagte Toby. „Die muss ungeheuer tief sein, wasss? Lass es unsss noch mal versuchen, mit etwasss Größerem!“

Toby machte einen Schritt zur Seite, langte hinter sich und zerrte Polly in die geöffnete Tür. Ihre Augen waren rot gerändert und sie sah sehr müde und verängstigt aus. Als sie den riesigen schwarzen Krater erblickte, der zu ihren Füßen im Boden klaffte, rang sie nach Atem und versuchte zurückzuweichen, aber Tobys eiserner Griff war unerbittlich.

„Wollen wir unsere kleine Zauberfreundin in die Gruselgrotte schubsssen, Miesel?“, fragte Toby mit wölfischem Grinsen.

Miesel antwortete nicht. Toby würde tun, was ihm beliebte, und nichts, was Miesel sagen konnte, würde ihn davon abhalten.

„Wir hatten eine sssehr nette Unterhaltung, die kleine Polly und ich“, sagte Toby. „So wie's aussieht, ist sssie keine wirkliche Zauberin. Sssie hat ein altes Buch gefunden, das einssst ihrer Urgroßmutter gehörte, und hat ein paar sssimple Zaubersprüche daraus gelernt. Verblüffend ist natürlich, dass Polly nichtsss von ihren Fähigkeiten ahnte, bis sie die Sprüche ausprobiert hat. Ihre Urgroßmutter ist vor langer Zeit gessstorben, und ihre Eltern haben nie ein Wort über die alte Dame verloren – so war Polly ziemlich geschockt, als esss ihr gelang, alle Uhren im Haus rückwärtsss gehen zu lassen. Zu unser aller Glück ist der Boxhandschuhzauber die einzige Angriffszauberformel, die sssie gelernt hat! Alles andere sind ganz und gar unnütze Sprüche, mit denen sich Zitronen in Orangen verwandeln lassen und ähnlicher Quatsch! Nun ja, eigentlich ist die kleine Polly für unsss jetzt nicht mehr weiter von Nutzen, nicht wahr?“

Tobys Lächeln wurde breiter. Dann, ohne jegliche Warnung, schubste er sie einfach über den Rand des Loches und ließ ihren Arm los.

Polly stieß einen langen, heulenden Schrei aus, dann stürzte sie in die Finsternis.

Für einen Moment war Miesel wie vom Donner gerührt und brachte keinen Ton über die Lippen. Mit weit aufgerissenen Augen starrte er Toby an, der seinen Kopf

schief gelegt und eine Hand hinters Ohr gelegt hatte. Sekunden verstrichen. Dann richtete Toby den Kopf auf, nahm die Hand vom Ohr und sagte: „Kein Bums, kein Rums – nicht ein Laut, um's genau zu sagen! Diese Gruselgrotte muss sich in der Tat bis insss Unendliche ausdehnen!"

„Sie … Sie … Sie haben sie getötet!", brachte Miesel hervor.

Toby runzelte die Stirn. „Was?", sagte er erstaunt.

„Sie haben Sie umgebracht!", schrie Miesel, der am ganzen Leib zitterte.

Toby schüttelte den Kopf und grinste. „Nein, das hab ich nicht, alter Junge. Na ja, nicht direkt jedenfallsss. Vielleicht wird ihr ja von anderer Seite irgendwasss angetan, aber *ich* habe sie keinesssfalls getötet."

„Aber … wenn sie unten aufschlägt …"

„Eine Gruselgrotte hat keinen Boden, verstehst du?"

Miesel starrte Toby an. Was er gerade gesagt hatte, ergab keinen Sinn.

„Sie muss einen Boden haben!"

Toby nickte gedankenvoll. „Ssstimmt schon, wenn wir hier von einem einfachen Loch sprechen würden, Miesel. Aber eine Gruselgrotte ist kein einfaches Loch im Boden, verstehssst du. Genau genommen ist sie gar kein Loch."

„Was dann?"

„Ein Portal."

„Ein Portal? Was ist ein Portal?“

„Eine Öffnung. Ein Tor. Eine Art Tür, wenn du willst.“

„Eine *Tür*? Wohin kommt man durch diese Tür?“

„Nun ja, nach Dystopia natürlich.“

Wieder dieses Wort. Dystopia …

„Ich weiß, was du mich gleich fragen wirst, alter Junge“, sagte Toby und grinste noch breiter. „Aber offen gestanden weiß ich nicht genau, wasss Dystopia ist. Das weiß niemand. Diesesss Thema wird von der Zauberergilde gemieden, weil niemand in diesem armssseligen Verein als unwissend dastehen will. Natürlich ist die Exissstenz von Dystopia bekannt, und zwar ssseit der Entdeckung der ersten Gruselgrotte. Diese Portale galten jahrzehntelang als verschollen, weißt du. Erst ein Genie wie ich musste kommen und diessse hier wieder aufspüren. Nachdem ich sssie entdeckt hatte, gelangte ich durch meine Nachforschungen zu der Auffassung, dass Dystopia eine Welt ist, die parallel zu unssserem eigenen Universum exissstiert. Und eins gilt als sicher: In Dystopia wirken gewaltige Zauberkräfte – du spürssst doch bestimmt, wie dort das Mana sprudelt?“

Toby deutete hinab in den Abgrund und sah Miesel forschend an. Dieser schüttelte den Kopf.

„Ach ja“, seufzte Toby. „Richtig, du behauptessst ja, keine magischen Fähigkeiten zu besitzen. Fallsss das wahr sein sollte, dann lass mich dir versssichern, dass dies hier die größte Quelle natürlichen Manas ist, auf die ich je gestoßen bin. Allesss, was ich tun muss, ist hier zu stehen, unweit desss Portals, und das Mana in mich einströmen zu lassen – und das ist ein herrliches Gefühl, sei dir gewiss!“

Miesel überlegte einen Augenblick, dann fragte er: „Wie haben Sie die Grotte gefunden?“

Toby warf den Kopf in den Nacken und lachte. „Eine gute Frage!“, dröhnte er. „Sssie verdient eine ehrliche Antwort. Ich habe sie gefunden, Miesel, weil ich danach *gesssucht* habe! Esss gibt einen guten Grund, warum die Gruselgrotten in Vergessenheit geraten sssind. Das Mana, das dort fließt, hat eine ssseltsame, unnatürliche Färbung, welche die meisssten Zauberer extrem unangenehm und sogar ein bisschen Furcht einflößend finden. Anstatt sssich also die Gruselgrotten zunutze zu machen, meiden sssie lieber diessse Orte. Auch Menschen hegen eine tiefe Abneigung gegen Gegenden, wo esss Gruselgrotten gibt – genau wie Tiere und Vögel, im Grunde alle Lebenwesssen. Ich vermute, dir ist aufgefallen, dass da draußen nichtsss kreucht oder fleucht. Und dass es weit und breit kein anderesss Haus gibt? Das sind allesss Hinweise auf eine Gruselgrotte.“

„Aber irgendjemand hat doch direkt darüber ein Haus errichtet.“

„Ah!“, grinste Toby mit selbstgefälliger Miene. „Nun ja, das war ich, verstehssst du.“

„Sie haben das Haus gebaut?“

Toby nickte begeistert. „Das reinsssste Kinderspiel mit all dem Mana, das hier fließt. Hat keine zehn Minuten gedauert. Ich weiß, das Haus sieht alt aus, aber in Wahrheit steht es erssst seit einem Monat hier!“

„Aber … was ist denn mit all den anderen Klassenreisen … mit den anderen Schulklassen? Sie sind doch alle schon hier gewesen, oder?“

Toby schnaubte verächtlich. „Nein, sind sssie nicht. Es gab keine anderen Klassenreisen, Miesel. Mit meinen genialen magischen Fähigkeiten war esss mir ein Leichtes, den betreffenden Schulrektoren falsche Erinnerungen insss Gedächtnis einzupflanzen. Sie alle glaubten, die Klassenreisen hätten stattgefunden, was natürlich nicht der Fall war. Diese hier ist die erssste. Und ich fürchte, es wird auch die letzte sein!“

Dann machte Toby etwas Eigenartiges. Er deutete mit dem ausgestreckten Zeigefinger in Miesels Richtung. Zunächst glaubte Miesel, der Finger sei direkt auf ihn gerichtet, aber bei genauerem Hinsehen erkannte er, dass der Finger in Wahrheit auf eine Stelle wies, die sich unterhalb seines Kopfes befand, sogar unterhalb seines Körpers. Toby richtete offenbar seinen Finger auf etwas, was auf dem Bett oder vielleicht auch *unter* dem Bett war.

„Dessspiralicos antempi cobendo!“

Ein Strahl schwarzen Lichts schoss aus Tobys Finger und Miesel dachte: *Wie kann Licht schwarz sein?*

Und dann entsann er sich, dass Toby damals, in Caltrop Castle, schon einmal dieses schwarze Licht herbeigezaubert hatte. *Was noch immer nicht erklärte, wie Licht schwarz sein konnte! Aber jetzt war keine Zeit, sich darüber den Kopf zu zerbrechen …*

Der Strahl verschwand unter Miesels Bett. Ein leises Knirschen war zu hören. Es klang wie Metall, das gegen Stein rieb.

„Was machen Sie da?“, fragte Miesel nervös.

„Ich lockere etwasss, alter Junge!“ Toby lachte rau.

„Lockern? Was lockern Sie?“

„Nun ja, die Schrauben, die das Bett an der Wand halten, Miesel – ah, eine ist schon rausss! Nur noch sssieben weitere …“

Miesel rutschte das Herz in die Hose. Zu seinem Entsetzen geriet auch das Bett unter ihm ins Rutschen. Er krallte sich ans Bettgestell und drückte sich noch fester an die Wand. *Ich muss ihn aufhalten!*, dachte er verzweifelt. *Aber wie? Ich hab's! Ich muss ihn in ein Gespräch verwickeln! Ich muss ihn irgendwie ablenken!*

„Äh, ähm, waren Sie eigentlich schon selbst da unten in der Gruselgrotte?“

Toby schüttelte den Kopf und konzentrierte sich weiter darauf, die Schrauben zu lösen. Mit einem leisen Ticken fiel die zweite Schraube zu Boden und klackerte gegen den eisernen Bettfuß, bevor sie in den Abgrund kullerte.

„Woher wollen Sie dann wissen, dass sich da unten dieses … wie hieß es gleich noch mal … befindet?“

Diesmal sah Toby hoch, er ließ die Hand sinken und der schwarze Lichtstrahl verblasste. „Woher ich weiß, dass man da unten nach Dystopia gelangt?“, sagte er.

„Ja! Dystopia! Woher wissen Sie, dass man so dahinkommt? Vielleicht ist diese Gruselgrotte auch nichts weiter als ein Loch im Boden, so was wie … wie eine Mine!“

„Stillgelegte Minen speien kein Mana, Miesel.“

„Na ja, Dragodons Höhle hat das auch gemacht, und die war am Anfang auch nur eine Öffnung im Boden, stimmt's? Vielleicht ist da unten ja gar nicht Dystopia. Vielleicht gibt's da unten nur einen weiteren Drachen.“

Toby lachte. „*Nur* einen weiteren Drachen?“, sagte er versonnen. Dann legte er die Stirn in Falten. „Na ja, vermutlich gibt's da unten einen weiteren Drachen“, sagte er, „oder zumindest etwas Ähnliches. Genau genommen kann ich mir vorstellen, dass es mehrere sind, nebst einer Schar anderer ebenso absonderlicher Kreaturen. Nein, nein, da unten befindet sich mit Gewissheit Dystopia, wie du gleich mit eigenen Augen sehen wirst.“

Tobys Blick löste sich von Miesels Gesicht und richtete sich auf die Stelle unter dem Eisenbett. Er streckte wieder seinen Zeigefinger aus und murmelte: *„Dessspiralicos antempi cobendo!“* Und wieder hörte Miesel das leise Knirschen von Metall, das gegen Stein rieb.

„Hör mal, Toby …“, setzte er an, in dem verzweifelten Versuch, den schwarzen Hexer von seinem Tun abzulenken, aber Toby erhob lediglich seine freie Hand, schüttelte den Kopf und fuhr mit seinem Zauber fort.

Klink!

Noch eine Schraube war raus!

Knirsch … knirsch … knirsch …

Klink!

Und noch eine!

Und mit einem satten Geräusch brach der gesamte Stahlwinkel aus der Wand. Er schepperte lautstark gegen den Fuß des Bettes und fiel dann in die Finsternis.

Im gleichen Atemzug erklang das Quietschen von berstendem Metall, und Miesels Bett, das nur noch mit einem Fuß in der Wand verankert war, kippte seitwärts, sodass sich das Fußende im steilen Winkel nach unten neigte. In Todesangst klammerte sich Miesel am Gestänge des Kopfendes fest wie ein Schiffbrüchiger an seinem Rettungsfloß. Er konnte das Beben des Eisengestells spüren, als sich das gesamte Gewicht des Bettes – mit ihm obendrauf – auf den letzten Winkel stemmte, der den letzten Fuß in der Wand hielt.

„Mein lieber Mann“, sagte Toby mit schleppender Stimme. „Das sssieht aber mächtig gefährlich aus! Es besssteht hohe Wahrscheinlichkeit, dass der letzte noch übrige Winkel bricht! Ich frage mich, wasss dann wohl geschieht.“

Miesel klammerte sich verzweifelt ans Bettgestell, biss die Zähne zusammen und sagte kein Wort.

Toby lächelte mitfühlend – und bewegte seine Fingerspitze ein Stück weiter nach links. Der lange, flackernde Strahl schwarzen Lichts verschob sich ebenfalls, bewegte sich von der Stelle unter dem Fußende zu einem Punkt irgendwo unter dem Kopfende ...

Knirsch ... knirsch ... knirsch ...

Klink!

Knirsch ... knirsch ... knirsch ...

Klink!

Das eiserne Bettgestell ächzte und neigte sich etwas steiler nach vorne. Jetzt lag Miesel in ganzer Länge auf dem Bett, beide Hände um die Kopfstange gekrallt, mit seitwärts geneigtem Kopf, damit er sehen konnte, was Toby da tat.

Knirsch ... knirsch ... knirsch

Klink!

„Nur noch eine Schraube muss rausss, Miesel!", rief Toby vergnügt. Dann hielt er plötzlich inne. „Huch", murmelte er, „da war doch noch irgendwasss, ich bin mir ganz sicher? Wasss habe ich vergessen? Hmmm ... ach ja! Natürlich!"

Der schwarze Strahl blinkte und verlosch dann an Tobys Fingerspitze und Miesel verspürte ein wenig Erleichterung. *Vielleicht hat er ja seine Meinung geändert!* Aber die Hoffnung währte nicht lange!

„Sssieh genau hin, Miesel!“, tönte Toby. „Das ist absssolut widerlich, esss wird dir gefallen!“

Toby reckte die rechte Hand in die Höhe. Er legte seine Fingerspitzen aneinander und hob sie langsam vor sein Gesicht. Dann ließ er sie ganz plötzlich nach vorne schnellen und trieb sie direkt in seine Augenhöhlen. Ein

leises, schmatzendes Geräusch war zu hören und dann ein *Plopp!*

Toby zog die rechte Hand von seinem Gesicht weg – und Miesel sah jetzt mit Abscheu und Entsetzen, dass Toby sein rechtes Auge in den Fingern hielt. Toby drehte das grässliche Ding um, sodass es Miesel geradewegs anzublicken schien.

„Das war ziemlich schmerzhaft", sagte Toby. „Aber was sein muss, muss sein. Wie soll ich denn all deine zukünftigen Abenteuer auskosten, wenn ich nicht sehe, wasss geschieht?"

Toby hielt sich das Auge dicht vor den Mund, und Miesel beobachtete, wie sich Tobys Lippen bewegten. Er schien dem Auge etwas einzuflüstern, doch Miesel konnte die Worte nicht verstehen. Soweit er sehen konnte, trat aus der leeren Augenhöhle kein Blut – da war nur Tobys Lid, das sich jetzt über einer erkennbar leeren Höhle schloss.

Er hat also einen Zauber benutzt, um das zu tun! Ist ja auch klar ... so was kann sich doch niemand auf normalem *Weg antun!*

„Nun denn!", sagte Toby. „Jetzt wollen wir unsss mal um die letzte Schraube kümmern, nicht?"

Miesel dachte daran, was er alles sagen könnte. Er könnte betteln. Er könnte sich entschuldigen. Er könnte Toby Geld anbieten.

Er sagte nichts.

„Dessspiralicos antempi cobendo!“

Der schwarze Strahl schoss hervor.

Knirsch … knirsch … knirsch …

Klink!

Und da löste sich mit einem lauten metallischen Ächzen das Bett von der Wand und fiel zusammen mit Miesel wie ein Stein ins tintenschwarze Nichts.

Miesel warf einen letzten verzweifelten Blick nach oben und sah über sich die Gestalt von Toby, die sich über den Kraterrand beugte und dabei in rasender Geschwindigkeit immer kleiner wurde. Toby hatte seinen Arm ausgestreckt, und obgleich sich der Abstand zwischen ihnen mit jeder Sekunde vergrößerte, konnte Miesel erkennen, dass Toby etwas in seiner geschlossenen Faust hielt.

Etwas, das Toby mit einer flinken Drehung des Handgelenks in das Loch hineinwarf. Aus der Entfernung war es lediglich ein Punkt, der sich gegen das matte Licht abzeichnete. Doch Miesel ahnte, was es war, und seine Vermutung erwies sich als richtig. Da Toby das Ding mit Schwung nach unten geschleudert hatte, sauste es mit etwas höherer Fallgeschwindigkeit abwärts und hatte so binnen Sekunden Miesel und sein hinabstürzendes Bett eingeholt. Dann hing das Ding einfach in der Luft, außer Miesels Reichweite, und bewegte sich in genau demselben Tempo.

Es war Tobys Auge.

Dystopia

Selbst jetzt, da ihn der lähmendste Schrecken befiel, den er je gespürt hatte, war Miesel immer noch fähig zu denken.

Was, wenn es sich auf die andere Seite dreht? Obgleich das keinen Unterschied machen würde. Er und das Bett sausten jetzt mit so hoher Geschwindigkeit abwärts, dass, egal wie herum sie landen würden, der Aufprall mit Sicherheit tödlich sein würde.

Und doch hatte er gar nicht den Eindruck zu fallen. Es gab keinen pfeifenden, peitschenden Luftstrom, und er hatte auch nicht das Gefühl, dass die Eingeweide irgendwo herumwaberten, wo sie nicht hingehörten, keine vorbeihuschenden schwarzen Wände – nur diese stille, weiche, tintengleiche Schwärze. Aber es stand außer Frage, dass sich unter ihm und dem Bett noch immer nichts Festes befand, das Halt gab, denn schon die winzigste Bewegung ließ das Bett bedrohlich zu der einen oder anderen Seite kippen.

Miesel konnte nichts anderes tun, als sich krampfhaft an dem Gestell festzuklammern und zu versuchen, so reglos wie möglich zu verharren.

Aber wie lange würde das Ganze noch andauern?

Nur fünf Sekunden. Nachdem ihm dieser Gedanke gekommen war, veränderte sich alles.

Mit einem Mal wurde es hell um ihn herum und er wagte einen Blick über die Bettkante.

Da unten war ein Loch – ein rundes, lichterfülltes Loch, das immer größer und größer wurde, ganz allmählich allerdings, was zweierlei bedeuten konnte: Entweder war das Loch tatsächlich sehr groß, aber noch immer in weiter Ferne, oder es war genauso groß wie jenes Loch, in das er gefallen war, was bedeuten würde, dass er und das Bett *tatsächlich* nur sehr langsam hinabschwebten, sodass er sich wohl kaum verletzen würde, wenn er auf dem Boden aufkommen würde.

Das Bett neigte sich leicht zur Seite und Miesel kroch wieder in die Mitte der dünnen Matratze zurück und wartete.

Es wurde immer heller, die Schwärze lichtete sich zu einem Rauchgrau. Dann war er plötzlich hindurch, und es war lichter Tag – und in dem Moment, als er und das Bett am unteren Lochende herausfielen, ruckelte sein Untersatz kurz und fiel dann die letzten paar Meter in normaler Geschwindigkeit hinab. Gleich darauf landete das Bett. Es gab einen markerschütternden Knall, und Miesel spürte, wie das ganze Gestell unter ihm vibrierte. Die uralten Sprungfedern kreischten, die Matratze bog sich durch – und Miesel wurde in die Luft katapultiert, so hoch, dass er um ein Haar über die Bettkante hinausschoss. Mit einem *Wums!* landete er rücklings wieder auf der Matratze und sah verschwommen das schwarze Loch über sich schweben. Eine Sekunde später verschwand es. Diesmal war kein Reiben von Steinplatten zu hören, diesmal zog sich das Loch einfach nur immer enger zusammen, bis es sich mit dem Geräusch einer zuschlagenden Tür schloss.

Doch eine halbe Sekunde, bevor sich das Loch selbst ausknipste, flog ein kleines rundes Ding aus der mittlerweile winzig gewordenen schwarzen Öffnung. Im Freien angelangt fiel das Ding jedoch nicht zu Boden. Es verlangsamte seinen Fall und schwebte dicht über Miesels Kopf, gerade außer Reichweite.

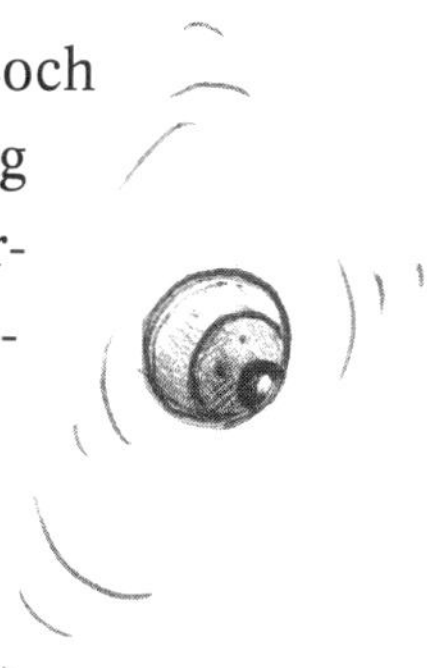

Tobys Auge schwenkte herum und starrte in Miesels erhobenes Gesicht. Das blanke Auge ohne Gesicht flößte Miesel großes Unbehagen ein. Es war, als würde man von einer ferngesteuerten Kamera beobachtet, die einem überallhin folgte.

Dann setzte der Regen ein.

Die Tropfen trafen auf Miesels nach oben gewandtes

Gesicht – ein Regen, so kalt, dass er sich wie Graupel anfühlte. Es war kein Wolkenbruch, sondern ein beständiger eisiger Nieselregen, der aus grauen, tief hängenden Wolken fiel, die sich kein Stück zu bewegen schienen.

Miesel war ein bisschen flau im Magen. Er rollte sich vom Bett herunter und stand mit beiden Beinen auf festem Boden. Er drehte sich einmal im Kreis. Miesel konnte nur fünfzig Meter weit sehen, dafür sorgte ein feuchter, grauer Nebelvorhang. Der Boden war beinahe konturenlos: kurzes, struppiges Gras, an manchen Stellen verklumpt, hier und da ragten dunkle, feucht glänzende Steine heraus.

Miesel machte ein paar wacklige Schritte, dann besann er sich eines Besseren, ging zurück und setzte sich auf den Rand der Matratze. *Hier draußen könnte sich alles Mögliche befinden!*

Polly eingeschlossen …

„Polly!"

Miesels Stimme wurde vom Nebel verschluckt. Er versuchte etwas durch den grauen Schleier ringsum zu erspähen. Angestrengt lauschte er auf Geräusche, die sich von dem leisen Plitschen des Regens unterschieden. Doch die graue Landschaft blieb still und leer.

Miesel bibberte. Ihm war lausekalt. Wenn er sich vor dem Regen doch nur irgendwo unterstellen könnte! Er beugte sich nach vorne und schaute unters Bett – aber als Unterschlupf gab der Platz nicht viel her, außerdem war das Gras klitschnass.

Was ich jetzt brauche, ist ein Schirm, dachte er grimmig.

Dann dachte er daran, welchen Schirm er gern hätte.

Iggys Schirm.

Alles, was man tun musste, war pfeifen.

Vermutlich würde es ohnehin nicht klappen. Aber ein Versuch schadete ja nicht.

Miesel spitzte die Lippen und ließ den Spezialpfiff ertönen.

Twiiiii – twii – twii – twiiiii!

Die Sekunden verstrichen. Miesel seufzte verzagt. Offensichtlich war er zu weit weg, als dass der Pfiff funktionieren konnte. Oder vielleicht konnte der Schirm nicht von einer Dimension in eine andere reisen.

Und dann, irgendwoher, aus ganz weiter Ferne, von einer Stelle, die im grauen Dunst verborgen lag, ertönte ein langes, heulendes Jaulen. Zuerst klang es wie ein Schreckensschrei und hörte sich dann an wie ein dumpfes Poltern, gefolgt von einem schmerzerfüllten Quieken. Einen Moment später erhob sich in der Ferne wütendes Hundekläffen.

Ein kleiner Hund.

Ein sehr vertraut klingender kleiner Hund.

Miesel stand auf und spähte in den Nebel. *Das ist doch nicht möglich*, sagte er sich, *aber wer weiß, viel-*

leicht ja doch! Und es gibt nur einen Weg, das herauszufinden ...

„Tinker! Komm her, Junge! Hierher! Komm, Tinker!"

Das Kläffen verstummte. Einen Moment lang geschah nichts. Und dann sauste ein kleines, struppiges, schwarz-weißes Ding aus dem Nebel heraus. Es jagte über das stoppelige Gras, sprang mit flatternden Ohren über die Steine, so pfeilschnell, dass die kurzen Beine nur noch als verschwommener Fleck zu sehen waren. Und als es Miesels Füße erreicht hatte, blieb es nicht stehen, sondern katapultierte sich mit einem einzigen riesigen Satz an Miesels Brust.

Die Wucht des Aufpralls riss Miesel nach hinten und er landete mit einem Wums auf dem Bett. Tinkers Zunge schleckte über Miesels Gesicht und sein kleiner, drahtiger Körper zitterte vor Freude. Das Tier war klitschnass, sodass Miesel es kaum festhalten konnte. Kaum war Tinker wieder auf dem Boden, da wandte er sich um und begann, in den Nebel zu bellen. Und dann sah Miesel etwas aus dem Dunst aufsteigen.

Ein Schirm hielt geradewegs auf ihn zu. Für Miesel war allerdings nur das schwarze Dach von oben sichtbar, der Schaft darunter blieb verborgen, aber der Schirm schleifte über den Boden, als ob ihn jemand oder etwas am Griff festhalten würde. Als er mit einem

Hopser über einen vorspringenden Fels hinwegsetzte, stellte sich diese Vermutung als zutreffend heraus, denn unter dem Schirmdach war ein lauter Schmerzensschrei zu hören.

Der Schirm rollte und rumpelte und hüpfte weiter, bis er Miesels Füße erreichte. Dann hielt er an. Miesel erhob sich und äugte vorsichtig über den Rand des Schirmdachs.

Zwei zornige, rot geränderte Fischaugen starrten zurück.

„Dis is nich *dein* Segen-Stirn, Mumps! Isses nich, isses nich, isses NICH! Du bist 'ne ganz garssstige Person, anneren Leuten die Sssachen zu mopsen! Dis is *mein* Segen-Stirn! Dein Dad hat ihn *mir* geschenkt, der gehört mir, mir, MIR! Und du kannst den mir nich wegmopsen, nie, nie, nie! Niemals, nix da!"

Iggys Reise

Iggy Niggle lag auf dem Rücken und hatte beide Hände fest um den Griff des Regenschirms gekrallt. Er sah ziemlich zerschrammt aus. So wie Tinker war auch er nass bis auf die Knochen. Unter ihm sammelten sich mehrere kleine Wasserpfützen. Seine fettigen Haare standen vom Kopf ab, als wäre er rücklings durch mehrere Hecken geschleift worden. Die Augen hatten sich vor Wut zu schmalen Schlitzen verengt und er schnaufte schwer durch seine Hakennase.

„Hallo, Iggy. Was machst du hier?"

Iggys Mund schnappte mehrmals auf und zu, so wie bei einem Goldfisch im Glas. Dann quiekte er: „Wasss ich hier machen tu? Ich sssag dir, wasss ich hier machen tu! Ich halt dich davon ab, meinen Segen-Stirn zu klauen, das tu ich hier machen!"

„Ich klaue deinen Schirm doch gar nicht, Iggy."

„Ach ja? Und warum liegt er hier bei dir, Mumps? Häh? Da bin ich aber gespannt auf deine Antwort."

Es war sinnlos, mit Iggy zu streiten. Sobald sich eine Idee in seinem Kopf festgesetzt hatte, konnte nichts auf der Welt sie von dort vertreiben. Also fing Miesel an, Iggy auszufragen, was genau geschehen war und wie er und Tinker an diesen abgeschiedenen Ort gelangt waren. Iggy fiel es schwer, zusammenhängende Geschichten zu erzählen, doch nach und nach kam die ganze Sache ans Licht.

Iggy und Tinker hatten ein seltsames Verhältnis. Keiner von beiden konnte den anderen besonders gut leiden, aber beide liebten sie Miesel heiß und innig, sodass sie gezwungen waren, irgendwie miteinander auszukommen. Wenn Iggy mit Miesel zusammen sein wollte, dann musste er eben ertragen, dass Tinker auch mit von der Partie war; und wenn Tinker einen Tag mit Miesel verbringen wollte, dann musste er sich wohl oder übel am Riemen reißen und durfte nicht jedes Mal, wenn der kleine schwarze Hexer dazukam, knurren und die Zähne fletschen.

Hunde können manchmal die gleichen Gefühle haben wie Menschen. Eines dieser Gefühle ist Eifersucht. Tinker war immer ziemlich eifersüchtig, wenn Miesel Iggy Beachtung schenkte, aber ihm war es strengstens untersagt, den schwarzen Hexer anzuknurren, und so saß er lediglich mürrisch neben den beiden, bis Miesel und Iggy ihre Unterhaltung beendet hatten.

Iggy war genauso eifersüchtig, wenn Miesel Tinker Beachtung schenkte, aber er wusste, dass Miesel sehr böse auf ihn wäre, wenn er den kleinen Hund garstig behandeln würde, und so ließ er Tinker die meiste Zeit links liegen.

Doch als Miesel auf Klassenfahrt gegangen war, änderte sich die Situation. Iggy und Tinker waren sich selbst überlassen, und es gab keinen Miesel, der ihnen sagte, was sie tun sollten.

Erst hatte Iggy noch darüber nachgegrübelt, welche Gemeinheiten er Tinker antun könnte. Aber dann, noch ehe er irgendeinen seiner schönen Einfälle in die Tat umsetzen konnte, kam Iggy etwas ziemlich Sonderbares in den Sinn. Die Eingebung war ihm ganz plötzlich gekommen, und wie alle von Iggys Ideen setzte sie sich in seinem Kopf fest, und er konnte nicht mehr davon lassen. Anstatt gemein zu Tinker zu sein, würde Iggy ihm ein paar Tricks beibringen. Die Absicht dahinter war ganz einfach: Iggy glaubte, wenn er Tinker in Miesels Abwesenheit ein paar tolle Tricks beibrachte, dann wäre Miesel nach seiner Rückkehr so schwer beeindruckt von dem, was Iggy da auf die Beine gestellt hatte, dass er mehr Zeit mit Iggy und weniger mit Tinker verbringen würde.

Iggy beschloss, Tinker als Erstes beizubringen, ihm

überallhin zu folgen, egal wohin. Er hatte Stunden damit verbracht, in einer aalglatten Schmeichelstimme zu sagen: „Komm, Wauwau! Komm schon! Komm dem lieben Iggy hinterher! Komm dem lieben schwarzen Hexer hinterher! Komm, Wauwau!“

Aber Tinker dachte gar nicht daran mitzumachen. Er starrte Iggy mit versteinertem Hundegesicht an und spazierte in aller Ruhe in entgegengesetzter Richtung davon. Dieses Verhalten hatte Iggy unglaublich empört, und er hatte jegliche Aussicht darauf, dass Tinker ihm jemals gehorchen würde, zunichtegemacht, indem er aus vollem Hals schrie: „Du bist ein garssstiger Wauwau! Du bist ein garssstiger, eckeliger, böser Wauwau! Ich kann dich nich leiden, du abscheulicher Wauwau, du!“

Als Iggys Wut verraucht war, wollte er sich einen neuen Plan überlegen. Er durchforstete sein Spatzenhirn – und langsam begann der kleine Samen einer Idee in seinem beschränkten Geist zu keimen.

Ich mag Gummibärchen ... Ich mag Gummibärchen ganz doll sehr ... Für Gummibärchen würde ich allesss tun ... Der garssstige Wauwau mag Schinkenspeck ... Er mag Schinkenspeck ganz doll sehr ... Er würde für Schinkenspeck allesss tun ...

Iggy lungerte einen ganzen Tag lang am Hintereingang der Küche herum und wartete darauf, dass Nanny Flannel irgendwoanders hinging. Als sie das endlich tat, huschte Iggy in die Küche, zog die Kühlschranktür auf und schnappte sich ein Päckchen Schinkenspeck. Dann flitzte er los und versteckte sich hinter der Garage, weil er wusste, dass ihm Nanny Flannel mit ihrem Wischmopp hinterherjagen und ihm seinen klapprigen Hintern versohlen würde, wenn sie ihn erwischte. Wie Nanny jedes Mal herausbekam, dass er in ihre Küche geschlichen war, blieb Iggy allerdings ein Rätsel. Aber natürlich war das alles andere als rätselhaft. Die Tröpfelspur am Boden und die großen, matschigen Fußabdrücke waren für Nanny Flannel unübersehbare Hinweise, daher behielt sie ihren Wischmopp immer in Griffnähe.

Iggy wickelte den Schinkenspeck aus und schnupperte daran. Dann rümpfte er angeekelt die Nase. Iggy mochte den Geruch von Fleisch nur, wenn es verdorben war.

Sein Projekt hatte aber noch eine Fortsetzung. Den Speck zu besorgen war der gefährliche Teil gewesen. Was er nun mit dem Speck machen würde, das war der schlaue Teil. Vorsichtig pulte Iggy die Schinkenspeckstreifen auseinander, dann kniete er sich hin und stopfte sie in die Aufschläge seiner Hosenbeine. Mit Entzücken sah er, dass die Aufschläge genau die richtige Größe und Form für die Unterbringung von Schinkenspeck hatten, und er war sehr stolz auf sich, dass ihm dieser Trick eingefallen war.

„Ho, ho ja. Du bissst so schlau, Missster Ignatius

Niggle!“, murmelte er vor sich hin, während er den letzten Speckstreifen in den Aufschlag seines Hosenbeines steckte. „Du bist ein tadolles Genie, dis bist du!“

Iggy erhob sich und wischte seine fettigen Finger am Revers seiner Anzugjacke ab. Dann begab er sich auf die Suche nach Tinker, wobei er einen weiten Bogen um die Küche machte.

Er fand den kleinen Hund neben dem Swimmingpool, den er und Miesel gebaut hatten, mithilfe von Lord Octavio allerdings. Tinker betrachtete sein Spiegelbild auf dem dunklen Wasser. Tinker war ausgesprochen eitel und verbrachte viel Zeit mit Gedanken wie: *Hah! Keine Frage – du bist schon ein verflixt hübsches Hundekerlchen!*

Und jetzt wurden diese Gedanken von einer Reihe sehr interessanter Gerüche gestört. Der Hauptgeruch, den er nicht besonders leiden mochte, gehörte zu der gemeinen, feuchten Person, die immerzu mit dem Stinkejungen herumhing und andauernd dazwischenfunkte, sobald der Stinkejunge und ein kleiner Hund rechtmäßigerweise mal Spaß zu zweit haben wollten. Neben dem Schwarzer-Hexer-Mief war da noch der nicht unangenehme Geruch von Gummibärchen. Und daneben war dann noch ein anderer Duft ... Ein *herrlicher* Duft!

Ein *himmlischer* Duft!

Tinkers allerliebster Lieblingsduft!

Schinkenspeck!

Der Geruch schien unten von den Beinen des gemeinen nassen Dingsbums aufzusteigen. Tinker erhob sich, trottete hinüber und schnupperte an Iggys Hosenaufschlägen.

Ja! Ganz sicher Schinkenspeck!

Iggy grinste triumphierend zu Tinker hinunter. Das war das allererste Mal, dass der grässliche kleine Hund aus freien Stücken in seine Nähe kam.

„Guter Wauwau!", gurrte Iggy. „Schlauer Wauwau. Alssso, komm jetzt mit!"

Iggy setzte sich ganz langsam in Bewegung, und natürlich folgte ihm Tinker, der versuchte, mit seiner Nase so nah wie möglich an diesem herrlichen Duft dranzubleiben!

Es fing an zu regnen. Iggy schaute zum Himmel hinauf und erkannte, dass es nicht einen dieser kurzen, heftigen Schauer geben würde. Dieser Regen würde den ganzen Nachmittag andauern, denn die grauen Wolken erstreckten sich bis zum Horizont.

Iggy spitzte die Lippen und stieß den Spezialpfiff aus.

Twiiiii – twii – twii – twiiiii!

Tinker hob noch nicht einmal den Blick. Er hatte diesen Pfiff schon ein paarmal gehört und wusste, dass er damit nicht gemeint war. Außerdem glaubte er, eine kleine Ecke Speck zu sehen, die aus dem Aufschlag von Iggys linkem Hosenbein hervorlugte – und Speck zu *sehen* war sogar noch besser, als ihn zu riechen.

Einen Moment später kam der schwarze Schirm auch schon auf sie zugesaust. Er flog ungefähr zehn Meter über dem Boden, und es sah genauso aus, als würde er von einer heftigen Bö davongeweht. Eine Sekunde später klatschte der gebogene Griff in Iggys wartende Hand.

Tinker, der sehr dicht an dem schwarzen Hexer dranstand, spürte, dass es mit einem Mal nicht mehr auf seinen Rücken regnete.

Ah, schon besser, dachte er. *Das Kerlchen kann sich viel besser konzentrieren, wenn kein Regen auf seinen armen, kleinen Körper prasselt, der ihn ganz nass und bibberig macht. So, und jetzt zu dem leckeren Stück Speck …*

Und dann passierten zwei Dinge unmittelbar nacheinander. Erstens gelang es Tinker, seine Schnauze in die Stofffalte von Miesels Aufschlag zu schieben und mit der Nasenspitze einen Speckstreifen zu berühren. Vorsichtig schob er sich ein Stück weiter vor und öffnete seine Schnauze etwa einen Zentimeter weit. Gerade als er seine Zähne in den glitschigen Speck schlagen wollte, passierte die zweite Überraschung.

Der Schirm in Iggys Händen machte einen plötzlichen, kraftvollen Ruck, und es war nur Iggys ungewöhnlich starkem Griff zu verdanken, dass er nicht davonflog. Iggy sah auf und runzelte die Stirn. Als sich der Regenschirm mit einem erneuten Reißen losmachen wollte, hob er seine freie Hand und schlang sie um die andere, die den Schirmgriff festhielt.

„Wasssis'n hier losss?", murmelte er vor sich hin.

Der Regenschirm ruckte wieder nach oben, hob Iggy diesmal ein Stück in die Höhe und ließ ihn kurz darauf mit einem dumpfen Aufprall wieder im Gras landen.

Der Gedanke, dass womöglich jemand versuchte, seinen Schirm zu stehlen, schoss Iggy schneller in den Kopf, als es die Gedanken sonst zu tun pflegten, und zwar schlichtweg, weil ihm das schon einmal passiert war, wenn auch nicht auf diese Weise. Noch nie hatte er den Schirm in den Händen gehalten, als jemand versucht hatte, ihn zu stehlen! Er umklammerte ihn noch fester und rief aus Leibeskräften in den strömenden Regen: „Jetzt hör auf, Mumps! Ich sag's dir, hör auf! Dis is *mein* Segen-Stirn und du kriegst ihn nich."

Der Regenschirm nahm keine Notiz davon und versuchte weiter, sich aus Iggys Griff zu winden. Derweil hatte Tinker am unteren Ende ganz andere Probleme. Jedes Mal, wenn seine Zähne dem Speck zum Beißen nahe waren, machte die Beute einen Hopser.

Tinker wurde allmählich stinksauer. Und wenn kleine Terrier stinksauer werden, dann beißen sie manchmal zu. Und genau das tat Tinker.

Er knurrte, beugte sich vor und schnappte blitzschnell nach den flatternden, hopsenden Hosenaufschlägen. Dann presste er mit der Stärke eines sehr kräf-

tigen Hundes die Kiefer zusammen und begann, wütend an dem dicken Stoff zu zerren.

Iggy wurde jetzt an beiden Enden, oben und unten, durchgerüttelt – und das gefiel ihm kein bisschen.

„Ui – hör auf, du böser, böser Wauwau! Hör sssofort auf!“

Tinker beachtete ihn gar nicht. Da gab es Speck – und das war *sein* Speck, weil er ihn entdeckt hatte, und kein noch so heftiges Gehüpfe und Gehopse würde ihn abschütteln.

Der Schirm ließ einen Moment locker, so wie jemand, der bei einer anstrengenden Turnübung eine Verschnaufpause einlegt. Das machte er, um demjenigen, der ihn festhielt, eine letzte Chance zu geben loszulassen. Sam hatte seinen Zauber wohl durchdacht, denn er hatte die Möglichkeit mit eingerechnet, dass jemand genau in dem Augenblick, da der Schirm mit dem Spezialpfiff herbeigerufen wurde, den Griff festhielt – und das konnte gefährlich werden.

Iggy war das alles erklärt worden, aber natürlich hatte er es vergessen. Das Einzige, was ihn beschäftigte, war, dass Mumps wieder mal versuchte, seinen Schirm zu klauen.

Und unten am anderen Ende war das Einzige, was Tinker beschäftigte, der Gedanke, dass das gemeine nasse Dingsbums versuchte, seinen kostbaren Speck zu klauen.

Und so hielten Iggy und Tinker mit aller Kraft fest – der eine mit seinen außergewöhnlich starken Händen und der andere mit seinen außergewöhnlich starken Zähnen.

Und dann wurden beide mit einem gewaltigen Ruck vom Boden hochgerissen, stiegen rasend schnell in die Luft und sausten himmelwärts in den strömenden Regen hinein.

„Aber … aber wie seid ihr so schnell hierhergekommen?“, fragte Miesel mit großen Augen. „Wir sind meilenweit von zu Hause entfernt, und ich weiß, wie schnell dieser Schirm fliegt! Nicht besonders schnell!“

Iggy zog die Stirn kraus, kniff die Augen zusammen, legte den Kopf schief und sah hinauf in den grauen Nebel – und nachdem er das ein paar Minuten gemacht hatte (in dem vergeblichen Bemühen, sein Hirn anzukurbeln) zuckte er mit den Achseln und sagte: „Keine Ahnung, Mumps. Ham wir einfach sssо gemacht. Ganz schlimm war dis, alsss wir ins Wasser rein sind …“

„Welches Wasser? Wo?“

„Dis Wasser zu Hause.“

„Meinst du den Swimmingpool?“

Iggy schüttelte abfällig den Kopf. „Nein, nein, nich der Ssswimmingpool. Nee, dis annere Wasser – dis große schwarze Wasser.“

„Meinst du den Limbo-See, Iggy?“

„Jaaaa, den Sssee. Dis war scheußlich, da reinzugehen. Sssehr nass, weißt du, Mumps.“

Miesel verzog sein Gesicht zu einer Miene tiefster Verwirrung.

„Warte mal kurz, Iggy. Willst du damit sagen, dass der Regenschirm abgehoben hat, während du am Griff hingst und sich Tinker in dein Hosenbein verbissen hatte, und dass er über dem Rosengarten in die Luft gestiegen und dann über das Haus und die Felder hinweg bis zum Limbo-See geflogen ist?“

Iggy nickte mit großem Ernst.

„Okay, und was passierte dann?“

„Oh“, sagte Iggy, „na ja, dann is der Segen-Stirn runtergesaust! Und dann isser ins Wasser rein und wir sind patschnass geworden!“

„Und was ist dann passiert, Iggy?“

Iggy setzte ein feierliches Gesicht auf – und richtete einen langen, knochigen Finger auf den Boden.

„Er is immer weiter runter, tiefer und tiefer und tiefer und tiefer und tiefer ...“

Miesel hob beide Hände in die Höhe. Das war die einzige Möglichkeit, Iggy zu stoppen, wenn er wieder mal seinen Wortwiederholungstick hatte.

„Du meinst, er ist bis auf den Grund des Sees getaucht, Iggy?“

Iggys Gesicht war für einen Moment völlig ausdrucksleer, dann begann es zu zucken, bis sein Mienenspiel mit einer kleinen Falte auf der blassen Stirn zur Ruhe kam.

„Nein“, entgegnete Iggy dann leicht unsicher.

„Nein?“, sagte Miesel. „Du meinst, er ist nicht bis auf den Grund des Sees getaucht?“

„Na ja – irgendwie schon, aber annererseits irgendwie nich“, sagte Iggy. Dann grinste er, offenkundig hochzufrieden mit seiner Erklärung.

„Das kapier ich nicht, Iggy.“

„Nee, na ja – ich kapier's ja auch nich, odder? Dis is so passiert ... wir sind da runter, immer tiefer und tiefer und tiefer und tiefer ...“

„Und was dann?“, fragte Miesel dazwischen.

„Und dann sind wir nich mehr runter, immer tiefer und tiefer und tiefer und tiefer …“

„Iggy!“

„Und dann sind wir irgendwie ssso zur Ssseite – und da gab's kein Wasser mehr, sodass ich widder einschnaufen konnte – und dis war da ssso dusssster und ich konnte nix sssehen, und dann war da dis eine Licht, und dann gab's so'n Ploppen, und dann bin ich runnergeplumpssst und der Segen-Stirn hat mich einfach mitgezogen, und der gemeine kleine Wauwau hat meine Hose rausgessspuckt und dann hat er dis fiesig schlimme Geräusch gemacht, disser immer machen tut, wenn er bössse is …“

„Bellen?“

„Jaaa, genau dis. Und dann warssst du hier. Und dis war's.“

Mittlerweile hatten Iggy und Miesel es sich auf dem Eisenbett so bequem wie möglich gemacht. Sie kauerten sich unter dem Schirm aneinander, während Tinker zu ihren Füßen saß, und als Iggy seine Geschichte zu Ende erzählt hatte, dachte Miesel einen Augenblick nach. „Auf dem Grund des Limbo-Sees muss es eine Gruselgrotte geben.“

„Gruselgrotte? Was is eine Gruselgrotte, Mumps?“

„Das ist so eine Art Tor in eine andere Welt, Iggy. Sie heißt Dystopia. Und jetzt sind wir alle in Dystopia, und ich weiß nicht, wie wir wieder rauskommen.“

Miesel verfiel in Schweigen, während ihm der Gedanke durch den Kopf schwirrte, dass sich nur wenige Meilen von seiner eigenen Haustür entfernt eine Gruselgrotte befand. Das erklärte natürlich so einiges. Der Limbo-See war ein dunkles, trübes Gewässer, spiegelglatt und von dichtem Nadelwald umgeben. Alle Nachbarn mieden diesen Ort, weil er einen schlechten Ruf hatte. Es ging das Gerücht, dass dort Leute verschwanden. Sam und Lee hatten Miesel immer geraten, dem

See fernzubleiben, und als er einwandte, er wolle aber gerne mal angeln gehen, hatte Sam erklärt, es gäbe gar keine Fische im Limbo-See, womit die Sache erledigt gewesen war. Sam hatte noch hinzugefügt, dass überhaupt keine Tiere in der Nähe des dunklen Gewässers lebten. „Vielleicht gibt's dafür einen guten Grund, Miesel. Dieser Ort ist mir nicht ganz geheuer … deshalb wär's mir lieber, wenn du da nicht hingehst, okay?“

Miesel hatte gelernt, dass es in solchen Fällen ratsam war, auf seinen Vater zu hören, und deshalb machte er fortan einen großen Bogen um den See.

„Was machen wir'n jetzt, Mumps?“, jammerte Iggy. Miesel schob die Gedanken an zu Hause beiseite und sah sich um. Er hatte keine Ahnung, wo Norden, Süden, Osten oder Westen lag, und selbst wenn er es gewusst hätte, hätte ihm das auch nicht weitergeholfen. Der graue Nebel schränkte seine Sicht zu sehr ein.

„Ich weiß nicht, was wir jetzt machen sollen, Iggy“, sagte Miesel.

Iggy zitterte. „Ich will nach Hause“, murmelte er kläglich.

„Ich auch, Iggy.“

Da machte Iggy den Fehler, den Regenschirm ein Stück beiseitezuschieben, um in den bleiernen Himmel zu blicken.

Iggy kreischte und sprang auf. Er streckte einen knochigen Finger aus und zeigte himmelwärts.

„Was … was … was is dis für'n Dingsssda?“

„Das ist Tobys Auge, Iggy.“

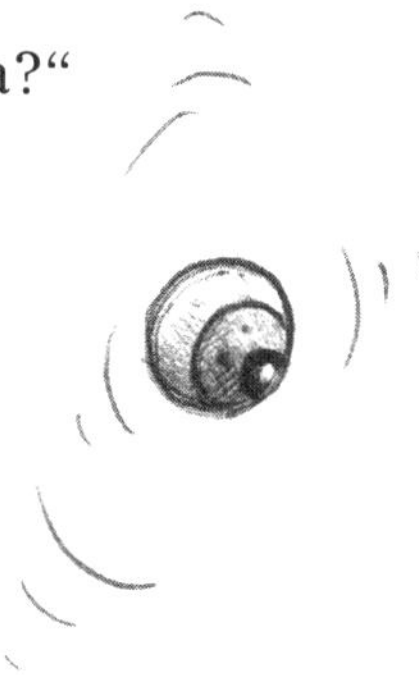

„Sssein Auge? Sein *Auge*? Was macht sssein Auge da oben im Himmel?“

„Es verfolgt uns, glaube ich.“

„Du meinssst, Missster Jugg kann unsss sehen, Mumps?“, flüsterte Mumps.

„Das vermute ich, Iggy. Ja.“

Ein unterwürfiges, ekelhaft süßliches Lächeln breitete sich auf Iggys Gesicht aus und er verneigte sich tief vor dem Auge. „Was für eine Ehre, Missster Jugg! Ssstets zu Ihren Diensssten, Missster Jugg! Nur ein einziges Wort, Missster Jugg, und ich, Ignatius Niggle, ssstehe Ihnen zu Diensssten, Missster Jugg!“

„Hör auf, Iggy“, murmelte Miesel angewidert. „Du arbeitest nicht mehr für ihn, schon vergessen? Und er ist unser Feind, nicht unser Freund – weißt du das nicht mehr?“

Iggy glotzte misstrauisch zu dem schwebenden Auge hinauf, das leer und gläsern zurückglotzte. Doch als es nichts weiter Bemerkenswertes tat, schien Iggy bald schon das Interesse zu verlieren. Er setzte sich wieder auf die Bettkante und seufzte tief.

„Mir is ssso bibberig, Mumps“, quengelte er.

Tinker spürte die Verzweiflung, die in der Luft lag, und stieß ein leises, unglückliches Winseln aus.

Alle drei setzten sich unter den Schirm gekauert auf

die Kante des Eisenbettes – eine kleine, betrübte, durchnässte Schar, die darauf wartete, dass etwas passierte.

Und dann passierte es.

Umrisse begannen aus dem Dunst hervorzutreten. Ihre dunklen Silhouetten überlappten einander in der Bewegung, blieben aber stets im Schutz des Nebelschleiers.

Tinker stellte sich auf alle viere, reglos wie eine Statue, und starrte auf die wabernden Gestalten. Miesel beobachtete ihn aufmerksam. Normalerweise hatte der kleine Hund einen ziemlich guten Riecher, um Freund und Feind zu unterscheiden. Miesel hatte gelernt, auf die Körpersprache des Tieres zu vertrauen. Tinkers Schwanz zeigte keine Regung, sondern war hoch aufgestellt wie ein flauschiger Finger. Auch sein Nackenfell war nicht gesträubt – was auch immer sich also da draußen herumtrieb, Tinker betrachtete es nicht als einen Feind.

Na ja, wenigstens noch nicht.

„Wassis dis?“, flüsterte Iggy beklommen.

„Ich weiß es nicht.“

Dann löste sich einer der Umrisse aus dem Nebel und Miesel, Iggy und Tinker konnten das Ding zum ersten Mal richtig sehen.

Es war ein Wolf.

Ein sehr großer Wolf, dessen Fell so grau war wie der Nebel, aus dem er herausgetreten war. Mit gesenktem

Kopf starrte er sie aus funkelnden, gelben Augen an. Leise kamen noch mehr Wölfe und stellten sich rechts und links von ihrem Rudelführer auf, bis sie einen lang gezogenen Halbkreis bildeten. Dann machte der Rudelführer, der ungefähr doppelt so groß war wie die anderen, einen Schritt nach vorn, und die Wölfe zu beiden Seiten rückten ihm in geschlossenen Reihen nach. Das Rudel tat einen weiteren vorsichtigen Schritt vorwärts, dann noch einen und noch einen …

„Äh …“, sagte Iggy mit einem Anflug von Panik in der Stimme. „Mumps … diese Dingsssda tun mir nich gefallen …“

Miesel langte hinüber und packte Iggy fest am Arm. Er verstand nicht viel von Wölfen, aber er wusste, dass die meisten Raubtiere einem flüchtenden Tier hinterhersetzten. Das Letzte, was er jetzt gebrauchen konnte, war ein zu Tode erschrockener kleiner schwarzer Hexer, der sich die Lunge aus dem Leib schrie und wie ein aufgescheuchtes Huhn herumrannte. Ebenso wenig konnte er einen todesmutigen kleinen Hund gebrauchen, der diesen Kreaturen eine Lektion darüber erteilen wollte, wer hier der Chef im Ring war.

Miesel fasste nach unten und schloss die Finger seiner freien Hand um Tinkers Halsband.

Der Rudelführer hatte seine zaghaften Bewegungen wahrgenommen und für einen Augenblick erstarrte er. Alle anderen hielten ebenfalls inne, das ganze Rudel war wie versteinert. Miesel fiel auf, dass sie alle klapperdürr waren. Die Rippen zeichneten sich deutlich unter dem zottigen Fell ab. Ganz langsam setzte der Rudelführer eine graue Pfote nach vorn – und der Rest des Rudels tat es ihm nach. Lautlos und geduckt schlichen die ausgezehrten Körper auf Miesel, Iggy und Tinker zu.

Die Wölfe

Tinker konnte andere Hunde nicht ausstehen, vor allem keine fremden Hunde. Einer war schon schlimm genug, aber ein ganzes Rudel mit hungrig funkelnden Augen, erregt zuckenden Nasen und gebleckten Zähnen im zottig grauen Maul ... Unter normalen Umständen hätten diese Drohgebärden ausgereicht, bei Tinker einen tobsuchtsartigen Anfall von Gebell und Zähnefletschen auszulösen.

Aber das hier waren keine normalen Umstände.

Das waren in der Tat höchst merkwürdige Umstände, insbesondere für einen kleinen Hund, der wusste, dass er eine Meute sehr großer, sehr bösartig anmutender (und vermutlich schrecklich gefährlicher) wilder Hunde *sah*, aber er wusste genauso sicher, dass er etwas ganz anderes *roch*. Er *roch* eine Horde rauer, eindeutig ungewaschener Männer – und Tinker hatte so gut wie nie

Schwierigkeiten mit Männern (oder Frauen). Er mochte Menschen.

Daher stand Tinker mit zuckender Schnauze still und leise da.

Der Rudelführer war jetzt nur noch fünf Meter entfernt. Plötzlich blieb er stehen. Dann setzte er sich hin und starrte Miesel an. Der Rest des Rudels setzte sich ebenfalls hin, als wären sie ein Trupp Soldaten, die ihrem Kommandeur gehorchten.

Es folgte eine lange, angespannte Stille.

Miesel bemerkte, dass seine Hände in unterschiedliche Richtungen gezogen wurden. Die Hand, die Tinkers Halsband festhielt, wurde nach vorne gezogen, die Hand um Iggys Arm seitwärts und nach hinten. Tinker bewegte sich mit zuckendem Näschen auf die Wölfe zu, Iggy hingegen wich zurück.

Miesel verstärkte den Griff beider Hände und das Gezerre vorne und hinten hörte auf. Das war auch gut, denn in diesem Moment war er auf alle seine fünf Sinne angewiesen. Denn diese Wölfe erschienen ihm irgendwie merkwürdig – vor allem jetzt, da sie so dicht vor ihm standen –, aber er kam einfach nicht drauf, was es war. Es hatte mit ihrem Aussehen zu tun.

Ah!

Ihre Ohren waren zu klein.

Wolfsohren waren lang und spitz. Diese Ohren waren jedoch viel kürzer und gerundet, vor allem die Ohren des großen Rudelführers. Sie sahen eigentlich eher aus wie Bärenohren. Und seine Augen ... sie waren gelb, hatten aber nicht die Form von Wildhund-Augen. Sie sahen aus wie ... Menschenaugen.

Die menschenähnlichen Augen des Rudelführers rissen sich plötzlich von Miesel los und wanderten nach oben. Die Kreatur musterte etwas oberhalb Miesels Kopf. Dann öffnete sich seine Schnauze.

„Was ... was in aller ... Höllenhunde Namen ist das für ein ... Ding?"

Seine Stimme klang wie ein kehliges Knurren, und die Worte kamen nur langsam hervor, so als würde ihn jedes einzelne große Mühe kosten. Einen Wolf sprechen zu hören kam für Iggy derart unvermutet, dass er entsetzt aufschrie und versuchte, sich aus Miesels Griff loszuwinden. Tinker jaulte kurz auf und bewerkstelligte mit einem kräftigen Ruck das, was Iggy nicht geschafft hatte: Tinkers Halsband glitt Miesel aus der Hand. Der Hund preschte vor und baute sich direkt vor dem Rudelführer auf. Er stemmte die beiden Vorderpfoten gegen die breite zottige Wolfsbrust und schnupperte ausgiebig. Der Wolf schenkte ihm keine Beachtung.

„Das Ding da oben ... Das Ding sieht aus wie ... ein Auge ... Was ist das?"

„Äh, na ja, ähm", stotterte Miesel. „Das ist ... ähm ... na ja, das *ist* ein Auge."

„Ein fliegendes ... Auge", bemerkte der Wolf und

legte den Kopf schief. „Die … sieht man … ja nicht so häufig.“

„Es gehört Toby Jugg“, erklärte Miesel. „Er ist ein schwarzer Hexer.“

„Ein schwarzer Hexer, was? Unerfreuliche … Wesen, wie ich höre.“

„Ja, sehr!“, erwiderte Miesel. Dann fiel ihm wieder Iggy ein, der neben ihm stand. „Also, fast alle.“

„Und wir?“, sagte der Wolf. „Was denkst du … über uns, hä? Was glaubst du … bin ich?“

„Ähm … Ein Wolf?“, sagte Miesel mit aller Höflichkeit, die er aufbringen konnte.

„Fast. Nicht ganz. Da ist noch immer … ein kleiner menschlicher Anteil … in uns. Vor allem in mir … Die anderen können nicht mehr sprechen. Mein Name war einst … Lucian. Wir sind Lykanthropen.“

„Lykan… was?“, sagte Miesel.

„Lykanthrop ist die wissenschaftliche Bezeichnung. Du bist noch ein bisschen zu jung … für die Wissenschaft. Wie wäre es mit *Werwolf*?“

Es fühlte sich an, als würde jemand Miesel eiskaltes Wasser über den Rücken gießen. *Werwölfe*!

„Was … macht ihr … hier?“, knurrte der Lykanthrop.

„Äh … der schwarze Hexer hat mich in die Gruselgrotte geschubst und dann bin ich hier rausgekommen. Was … äh … was macht *ihr* hier?“

Lucian zog eine Lefze hoch. Vielleicht sollte das ein

Lächeln sein, vielleicht machte er sich aber auch über ihn lustig. Miesel konnte es nicht mit Gewissheit sagen.

„Wir sind schon lange hier“, sagte Lucian. „Sehr lange. Seit Anbeginn ... der Sagen und Legenden. Denn dieser Ort ... ist die Wiege aller Geschichten, falls du dich noch immer wundern solltest.“

Miesel nickte. „Ja, das tue ich“, sagte er.

„Das ist der Ort, an dem ... die unwirklichen Wesen leben, jene, die der menschliche Geist ... erschaffen hat. Oftmals entspringen diese Wesen ... euren Albträumen. So wie wir. Uns Werwölfe gibt's schon ... seit Jahrhunderten hier. Andere Geschöpfe jedoch existieren bereits viel länger.“

„Ande... andere?“, stammelte Miesel.

„Sicher“, sagte Lucian. „Du wirst vermutlich ... einigen begegnen.“ Dann murmelte er: „Vorausgesetzt, du kommst ... so weit. Wie weit ... wollt ihr denn ... gehen?“

„Na ja ... ich soll meine Schulfreunde finden.“

„Du meinst ... von deiner Sorte gibt's noch mehr?“, fragte der Werwolf und in seinen Augen glomm ein Schimmer von Interesse auf.

Derweil machte Tinker eine ziemlich beunruhigende Entdeckung. Seine Pfoten ruhten noch immer auf der Brust des Werwolfs und er hatte gerade seine hautnahe Prüfung beendet. Während diese Wesen eindeutig wie ein Mensch roch, haftete ihm noch etwas an, das auf eine Gefahr hinwies – um genau zu sagen, auf eine extreme Gefahr ...

Hastig wich Tinker mit eingekniffenem Schwanz zurück. Lucian blickte zu ihm hinunter und fuhr sich mit seiner roten Zunge über die Lippen.

„Habt ihr was ... zu fressen dabei?“, fragte er plötzlich.

Langsam schüttelte Miesel den Kopf. Er spürte, dass die Stimmung gekippt war – und zwar zu ihrem Nachteil. Er spürte, wie sich Iggys Arm in seiner Hand bewegte.

„Wir sind hungrig“, sagte Lucian. „Sehr hungrig. Seit Tagen ... kein Fressen.“

„Ich hab auch nix zu essen“, warf Iggy mit ängstlicher Piepsstimme ein. „Da is rein gar nix in meinen Taschen! Keine Gummibärchen – nix!“

Der Werwolf funkelte Iggy an. „Was ... bist du?“, knurrte er.

Iggys Mund klappte ein paarmal auf und zu, dann stammelte er los. „Ich bin Misssster Ignatius Niggle.“

Lucian zog die Oberlippe hoch und entblößte mehrere lange, gelbe Zähne. „Ich habe nicht ... nach deinem Namen gefragt. Ich fragte ... *was* du bist? Du bist ... kein Mensch. So viel ist klar.“

Iggy Augen waren angstgeweitet. Wieder klappte er den Mund auf und zu, aber diesmal kam kein Ton heraus. Miesel ergriff an Iggys Stelle das Wort.

„Er ist ein schwarzer Hexer. Aber er gehört zu den netten. Und er ist mein Freund."

Der Blick des Werwolfs fiel auf Tinker, der sich jetzt dicht an Miesel drängte. Sein Stummelschwanz klemmte zwischen den Hinterbeinen und in seinen Augen lag ein Ausdruck äußerster Anspannung.

„Und … das da?", fragte Lucian.

„Das ist Tinker. Er ist mein Hund."

„Er ist ziemlich … *fett*", sagte der Werwolf – und wieder schnellte seine Zunge hervor und fuhr über seine Lippen. „Andererseits … seid ihr andern beiden … ziemlich mager. Aber … wenn man so ausgehungert ist … wie wir …"

Langsam erhoben sich Lucian und sein Rudel. Das Leittier räkelte sich träge und trat dann zähnefletschend an Miesel heran.

Miesel wollte gerade zurückweichen, als sich Lucians Gesichtsausdruck schlagartig veränderte. Seine Augen wurden glasig, die Hinterläufe knickten ein, und das Hinterteil sank zu Boden. Ohne ein Wort zu sagen, legte er den Kopf schräg zurück, hob eine Hinterpfote und begann, sich ausgiebig an einer Stelle am Nacken, genau hinter dem rechten Ohr, zu kratzen. Für den Rest des Rudels war das offenbar eine Aufforderung, es ihm nachzutun.

„Diese ... ätzenden Flöhe!", murmelte Lucian, der sich so schnell kratzte, dass sein Bein nur noch als verschwommener Fleck zu sehen war.

Und da kam Miesel eine Idee.

„Könnt ihr uns bitte helfen?", sagte er, bemüht, seine Stimme ruhig und bestimmt klingen zu lassen.

Der Werwolf hielt im Kratzen inne. „Euch helfen? Euch *helfen*? Wenn wir ... hiermit fertig sind ... dann werden wir ... euch fressen."

Iggy fing an, vor sich hin zu wimmern, und Miesel grub seine Finger tief in Iggys knochiges Handgelenk, um den kleinen schwarzen Hexer davon abzuhalten, im Nebel das Weite zu suchen.

„Ja", sagte Miesel bedächtig. „Das verstehe ich, aber vielleicht überlegst du's dir noch mal anders, wenn wir euch helfen."

Lucians Hinterlauf erstarrte mitten in einer wilden Kratzverrenkung. Einen Augenblick lang musterte er den Jungen träge. Dann sagte er: „Okay. Ich bin … ganz Ohr. Lass hören."

„Erst musst du's versprechen."

„Ich … verspreche … dass ich drüber nachdenke", brummte der Werwolf. Sein Hinterbein begann zu zucken, offenbar konnte er es kaum erwarten, sich endlich weiterzukratzen.

Miesel holte tief Luft. „Wenn wir alle Flöhe verscheuchen, helft ihr uns dann, anstatt uns zu fressen?"

„Die Flöhe … verscheuchen?", wiederholte der Werwolf in einem Ton, als hielte er das für ein Ding der Unmöglichkeit.

„*Sämtliche* Flöhe", betonte Miesel.

„Wie lange würde das … dauern?"

Ah, dachte Miesel, *jetzt habe ich sein Interesse geweckt.*

„Nur ein paar Minuten."

Der Werwolf kniff seine gelben Augen zusammen. „Wie?", knurrte er.

Miesel schüttelte den Kopf. „Erst musst du versprechen, niemanden aufzufressen – weder mich noch einen meiner Freunde."

„Ich habe bereits … versprochen … drüber nachzudenken", fauchte Lucian.

„Und jetzt will ich, dass du versprichst, es nicht zu tun", sagte Miesel bestimmt. „So sind die Bedingungen, wenn ihr eure Flöhe loswerden wollt."

Der Werwolf erhob sich steifbeinig, schüttelte seinen mächtigen grauen Körper und sagte: „In Ordnung ... ich verspreche es."

Mehr werde ich dieser Kreatur nicht abringen können, dachte Miesel. Er wandte sich Iggy zu und befahl ihm: „Hauch sie an, Iggy."

„Ich sssoll wasss?" Iggy war so verblüfft, dass sein stocksteifer Körper schlagartig aufhörte, sich abzumühen, aus Miesels Griff zu entkommen.

„Hauch sie an, Iggy. Flöhe sind Ungeziefer. Dein Atem tötet Ungeziefer, Iggy. Deshalb kannst du ihre Flöhe töten, stimmt's?"

Iggys Gesichtsmuskeln vollführten die üblichen Verrenkungen.

„Dis mach ich nich, Mumps!", wisperte er dann in Miesels Ohr. „Die Biester sind *essskrem* gefährlich! Die werden unsss fressen!"

„Nicht wenn du sie anhauchst, Iggy. Das haben sie versprochen!"

Iggy schüttelte den Kopf und versuchte erneut, sich loszureißen.

„Iggy, hör zu!", flüsterte Miesel. „Sie werden dir nichts tun! Und du kannst ihnen zeigen, wie schlau du bist. Und dann finden sie dich ganz toll und weißt du was?"

„Was?"

„Werwölfe fressen keine schlauen Leute, Iggy! *Nie-*

mals! Sie fressen nur dumme Leute und du bist doch nicht dumm, oder?

Iggys Körper entspannte sich und richtete sich zu seiner vollen Größe auf. Er sah auf seine dünne, gekrümmte Nase hinab und sagte: „Natürlich bin ich nich dumm! Ich bin essskrem schlau, Mumps! Dis weißt du doch, odder?"

Miesel nickte mit Nachdruck. „Ja, Iggy, *ich* weiß das, und *du* weißt das, und fast *alle* auf dieser Welt wissen das …" Und hier zeigte er auf das Rudel Werwölfe, das sie mit schief gelegten Köpfen neugierig beobachtete. „Aber *sie* wissen das nicht, richtig? Warum zeigst du ihnen nicht einfach, wie schlau du bist, Iggy."

Schmeicheleien hatten bei Iggy stets Erfolg. Er nickte mit gewichtiger Miene und löste sich dann sanft aus Miesels Griff. Feierlich überreichte er ihm den Schirm. Dann näherte er sich mit dem ganzen Selbstbewusstsein, das ein kleiner verängstigter schwarzer Hexer aufbringen konnte, bis auf einen Meter dem riesigen Lucian und piepste: „Alssso, Wauwau, *lieber* Wauwau, *guter* Wauwau … dis tut gar nich weh, okay?"

Lucian schürzte die Lippen, sah Miesel an und fragte: „Was hat er … vor?"

„Er wird dich anhauchen", sagte Miesel.

„Anhauchen?", sagte der Werwolf voller Argwohn. „Und das ist alles?"

„Das ist alles."

Lucian starrte unter seinen zottigen Augenbrauen hervor und funkelte Iggy an. „In Ordnung. Leg … los!"

Iggy machte einen zögernden Schritt auf den Werwolf zu, beugte sich vor und holte ganz tief Luft. Dann pustete er dem Wolf seinen Schwarzer-Hexer-Atem ins Gesicht.

Lucian rümpfte seine lange Schnauze und bekam prompt einen Hustenanfall. „Hmmm", murmelte er vor sich hin. „Toter Fisch … alte Matratzen … das Innenfutter eines … gammligen Schuhs … das ist ja schauderhaft!"

Iggy nickte hocherfreut. Je widerlicher der Gestank seines Atems, desto größer war seine Zauberkunst, davon war Iggy überzeugt. Zuversichtlich begann er nun, auch den ausgemergelten Körper des Wolfes anzuhauchen.

Er blies und blies und blies, ohne dass er jemals zwischendurch Luft zu holen schien, und erst, als er Lucians Schwanzspitze erreicht hatte, stieß er einen Schnaufer aus und hörte auf. Dann trat er mit nur leicht gerötetem Gesicht einen Schritt zurück und sah den Werwolf erwartungsvoll an.

„Alssso, bin ich schlau, odder wasss?"

„Was meinst … du?", knurrte Lucian.

„Alle Flöhe sind dod! Ssso dod wie … dod wie … dod wie …" Iggy fielen gerade keinen toten Dinge ein, und so sagte er halbherzig: „So dod wie dode Dings!"

Der Werwolf legte seinen mächtigen Kopf zur Seite und starrte reglos in die Ferne, als erwarte er, etwas unter seinem Fell zu spüren. Dann begann er, sich ausgiebig zu schütteln. Aus seinem nassen Fell spritzten Tropfen in alle Richtungen. Iggy wich zurück und hielt die Hände vors Gesicht zum Schutz vor dem Sprühregen.

Für das Auge unsichtbar waren inmitten der Millionen von Wassertropfen, die der Wolf in alle Richtungen schleuderte, auch Heerscharen toter Flöhe. Sie flogen kreuz und quer herum, einige fielen auf Grashalme, andere auf Steine – aber sie waren allesamt zu winzig, als dass sie irgendjemand bemerkt hätte.

Lucian hielt inne und schien sich zu entspannen. Er sah Iggy an und sagte: „In Ordnung. Irgendwas … ist passiert. Bin nicht sicher … was. Aber ich verspüre … nicht mehr das Verlangen … mich zu kratzen.“

„Weil dis nich nötig is!“, kreischte Iggy. „Die Flöhe sind alle dod, odder nicht? So dod wie … dod wie … dod wie … so dod wie ganz, ganz viele *dode* Flöhe!“

Der Werwolf nickte. Er wählte einen seiner Gefährten aus und bedeutete ihm mit einer Kopfbewegung, nach vorn zu kommen. Der Werwolf gehorchte und setzte sich neben Lucian.

„Hauche sie als Nächstes an.“

Iggy brauchte zehn Minuten, um seine Behandlung bei allen Wölfen durchzuführen, und als er fertig war, hatte er ein ziemlich rotes Gesicht und war ein bisschen aus der Puste.

„Sssso!“, erklärte Iggy stolz. „Fertig! Keine Flöhe mehr!“

„Ein bemerkenswerter … Trick“, murmelte Lucian. „Danke.“

„Können wir jetzt gehen?“, sagte Miesel. „Und … und helft ihr uns?“

Der Werwolf starrte Miesel ausdruckslos an. Dann blickte er zu Tinker und dann zu Iggy. Iggy war zu Miesel zurückgekehrt, hatte mit Nachdruck den Schirm wieder in Beschlag genommen und hockte nun bibbernd vor Kälte unter dem Schirmdach auf der Bettkante.

„Nun ja“, meinte Lucian freundlich. „Da gibt es … noch ein kleines Problem … zu lösen.“

„W…welches?“, fragte Miesel. Er hatte weitgehend seine Angst verloren, während Iggy seinen Exhalationszauber durchgeführt hatte, aber jetzt spürte Miesel wieder ein banges Kribbeln, das seinen Rücken emporkroch.

„Wir mögen zwar jetzt unsere Flöhe los sein“, sagte der Werwolf, „aber wir sind noch immer … ungeheuer hungrig, halb verhungert, um’s genau zu sagen. In dieser Gegend … gibt’s nicht viel Beute … und wenn … ist sie schwierig zu fangen. Aber ich glaube … euch drei zu fangen … wäre ein Kinderspiel.“

Das Kribbeln verdichtete sich zu einem dicken Angstklumpen, der genau unter Miesels Herzen klemmte.

„Aber … aber du hast es versprochen!“, platzte er heraus, schnappte im selben Moment Tinkers Halsband und langte mit der anderen Hand nach Iggys dünnem Handgelenk.

„Ich hab’s versprochen … ja“, sagte Lucian. „Aber … *sie* nicht!“

Als er diese Worte gesprochen hatte, setzte er sich und im gleichen Moment erhoben sich die anderen Werwölfe. Die Meute schritt an ihrem Rudelführer vorbei, der am weiteren Geschehen offenbar nicht sonderlich interessiert war und wieder begonnen hatte, seine feuchten, dreckigen Pfoten zu putzen. Das Rudel umzingelte das Eisenbett, auf dem Miesel, Tinker und Iggy kauerten, Mäuler öffneten sich, triefende rote Zungen kamen zum Vorschein und lange Reihen spitzer, gelber Zähne. Ihre Ohren hatten sie angelegt, die runden Augen verengten sich zu Schlitzen, und ihr Fell stellte sich kammartig entlang der Wirbelsäule auf.

„Aber ... aber wir haben euch geholfen!“, schrie Miesel und seine Stimme bebte halb vor Angst und halb vor Wut.

Von den Wölfen kam keine Antwort – sie duckten lediglich ihre langen dürren Körper und spannten die Muskeln ihrer Hinterläufe, als wollten sie vereint zuschlagen ...

„Das ist nicht fair!“, rief Miesel. Tinker sah das offenbar genauso, denn ein tiefes Knurren kam aus seiner Kehle ... und Iggy hegte die verzweifelte Hoffnung, dass ein bisschen mehr Schwarzer-Hexer-Atem das Problem beseitigen könnte, und pustete mit aller Kraft seinen stinkigen Atem in Richtung der anrückenden Kreaturen.

Aber weder Miesels entrüsteter Aufschrei noch Tinkers Knurren noch Iggys sinnloses Geschnaufe nutzten auch nur das Geringste.

Die Werwölfe kamen näher und näher und näher.

Schmausen oder Hungern

Normalerweise waren es genau brenzlige Situationen wie diese, in denen Miesels Verstand die besten Ideen fabrizierte. Im Moment ratterte er zwar so schnell und tüchtig wie üblich, doch er schien einfach keine geniale Idee ausspucken zu wollen.

Iggy beschloss, dass dieses ganze grässliche Erlebnis einfach zu viel für ihn war, und ließ sich mit einem jähen Verzweiflungsschrei auf die klamme Matratze fallen, wo er sich mit angezogenen Knien zusammenkauerte. Er hielt den Schirm dicht über seinen schlotternden Leib, sodass er aussah wie eine Schildkröte, die sich in ihrem Panzer verkroch … und dabei purzelten ein paar kleine rote Dinger aus seiner Hosentasche.

Klick, klick, klick, machte es in Miesels Gehirn.

Viel ist es nicht, aber vielleicht kann man damit eine Minute oder zwei herausschlagen …

„Wartet!“, rief Miesel, sprang auf die Füße und hielt den Wölfen seine ausgestreckten Handflächen entgegen. „Fressen! Wir haben was zu fressen! Sehr leckeres Fresschen! Ihr braucht nicht uns zu fressen!“

Hinter dem Wolfsrudel erklang ein kurzes, scharfes Bellen und die ganze Meute blieb wie angewurzelt stehen. Lucian erhob sich und schritt nach vorne. Die Wolfsmeute teilte sich lautlos, um ihn durchzulassen.

„Fressen?“, knurrte er leise. „Wo? Ich sehe … kein Fressen. Na ja … ich seh’s schon … es steht direkt vor meiner Nase. Aber das ist ja wohl kaum … was du meinst?“

„Nein“, sagte Miesel. „Das ist eine andere Sorte Fressen. Es ist nicht sehr viel, aber es … äh … macht ungemein satt.“

„Satt, was? Na ja … genau, was wir brauchen. Wir brauchen … richtige Sattmacher.“

Miesel nickte und rang sich ein möglichst freundliches Lächeln ab. Dann blickte er auf Iggy hinunter. Von Iggy war unter dem Schirm nicht viel zu sehen, außer einem Teil seines Kopfes, den Sohlen seiner Schuhe und einem kleinen Stück Hintern, den der Schirm nicht ganz abdeckte. Seine Hosentaschen waren ausgebeult und standen einen Spaltbreit auf. Ohne dem Winseln, das unter dem Schirm hervordrang, Beachtung zu schenken, streckte Miesel die Hand aus und versenkte sie tief in Iggys Tasche. Seine Finger schlossen sich um einen großen Haufen Gummibärchen und er zog die Hand wieder heraus.

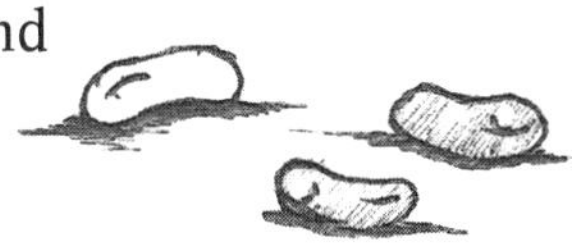

Die Reaktion folgte auf dem Fuß.

Der Schirm wurde beiseitegerissen und Iggys rotes, zorniges Gesicht kam zum Vorschein. Seine Fischaugen funkelten Miesel wütend an.

„Du bist ein *Mopsssser*, Mumps! Ein fieser, mieser *Mopsssser*!“

„Iggy …“

„Erst mopsssst du meinen Segen-Stirn und jetzt tussst du noch meine Gummibärchen klauen! Ich hab gedacht, du bissst mein Freund, Mumps!“

„Iggy …“

„Aber nein. Nein, nein, nein, nein, nein, NEIN! Du bist nämlich bloß ein gemeiner, garssstiger, mopsiger Mopser!“

Miesel war zwar der Ansicht, dass Iggy, der früher mal als professioneller Einbrecher gearbeitet hatte, damit doch ein bisschen zu weit ging, aber jetzt war nicht der passende Moment, ihn daran zu erinnern, denn unter den Werwölfen machte sich abermals merkliche Unruhe breit.

„Iggy, halt die Klappe! Du bekommst später neue Gummibärchen, aber jetzt müssen wir sie erst mal an die Werwölfe verfüttern, denn ansonsten FRESSEN SIE UNS! Kapierst du das, Iggy?“

„Wir fressen euch … vielleicht sowieso“, brummte

Lucian, „es sei denn … ihr lasst euch ganz schnell was einfallen.“

Allmählich dämmerte Iggy, was es bedeuten würde, einer Meute ausgehungerter Werwölfe als Abendessen zu dienen. Aus seinem Gesicht wich die Zornesröte und verblasste zu einem wächsernen Weiß. Hastig durchwühlte er eine seiner Taschen und kramte die restlichen roten Gummibärchen hervor, die Miesel vorher nicht zu fassen bekommen hatte. Dann fuhr seine andere Hand in die zweite Hosentasche und förderte einen weiteren, noch größeren Haufen Gummibärchen zutage, nur waren diesmal keine roten darunter. Sie waren bunt gemischt, und Miesel wusste sofort, dass es Iggy wieder einmal geschafft hatte, sich heimlich in Merlin Manor einzuschleichen, um sich aus dem Glas im Wohnzimmer eine ordentliche Extraportion seiner Leibspeise zu besorgen.

Die roten Gummibärchen bereitete ihm Nanny Flannel jeden Morgen frisch zu. Davon ernährte sich Iggy, aber er war ein gieriger kleiner schwarzer Hexer, der sich keine Gelegenheit durch die Lappen gehen ließ, eine Sonderration zu ergattern, sogar auf die Gefahr hin, dass ihm Nanny Flannel mit dem Wischmopp kräftig den Hintern versohlte.

Iggy hielt den Werwölfen die zwei Handvoll Gummibärchen hin. Miesel machte mit seinem Häufchen das Gleiche.

„Was sind das für Dinger?“ Lucian starrte misstrauisch auf Miesels Hand hinunter.

„Äh ... das sind Gummibärchen“, sagte Miesel. „Die sind wirklich lecker. Und die tun euch gut. Die machen wirklich sehr, *sehr* satt. Sobald ihr ein paar von denen gegessen habt, werdet ihr kein bisschen hungrig mehr sein.“

Lucian beugte den Kopf hinunter und schnupperte. Dann fuhr er mit der Zungenspitze über das zuoberst liegende Gummibärchen. Noch einmal schnupperte der Werwolf daran, dann öffnete sich sein Maul und er schnappte mit seitwärts geneigtem Kopf jedes einzelne rote Gummibärchen von Miesels Handfläche herunter.

Das Rudel hinter ihm stieß ein wütendes Knurren aus, dann rückten die Werwölfe langsam vor – ob sie nun ihren Rudelführer angreifen wollten, weil er so gierig war, oder Miesel und Iggy, weil sie nicht mit ihnen geteilt hatten, wusste Miesel nicht.

„Wirf sie ihnen hin, Iggy!“, rief Miesel. „Wirf ihnen die roten Gummibärchen hin! Aber nicht die ...“

Er wollte gerade „Aber nicht die *anderen*“ rufen, denn er hatte mit freudigem Schrecken entdeckt, dass sich in dem Häufchen auf Iggys Hand einige gelbe, ein paar grüne und sogar ein rosafarbenes Gummibärchen befanden, aber es war zu spät.

Wenn Miesel Iggy anschrie, dass er etwas Bestimmtes tun sollte, und dabei diesen Tonfall anschlug, dann war es das Beste, genau zu tun, was er verlangte, und erst später Fragen zu stellen, das hatte Iggy mittlerweile gelernt. Also holte Iggy mit den Armen Schwung und schleuderte die beiden Gummibärchen-Haufen hoch in die Luft. Sie landeten weit verstreut inmitten des Wolfsrudels. Die Wirkung war durchschlagend. Die Werwölfe begannen in Windeseile, jedes auffindbare Gummibärchen zu verschlingen.

Lucian wandte sich mit vollem Maul um und schaute ihnen zu. Die Werwölfe schnappten wie wild um sich und fletschten knurrend die Zähne, während sie jeweils ein bestimmtes Gummibärchen für sich beanspruchten, aber es entbrannte kein ernsthafter Streit.

Bis ein Werwolf, der am Rand der Gruppe stand, plötzlich schmerzerfüllt aufjaulte, einen Satz zur Seite machte und sein Hinterteil vor etwas in Sicherheit brachte, das ihn anscheinend gebissen hatte.

Aber da war nichts. Der verletzte Werwolf blickte sich verdattert um und wandte sich dann wieder dem Gummibärchen zu, das er im Schatten eines flachen Felsens entdeckt hatte. Er schob seine Nase ganz dicht heran …

Wieder jaulte er auf und riss seine Nase von dem Felsen fort. Jetzt konnte Miesel an der Schnauze der Kreatur eindeutig eine kleine Wunde ausmachen, aus der Blut hervorquoll.

Irgendetwas hatte diesen Wolf angegriffen.

Etwas Unsichtbares.

Der gebissene Werwolf knurrte wütend, machte einen Satz und fiel augenscheinlich über nichts als Luft her. Logischerweise hätte er mit allen vieren wieder auf festem Boden landen müssen, doch seine Beine grätschten über einen unsichtbaren Rücken und seine Zähne gruben sich in einen unsichtbaren Nacken.

Für die Zuschauer sah es so aus, als würde der Werwolf von unsichtbaren Drähten gehalten, an denen er völlig unkontrolliert durch die Luft zappelte.

„Was ist da los?“, knurrte Lucian.

Miesel wusste sofort Bescheid. Ein Werwolf hatte ein Gummibärchen gefressen, dessen Geschmack er nicht mochte.

Lucian drehte sich um, fuhr mit seiner behaarten Schnauze dicht an Miesels Gesicht heran und knurrte: „Sag mir … was da los ist … oder … ich werde dich … auf der Stelle … umbringen!“

„Die … die Gummibärchen“, platzte Miesel hervor. „Ein paar besitzen Zauberkräfte …“

Lucian stieß ein markerschütterndes Gebrüll aus und sprang mit einem gewaltigen Satz genau in die Mitte des Rudels. Er wirbelte mit gebleckten Zähnen im Kreis herum, warnte jeden der Werwölfe davor, über ihn herzufallen. Ehrfurchtsvoll wichen sie mit angelegten Ohren, die Schwänze eingezogen und das Fell gesträubt, zurück. Dann riss Lucian seinen Kopf zu Miesel herum.

„Komm her!“, sagte er. „Heb sie … auf! Heb sie … alle auf!“

Schnell sausten Miesel und Iggy in den Kreis und machten sich daran, die übrig gebliebenen Gummibärchen aufzulesen. Zum größten Teil waren es rote, doch auch ein paar der andersfarbigen waren unberührt geblieben. Miesel sammelte vornehmlich diese Sorte auf und überließ es Iggy, die roten zu finden. Währenddessen beobachtete er aus den Augenwinkeln den Kampf, der noch immer etwas abseits der Meute stattfand. Ein Kampf zwischen einem Werwolf und einem … tja … einem Nichts.

Dreißig Sekunden, nachdem der Werwolf zum ersten Mal in die Flanke gebissen worden war, begann sich neben ihm in der Luft aus einem wirbelnden grauen Rauchstrudel eine zweite wolfsähnliche Form zu bilden. Der verletzte Werwolf war so verdattert, dass er ein Stück zurückwich, um das Geschehen zu beobachten. Kurz darauf materialisierte sich der andere Werwolf vollständig, und Miesel sah, dass er kleiner war als die meisten anderen, ein Weibchen, mit einer schwarzen Blesse auf der Stirn, einem schwarzen Schwanz und vier rabenschwarzen Pfoten. Rechts und links an seinem Hals flossen zwei dünne Rinnsale Blut hinab.

„Schwarzfuß“, herrschte Lucian sie an. „Wo kommst du her?“

Schwarzfuß war offenbar ebenso überrascht wie ihr

Rudelführer über das, was ihr widerfahren war, und gab keine Antwort. Sie stand einfach nur da und glotzte einfältig auf ihre Vorderpfoten.

Lucian wandte sich an Miesel. „Was für ein Zauber … war das?“

„Na ja, äh, wenn man ein Bärchen isst, das man nicht leiden mag, dann wird man für dreißig Sekunden unsichtbar“, sagte Miesel.

„Warum … sind die anderen … nicht auch unsichtbar geworden?“

Miesel hatte den Test mit Tinker gemacht, der in der Vergangenheit schon viele magische Gummibärchen gefressen hatte, ohne auch nur ein einziges Mal unsichtbar zu werden. Miesels Theorie diesbezüglich war, dass Tinker im Grunde alle Geschmackssorten mochte oder zumindest keine genug verabscheute, um sie zu verschmähen. Und da diese Kreaturen zur Hälfte Wölfe waren, eine Spezies, von der alle Haushunde abstammten, traf dies womöglich auch auf sie zu – mit der Ausnahme von Schwarzfuß, deren Geschmacksknospen sich offensichtlich von denen des übrigen Rudels stark unterschieden.

Schnell erläuterte Miesel Lucian seine Theorie.

„Willst du … damit sagen“, Lucian zog seine zottige Stirn kraus, „dass Schwarzfuß … unsichtbar wird … wenn sie eines von diesen … Dingern frisst?“

„Na ja … ja“, sagte Miesel. „Es muss natürlich die

richtige Farbe sein und sie wird nur für eine halbe Minute unsichtbar."

Lucian wandte sich um und baute sich vor der verängstigten Schwarzfuß auf. Ihr buschiger Schwanz war eingekniffen, ihre Ohren lagen flach am Kopf und sie starrte unterwürfig zu Boden.

„Welches von denen ist es, Schwarzfuß?", knurrte Lucian. „Welches hast du ... am wenigsten gemocht?"

Schwarzfuß rührte sich nicht.

Voller Ungeduld riss Lucian den Kopf herum und brüllte über seine Schulter hinweg: „Junge! Und du da auch ... du Kreatur! Bringt die Gummibärchen her!"

Miesel und Iggy traten zu Lucian und Schwarzfuß hin. Iggy versuchte, so unauffällig wie möglich die roten Gummibärchen in seine Tasche zurückzubefördern, und Miesel wollte ihn gerade davon abhalten, als ihm aufging, dass es unmöglich Iggys Gummibärchen gewesen sein konnten, die den Zauber verursacht hatten, da Nanny Flannel sehr darauf bedacht war, ihnen gar keine Zauberkraft zuzusetzen.

„Halt sie ihr hin ... damit sie dran schnuppern kann!", befahl Lucian.

Miesel gehorchte und streckte die hohlen Hände vor, in denen die verbliebenen bunten Gummibärchen lagen. Er bemerkte, dass nicht ein einziges gelbes darunter war.

Schwarzfuß schob ihre Nase heran und schnupperte.

„Und?“, blaffte Lucian.

Ohne ihren Rudelführer anzusehen, erhob Schwarzfuß eine Pfote und berührte mit einer ihrer dreckverkrusteten Krallen ein orangefarbenes Gummibärchen.

„Welche Farbe ... ist das?“, fragte Lucian.

„Das ist Orange“, sagte Miesel. „Erkennst du Orange nicht?“

„Nein!“, erwiderte Lucian schroff. „Unsere Farbwahrnehmung ... ist nicht gut ausgeprägt. Wir sehen hauptsächlich ... in Schwarz-Weiß-Abstufungen. Wie viele orangefarbene ... sind es?“

Miesel zählte sie schnell.

„Vier.“

„Gib sie mir!“

Miesel klaubte die vier orangefarbenen Gummibärchen heraus und hielt sie Lucian hin. Lucian erhob eine Pfote und drehte sie um. Sie sah ganz anders aus als Tinkers Pfote. Sie war nicht besonders hundeartig, sondern viel breiter und flacher und ähnelte, abgesehen von den mächtigen gebogenen Klauen, viel mehr Miesels Hand. Miesel ließ die Gummibärchen in die Pfotenhand fallen.

„Was hast du damit vor?“, fragte er.

Lucians gelbe Augen glitzerten vor Aufregung. „Begreifst du ... nicht?“, flüsterte er. „Wenn uns unsere Beute ... nicht sehen kann ... wird es ein Kinderspiel sein ... sie zu erlegen! Schwarzfuß ... ist schnell ... und eine gute Jägerin ... aber sogar sie ... ist nur in fünf von hundert Malen erfolgreich! Unsichtbar … wird sie jedoch … unschlagbar sein!“

„Aber … ihr habt nur vier Gummibärchen“, sagte Miesel.

„Das ist richtig“, sagte Lucian und in seiner Stimme schwang ein bedrohlicher, verschlagener Unterton mit. „Tja dann … müsst ihr uns wohl … noch mehr beschaffen, stimmt's?“

„Aha“, sagte Miesel nachdenklich. „Aber .. ähm … das könnte ein bisschen schwierig werden, wenn ihr uns jetzt fresst.“

Lucian stieß ein kurzes, scharfes Bellen aus, das in Miesels Ohren fast wie ein Lachen klang.

„Wir werden euch nicht fressen“, sagte er. „Ihr habt uns schließlich … das Mittel gegeben … um erfolgreich zu jagen. Wir werden euch gehen lassen. Aber erst … musst du versprechen … dass ihr uns noch mehr … von den orangenen Gummibärchen … schicken werdet.“

„Einverstanden“, sagte Miesel erleichtert und spürte, wie er sich entspannte. „Aber wie … wie kann ich sie euch zukommen lassen? Vielleicht finden wir diesen Ort hier nicht wieder?“

„Dinge … die durch das Portal fallen … neigen dazu, dort zu landen … wo sie hinsollen. Frag mich nicht, wie das funktioniert. So ist es einfach.“

Unversehens streckte Lucian seine rechte Pfote aus und Miesel nahm sie in die rechte Hand. Es war ein komisches Gefühl, die Pfote fühlte sich eher wie eine menschliche Hand an als wie eine Hundepfote, und doch bohrten sich die langen gebogenen Krallen in Miesels Handinnenfläche, und das war ganz sicher nicht menschenähnlich.

„Viel Glück, Junge", sagte Lucian. „Wünsch uns ... Waidmannsheil!"

„Waid... Waidmannsheil", stotterte Miesel.

„Und vergiss ... dein Versprechen nicht."

Für einen kurzen Moment war Miesel versucht, eine Bemerkung über Lucians Versprechen fallen zu lassen, vor dessen Einlösung er sich einfach gedrückt hatte; aber sie waren von zu vielen klapperdürren, ausgehungerten Kreaturen umgeben, als dass er so einen vorlauten Spruch gewagt hätte.

„Ich werd's nicht vergessen."

„Seid da draußen ... sehr vorsichtig. Die Dinge sind oft nicht ... was sie vorgeben ... zu sein. Oder was sie ... sein sollten. Wie wir zum Beispiel. Werwölfe sollten ... dumm und brutal sein. Und doch ... haben wir auch andere Seiten, nicht? So funktionieren ... Sagen, verstehst du. Sagen sind Geschichten. Geschichten ... sind Lügen. Denk immer daran, Junge."

„Das werde ich."

Miesel drehte sich einmal im Kreis und blickte auf den Nebelvorhang, der sie noch immer umgab.

„Äh, in welche Richtung sollen wir gehen?", fragte er.

Lucian schüttelte sein zottiges Haupt.

„Das macht hier … keinen Unterschied“, sagte er betrübt. „Überhaupt keinen Unterschied.“

„Was meinst du damit?“

Lucian seufzte und heftete seine gelben Augen auf Miesels Gesicht. „Wohin ihr geratet … ist Zufall, Junge. Reiner Zufall. Außerdem … kommt ihr hier sowieso nicht raus. Wenn man einmal … in Dystopia ist … bleibt man für immer hier.“

Es sei denn, man baumelt an einem sehr langen Seil, dachte Miesel.

Keine der möglichen Wegrichtungen sah besonders verlockend aus. Vielleicht sollten sie da drüben hin, wo das Gras ein bisschen flacher stand als anderswo … oder dahinten, wo weniger Steine im Weg lagen …

Miesel und Tinker wandten sich zum Gehen. Widerstrebend rappelte sich Iggy vom Bett hoch und trottete ihnen hinterher, wobei er sich immer wieder nervös nach dem Werwolfrudel umschaute. Miesel trat auf den Nebelvorhang zu. Er war gerade drauf und dran, einen Fuß hineinzusetzen, als ihn irgendetwas abhielt und er nochmals zurückschaute. Tinker blieb ebenfalls stehen, wirbelte herum und bleckte die Zähne. Iggy, der sich den Regenschirm vors Gesicht hielt, sah nicht, dass die beiden angehalten hatten, und trottete in seinen zerschlissenen alten Schuhen einfach unbeirrt weiter über das nasse Gras.

Es war ein plötzliches Geräusch gewesen, das Miesels und Tinkers Aufmerksamkeit erregt hatte: Pfotengetrappel, das schnell näher kam.

Es war Schwarzfuß. Sie sauste schnurstracks auf sie zu. Tinker knurrte leise – Miesel machte einen Schritt nach vorne, um Iggy zu warnen.

Aber dafür blieb keine Zeit mehr. Schwarzfuß beschleunigte auf einmal zu einem erstaunlichen Schluss-

sprint, setzte über einen Stein hinweg, und als sie noch drei Meter von dem ahnungslosen kleinen Hexer entfernt war, spannte sie ihre kraftvollen Hinterläufe und sprang Iggy auf den Rücken.

Der Wald

Iggy schrie und wollte sich umdrehen, aber das Gewicht des Wolfes riss ihn nach vorn, und er verlor den Halt. Er ließ den Schirm los und fasste sich mit den frei gewordenen Händen schützend in den Nacken.

Aber Schwarzfuß war erstaunlicherweise an Iggys Nacken überhaupt nicht interessiert. Die Werwölfin benutzte Iggys schmächtigen Körper lediglich als eine Art Leiter, um an ihre eigentliche Beute heranzukommen. Nun stand sie mit ihren Hinterläufen auf den Schultern des kleinen schwarzen Hexers, holte noch einmal federnd Schwung, stieß sich kraftvoll ab und sprang in die Luft, wobei sie ihren schlanken Leib hin- und herwand, um noch höher zu gelangen.

Schwarzfuß schnappte augenscheinlich ins Leere. Dann landete sie mit bewunderswerter Anmut auf dem Boden, wie eine Katze auf allen vier Pfoten.

Iggy fiel mit den Knien aufs nasse Gras, verharrte und stimmte ein Mordsgeheul an.

„Ohhh! Dis fiese Dings is auf mich drauf! Dis wird mich auffressen! Hilf mir, Mumps! Rette mich schnell vor diesssem fiesen, verfresserten Monsssster! Ohhh! Und jetzt sind meine Knie ganz nass und matscherig!"

Schwarzfuß achtete nicht auf Iggy. Sie nahm auch keine Notiz von Tinker, der aufgehört hatte zu knurren und jetzt große Augen machte – das war vielleicht ein Sprung gewesen! So einen würde er nie im Leben hinkriegen. Besonders gut hatte ihm der Teil gefallen, als der Wolf am Rücken des gemeinen nassen Dings hochgelaufen war.

Schwarzfuß ging graziös auf Miesel zu und stupste seine Hand an. Miesel öffnete sie und streckte sie flach aus, woraufhin Schwarzfuß ihr Maul öffnete und etwas hineinfallen ließ.

Es war rund und feucht und schleimig ... und bemerkenswert schwer. Zunächst begriff Miesel nicht, dann sah er etwas genauer hin.

Es war Tobys Auge.

„Ein kleines Zeichen ... unserer Gunst!", rief Lucian. „Macht damit ... was ihr wollt ... aber ich rate euch ... es irgendwo einzusperren ... bevor es außer Reichweite fliegt."

Kaum hatte Lucian zu Ende gesprochen, da spürte Miesel, wie sich das Auge regte. Schnell schloss er seine

Finger um das schreckliche Ding. Es fühlte sich an, als hielte man einen kalten, schleimigen Gummiball in der Hand, und zwar einen mit Eigenleben, denn jetzt rollte das Auge in seiner Hand umher, offensichtlich auf der Suche nach einem Ausweg.

Wohin bloß mit dem grässlichen Ding?

Miesel fasste in seine Tasche. Seine Finger stießen gegen eine Plastiktüte.

Er zog die Tüte heraus. Sie war leer.

Natürlich! Das ist die, die ich Toby gegeben habe. Und er hat alle Gummibärchen darin aufgegessen, und dann hat er mir die Tüte zurückgegeben, und ich habe sie, ohne weiter drüber nachzudenken, einfach in meine Tasche gestopft ...

Die Tüte war eine von der Sorte, die man wiederverschließen konnte, indem man mit Daumen und Finger am oberen Tütenrand entlangfuhr. Miesel nestelte sie auf und ließ das Auge vor Ekel erschaudernd durch die Öffnung flutschen. Das Auge glitt langsam auf den Boden der Tüte, wobei es auf der Innenseite des Plastiks eine schmierige Schleimspur hinterließ. Schnell drückte Miesel den Saum der Tüte zu und hielt sie dann auf Augenhöhe.

Die Plastiktüte war nicht mehr wirklich durchsichtig; ein Haufen Gummibärchen hatte sich darin befunden, und seitdem sie leer war, hatte sie zusammenknüllt in Miesels Hosentasche gesteckt, aber Miesel konnte trotz-

dem klar und deutlich Tobys Auge erkennen, und Tobys Auge konnte scheinbar ebenso klar und deutlich ihn erkennen.

Miesel schnitt eine Grimasse. Er kniff die Augen zusammen, zog die Nase kraus und streckte die Zunge heraus – und das Auge machte nichts, als ausdruckslos durch das trübe Plastik zu glotzen. Es versuchte nicht einmal mehr, sich zu bewegen. Es lag einfach auf dem Boden der Tüte, ein schmieriger Klumpen aus weißem Gelee, mit einem gelben Kreis darauf und einem großen schwarzen Punkt in der Mitte.

Der Anblick war einfach zu eklig, und Miesel schob die Tüte wieder in seine Tasche, ganz vorsichtig, um das Auge nicht zu zermatschen. Dann drehte er sich um und winkte Lucian zu.

„Danke!“, rief er, obwohl er selbst nicht recht wusste, wofür er eigentlich dankbar war, außer für die Tatsache, dass Toby sie nun nicht mehr beobachten konnte – jedenfalls nicht, solange das Auge in der dunklen Tasche steckte –, und vielleicht war das ja durchaus von Vorteil.

„Vergiss … dein Versprechen nicht! Orange Gummibärchen!“, rief Lucian und erhob zum Abschied eine Pfote.

Miesel nickte. Dann beugte er sich hinunter, packte Iggy am Arm und zog ihn auf die Füße. Iggy heulte noch immer vor Angst und Empörung und wollte in diesem Moment nirgendwo hingehen, aber Miesel hielt seinen Arm fest und sagte: „Komm jetzt, Iggy. Es ist Zeit zu gehen.“ Und Iggy ließ sich widerwillig in Richtung Nebelvorhang ziehen. Tinker trottete lautlos neben ihnen her.

Der Nebel hüllte sie vollständig ein und Miesel konnte gerade noch ein paar Meter weit sehen. Sie liefen vorsichtig durch das nasse Gras, stiegen langsam über die glänzenden schwarzen Felsen hinweg – und ganz plötzlich veränderte sich die Luft, die sie umgab. Sie war nicht länger kalt und feucht. Ein merklich warmer Hauch lag in der Luft, und es roch nicht mehr nach kaltem grauem Nebel, sondern nach Sonnenlicht, alten Bäumen und Laub.

Einen Moment später bemerkte Miesel, dass seine Füße nicht mehr auf kurzem, struppigem Gras und rutschigem Stein auftraten, jetzt stapften sie durch eine dicke Schicht trockener, toter Blätter. Ihre Schuhe machten *schusch-schusch-schusch-schusch*, während sie durch das Laub schlurften. Iggy blieb wie angewurzelt stehen und glotzte auf den Boden.

„Und wo kommt dis ganze Zeugs jetzt her?“, fragte er ärgerlich.

„Ich weiß es nicht, Iggy“, sagte Miesel und strengte seine Augen an, um etwas im Nebel zu erkennen. „Aber ich glaube, wir sind jetzt an einem anderen Ort.“

„Natürlich sind wir an ’nem anneren Ort, Mumps“, sagte Iggy geduldig. „Weil wir sssind ja gelaufen, odder nich? Und wenn man läuft, dann kommt man an ’nen anneren Ort, weißte?“

„Ja, aber …“

„Du musst dir so ’ne Sachen mal richtig überlegen, Mumps“, erklärte Iggy mit Nachsicht, als spräche er mit jemandem, der ein bisschen beschränkt war. „Lauf, lauf, hopp – annerer Ort! Lauf, lauf, hopp – annerer Ort! Ssso geht das, siehst du?“

Miesel wollte gerade darauf hinweisen, dass sie nicht weit genug gelaufen waren, als dass sich so eine drastische Veränderung der Umgebung erklären ließe, als ohne jede Vorwarnung ein warmer Luftstoß den Nebel ringsum fortwehte wie einen Vorhang, der beiseitegezogen wird.

Sie standen in einem Wald. Einem sehr alten Wald. Die Bäume waren gewaltig. Ihre riesigen graubraunen Stämme waren knorrig und unförmig. Dicke Wurzelstränge schlängelten sich über den laubbedeckten Boden, bevor sie unter der Erde verschwanden. Die Luft war still und warm. Es war sehr ruhig.

Sonnenlicht fiel durch die hohen Baumkronen über ihren Köpfen. Es schimmerte leicht grünlich und sprenkelte den Boden mit schattigen Pünktchen. Der Regen hatte offenbar aufgehört, abgesehen von den Tröpfchen aus Iggys winziger Regenwolke, die ein bisschen Feuchtigkeit auf seinen Schirm versprühten.

Außer den mächtigen Bäumen waren weit und breit keine Lebewesen zu sehen. Keine Vögel oder Insekten – noch nicht einmal ein Strauch oder eine Blume oder ein Grashalm. Die Bäume hatten den Platz ganz für sich allein, und jeder war von so viel weitem Raum umgeben, dass keiner der Bäume zu dicht an seinem Nachbarn stand.

Es war auf eine verstörende Art wunderschön.

Iggy versetzte diese plötzliche Veränderung in Unruhe. „Huch!“, rief er laut. „Wo is denn diessser Ort hergekommen?“

„Ich glaube, das ist ein anderer Teil von Dystopia.“ Miesel sah sich mit staunender Freude um. Diese Gegend war auf jeden Fall sehr viel ansprechender als das nasse, kalte, neblige Moor.

Iggy gefiel es überhaupt nicht. „Disss riecht aber komisch hier!“, verkündete er und seine große Hakennase zuckte vor Ekel.

Miesel schnupperte. Die Luft roch genauso, wie man es von Luft im Wald erwartete – nach Laub, nach Holz, nach sauberer Erde – aber es hatte gar keinen Sinn, Iggy das zu erklären, denn die einzigen Gerüche, die Iggy wirklich mochte, waren von der Sorte, bei der wir uns alle schnell die Nasen zuhalten würden.

Tinker war damit beschäftigt, im Laub herumzuwühlen. Seine Nase dicht am Boden, entdeckte er all die Gerüche, die Hunde wahrnehmen können, Menschen jedoch nicht.

„Ich hab Hunger!“, jammerte Iggy. „Wegen dir hab ich alle meine erssstklatschigen Gummibärchen weggeschmissen!“

„Wo sind denn die, die du aufgesammelt hast, Iggy?“

„Die hab ich aufgegessen. Was machen wir'n jetzt? Wir verhungern, dis machen wir jetzt.“

Dieses Gejammere hatte sich Miesel schon einmal anhören müsssen, als er Iggy zum ersten Mal getroffen hatte. Das Problem war, dieses Mal konnte Iggy Recht behalten.

Gewiss, der Wald war ein lebendiges, gedeihendes Wesen. Aber die Bäume schienen nicht zu der Sorte zu gehören, die Früchte trugen, und da es weit und breit niemanden gab, der sie zu einer Speisekammer oder einem Supermarkt oder einfach nur einer Cornflakes-schachtel führen konnte, bestand leider durchaus die Möglichkeit, dass sich Iggys Vorhersage bewahrheiten könnte.

Sie konnten sich nur durch den Wald schlagen und nachsehen, was sich am anderen Ende befand. Immer vorausgesetzt, der Wald hatte ein Ende.

Es gab nur eine Möglichkeit, das herauszufinden.

„Kommt jetzt, ihr beiden“, sagte Miesel und hoffte, dass seine Stimme aufmunternd klang. „Wenigstens regnet's nicht mehr, es ist doch sehr schön hier, und die Sonne scheint.“

„Pah!“, murmelte Iggy. „Die Sssonne! Blödesss Ding!“

„Lasst uns hier langgehen“, sagte Miesel und deutete nach vorn. Iggy seufzte tief und sie machten sich auf in den Wald.

Sie liefen mehrere Stunden und legten dabei eine weite Strecke zurück. Die Landschaft veränderte sich nicht, egal wie weit sie liefen – die uralten Bäume sahen einer aus wie der andere, die abgefallenen Blätter auf dem Boden hatten alle dieselbe Farbe und Beschaffen-

heit, und die Stille, die über dem Wald hing, wurde nicht für den kleinsten Moment durchbrochen.

Alles sah gleichförmig aus – so sehr, dass sich Miesel irgendwann fragte, ob sie womöglich die ganze Zeit im Kreis liefen.

Miesel hatte auch das dumpfe Gefühl, dass sie beobachtet wurden. Er sagte davon allerdings kein Wort zu Iggy, weil Iggy dann vermutlich in Panik ausgebrochen und lauthals kreischend zwischen den Bäumen verschwunden wäre. Miesels wachsame Augen huschten mal hierhin, mal dorthin und suchten nach Anzeichen von Leben. Aber er sah keine. Er wurde von Tinkers

Verhalten bestärkt. Für Tinker war das hier einfach nur ein schöner Spaziergang. Den Schwanz hoch erhoben, die Ohren aufgestellt und die Nase am Boden, trabte er neben Miesel her und schien jede Sekunde dieses Ausflugs zu genießen.

Iggy hingegen schmollte. Er trottete in zehn Metern Abstand hinterher und stieß von Zeit zu Zeit tiefe, kummervolle Seufzer aus … und wurde zunehmend saurer, weil weder Miesel noch Tinker Notiz von ihm nahmen. Die Seufzer sollten ihnen klarmachen, dass er nicht besonders glücklich war, dass er es hasste, durch diesen grässlichen, trostlosen, stinkigen Wald zu latschen, dass ihm vom Herumstapfen in den blöden toten Blättern und von der blöden Sonne, die auf ihn niederbrannte, schrecklich heiß war, und dass ihm diese blöden Riesenbäume andauernd im Weg waren.

Tinker verspürte einen plötzlichen Drang. Er marschierte zum nächsten Baum und beschnupperte ausgiebig die raue Borke. Normalerweise haftete Bäumen der duftende Beweis an, dass ein anderer Hund an ihnen sein Geschäft verrichtet hatte, aber dieser Baum roch nicht danach. So wie alle Hunde liebte Tinker es, seine Marke zu hinterlassen, indem er sein Geschäft an der Stelle verrichtete, an der ein anderer Hund bereits seines verrichtet hatte, und es verwirrte ihn ein bisschen, dass es so eine Stelle hier anscheinend nicht gab. Aber der Drang war nach wie vor da, und so hob Tinker gewohnheitsmäßig das Bein und erledigte das, was er zu erledigen hatte.

Und hoch über seinem Kopf, kaum sichtbar in der Laubkrone, blickte ein kleines Wesen wütend auf den Waldboden herab. Seine smaragdgrünen Augen verengten sich. Dann hob das winzige Wesen seinen Kopf, spitzte die Lippen und pfiff – und ganz weit unten hörte Tinker auf, am Baumstamm zu schnüffeln, und starrte mit aufgestellten Ohren nach oben.

Nur Tinker vernahm das Pfeifen. Es hatte eine sehr hohe Tonfrequenz, zu hoch, als dass Miesel oder Iggy es hätten hören können. Hunde haben Ohren, die Töne wahrnehmen können, welche für Menschen unhörbar sind.

„Was ist los, Tinker?“, fragte Miesel.

Beim Klang seines Namens wedelte Tinker zweimal mit dem Schwanz, dann blickte er erneut mit höchster Wachsamkeit weiter hinauf zum Baumwipfel.

Iggy schloss schlurfend zu Miesel auf und blieb stehen. Er sah zu dem kleinen Hund hinüber, dann rümpfte er verärgert die Nase.

„Was macht'n der blöde Wauwau da? Warum ssstarrt er den blöden Himmel an?“

„Ich weiß es nicht, Iggy“, sagte Miesel. „Ich vermute, dass da oben irgendwas ist.“

Iggy schaute nach oben und kniff die Augen vor dem einfallenden Sonnenlicht zusammen.

„Irgendwasss da oben? Was'n? Ich kann nix sssehen. Da sssind nur blöde Blätter."

„Ich erkenne auch nichts."

„Na dann lass unsss dis blöde Herumgelatsche weitermachen … und wasss zu ESSEN finden!"

„Schon okay, Iggy." Miesel schnipste mit den Fingern und wollte gerade „Komm, Tinker, da ist nichts" sagen, als das Sirren begann …

Zunächst war es noch sehr leise und entfernt, aber es wurde schnell lauter. Es schien von irgendwo oben zu kommen, und Miesel, Iggy und Tinker versuchten vergeblich zu erkennen, was es verursachte.

Bzzzzzzzzzzzzzzzzzzzzzzzzzzzz …

Dann erschien in ungefähr hundert Metern Entfernung eine dunkle, wirbelnde Wolke. Sie flog in Windeseile auf sie zu und veränderte währenddessen beständig ihre Form. Als sie näher kam, erkannte Miesel, dass sie aus Hunderten von winzigen Wesen bestand, die wie Libellen aussahen.

Iggy griff nach Miesels Hand. „Was sind das für Dinger?"

„Ich weiß es nicht."

„Die tun mir aber nicht gefallen, Mumps."

„Mir auch nicht, Iggy."

Miesel und Iggy machten einen Schritt rückwärts – und dann noch einen und noch einen. Das Sirren hatte Tinkers Aufmerksamkeit vom Baumgipfel abgelenkt und auch er starrte mit schief gelegtem Kopf und aufgestellten Ohren auf die herannahende Wolke.

Und dann, als sie auf ein paar Meter herangekommen war, hielt sie an. Das Sirren blieb, weil die Flügel der Wesen noch immer schlugen, um die kleinen Körper in der Luft zu halten, aber die Vorwärtsbewegung hatte gestoppt und der Schwarm Winzlingsdinger hing nun frei schwebend in der Luft.

Jetzt erkannte Miesel, was es war.

Er traute kaum seinen Augen.

Feen?

Matilda besaß ein Buch – ein Bilderbuch –, das voll war mit Abbildungen von Feen. Und für Miesels erstaunte, ungläubige Augen sah es so aus, als hätten sich diese Abbildungen aus den Seiten von Matildas Buch emporgeschwungen und würden nun vor seiner Nase herumschwirren. All jene Eigenschaften, die Künstler üblicherweise ihren gezeichneten Feen geben, waren vorhanden. Die seidig feinen Libellenflügel, die winzigen, wohlgestalteten Körper, alle in die üblichen Feenkostüme gewandet. Die weiblichen Feen trugen Tuniken aus Blumenblättern und einige hatten Glockenblumen als Hüte auf dem Kopf. Die männlichen Feen waren, wie Peter Pan, in Braun- und Grüntöne gekleidet, alle mit zerschlissenem Hosenboden – und einige trugen Kappen, die aus Ahornfrüchten gemacht waren. Alle, ob weiblich oder männlich, hatten hübsche, herzförmige

Gesichter mit leuchtenden smaragdgrünen Augen, die schräg standen; alle hatten spitz zulaufende Ohren in Übergrößen und winzige, himmelwärts gerichtete Stupsnasen, und alle hatten …

Mit Schaudern sah Miesel, dass sie alle etwas besaßen, was keine Fee jemals besessen hatte – jedenfalls nicht auf den Bildern, die er kannte. Die Feen in Matildas Buch hatten es ganz gewiss nicht gehabt, und wenn doch, dann hätten Sam und Lee das Buch erst gar nicht für sie gekauft.

Sie hatten Schwänze.

Aber nicht etwa niedliche, flauschige Schwänze.

Diese hier waren abscheulich.

Sie ähnelten Skorpionschwänzen und waren riesengroß – zumindest im Verhältnis zu dem restlichen Feenkörper. Wie Krummsäbel waren sie nach oben gebogen und endeten über ihren Köpfen. Sie waren in schimmernde braune und grüne Abschnitte unterteilt, die zur Spitze hin immer schmaler wurden. Und die Spitze war der grässlichste Teil. Sie ragte scharf und drohend über den Köpfen der Feen auf. Das Schwanzende hatte in etwa die Form einer Glühbirne und in dem nach vorne gerichteten Stück steckte ein langer, dünner Stachel. Von der Stachelspitze hing ein dicker grünlich gelber Tropfen, der bei jeder Bewegung, die die Feen machten (vorausgesetzt, es waren tatsächlich Feen!), erzitterte.

„Ui, Mumps", wisperte Iggy mit heiserer Stimme, doch laut genug, dass die Feen ihn verstehen konnten, „die sssehen wirklich garssstig aus, die Schwänze! Und ssssieh mal, Mumps! Da tropft's raus. Die Schwänze sssind ja alle undicht!"

„Pssst, Iggy!", flüsterte ihm Miesel ins Ohr. „Ich glaube nicht, dass die Schwänze undicht sind. Ich glaube, das ist Gift!"

Iggy gab einen leisen Angstquietscher von sich und versuchte sich hinter Miesels Rücken zu verstecken. Tinker, der zu Füßen der beiden hockte, knurrte, leise zwar, aber sehr beharrlich, so als wollte er diese schwebende Meute eindringlich davor warnen, noch näher zu kommen.

Lucian hatte Recht, dachte Miesel. *Die Dinge hier in Dystopia sind nicht, was sie scheinen ...*

Die Wolke teilte sich plötzlich und bildete eine Art Gasse in der Luft – und eine Gestalt, ein bisschen größer als die anderen, kam mit sirrenden Flügeln durch das Spalier geflogen. Wenige Meter von Miesel entfernt hielt sie an und Miesel konnte ihre Gestalt deutlich erkennen.

Diese Fee sah etwas anders aus. Sie war weder in Blütenblätter noch in Lumpen gekleidet, sondern trug ein langes, silbernes Gewand, das in der Taille mit einer goldenen Kordel zusammengehalten wurde. Auf ihrem winzigen Kopf saß ein blank polierter silberner Helm, der Kopf, Nacken und die obere Hälfte des Gesichts bedeckte, sodass nur Nase und Mund sichtbar waren. Die übergroßen, spitzen Ohren ragten wie ein paar Flügel rechts und links aus Löchern im Helm hervor. Das Ganze hatte eine gewisse Ähnlichkeit mit dem Kopfputz des Wikingergottes Thor. Vorne am Helm befanden sich zwei Schlitze und Miesel konnte dahinter das Glitzern smaragdgrüner Augen erkennen. Offensichtlich war es eine männliche Fee.

Das silberne Feenmännlein schwebte einen Moment in der Luft und wandte seinen Kopf hin und her, als würde es die drei Wesen vor sich eingehend mustern. Dann sprach es mit schwacher blecherner Stimme, wie von weit, weit weg: „Einer von euch hat einen Baum markiert. Wen betrifft das?"

Iggy schob seinen Kopf hinter Miesel hervor und deutete aufgeregt nach hinten, in die Richtung, aus der sie gekommen waren. „Dis war ssso ein Großer, Brauner", sagte er, „etwa eine Sssquillion Meilen da lang."

„Es meint nicht, welchen Baum das betrifft, Iggy!“, sagte Miesel. „Es meint, wer von uns das getan hat.“

Sogleich richtete Iggy seinen Finger auf Tinker und sagte: „Der war's! Der gemeine kleine Wauwau! Ich hab nix gemacht! Ich hab gegen keinen Baum Pipi gemacht! Er war dis!“

„Halt die Klappe, Iggy!“, zischte Miesel aus dem Mundwinkel.

„Einen Baum zu markieren stellt eine Beleidigung für uns dar“, sagte das Feenmännlein.

„Eine Beleidigung?“, sagte Miesel. „Oh, das tut uns furchtbar leid. Und Tinker hat's nicht so gemeint. Ehrlich ... das war ein ... ein Versehen!“

Das Feenmännlein schwieg für ein paar Sekunden. Mit vibrierenden Flügeln schwebte es in der Luft. Das Sonnenlicht glitzerte auf seinem Kleid und seinem Helm. Es hatte seinen Kopf vorgeneigt und sein durchdringender Blick ruhte auf Tinker.

„Wir warten“, sagte es schließlich.

„Worauf?“, fragte Miesel vorsichtig.

„Darauf, dass sich die Kreatur, die uns beleidigt hat, für diese Ungehörigkeit entschuldigt.“

Miesel blickte zu Tinker hinunter, der das Feenmännlein mit der gleichen Eindringlichkeit anstarrte, mit der es ihn anstarrte.

„Das ist ein Hund, Sir“, sagte Miesel. „Er kann sich nicht entschuldigen.“

„Kann nicht?“, sagte das Feenmännlein. „Oder will nicht? Wir verhängen harte Strafen gegen jeden, der unsere Bäume anrührt!“ Und bei dem Wort „Bäume“ reckte sich der Skorpionschwanz noch höher, bis über den Kopf des Männleins, und schwoll an. Und dann spritzte mit einem Flackern aus der bauchig geformten Schwanzspitze ein grünlich gelber Tropfen und landete vor Miesels Füßen auf dem Boden. Ein leises Zischen war zu hören.

Miesel blickte nach unten und sah, dass der Gifttropfen auf einem toten Blatt gelandet war. Das Blatt hatte jetzt ein schwarzes Loch in der Mitte und von den Rändern des Lochs stiegen winzige graue Rauchwolken auf. Miesel nahm einen scharfen, beißenden Geruch wahr, der in die warme Luft aufstieg.

Schnell hob Miesel den Blick und sah der Fee in die Augen. „‚Will nicht‘ ist nicht richtig, Sir. Er kann ganz einfach nicht.“

„Warum nicht?“

„Weil er nicht sprechen kann, Sir.“

Ein neuer Gifttropfen quoll aus dem Stachelende hervor. Das Feenmännlein beugte seinen Kopf in Tinkers Richtung. Seine großen Ohren zuckten. Tinker knurrte ein bisschen lauter.

„Die Kreatur macht ein Geräusch“, sagte es streng. „Also hat es eine Stimme. Eine Stimme, um sich damit zu entschuldigen.“

„Wasss redet dis Ding denn da?“, wisperte Iggy nervös.

„Es möchte, dass Tinker sagt, dass es ihm leidtut“, flüsterte Miesel zurück. „Aber das kann Tinker natürlich nicht.“

Iggy trat hinter Miesels Rücken hervor, schenkte der Fee sein unterwürfigstes Lächeln und holte mit dem Fuß aus, um Tinkers Hinterteil zu treffen. „Mach schon, garssstiger Wauwau!“, zischte Iggy. „Sag, dassis dir leidertut.“

Tinker, der Iggys ungeschickte Versuche, ihm einen ordentlichen Tritt zu verpassen, schon gewohnt war, wich blitzschnell aus und zeigte dem schwarzen Hexer die Zähne, was normalerweise ausreichte, um Iggy in die Schranken zu weisen. Aber diesmal hatte Iggy Zuschauer – und er musste so tun, als ob ein paar kleine Zähnchen ihm nicht im Geringsten Angst einjagten.

„Bössser Wauwau! Gemeiner Wauwau! Fiessser Wauwau!“, rief Iggy und schlich sich erneut von der Seite an Tinker heran, um noch einmal zuzutreten.

„Hör auf damit, Iggy!“, flüsterte Miesel und packte Iggy am Arm.

Iggy schenkte ihm keine Beachtung. Er warf Tinker einen missmutigen Blick zu und erhob drohend den Zeigefinger. „Du hast zu dem lieben … dem lieben … Schwebedings mit den Flügeln und dem Glitzerkleid nich gesssagt, dasssis dir leidertut. Drum kriegssst du jetzt soooo ’nen Tritt verpasst, und zwar von mir, denn ich bin ’ne *nette* Person, die wo an keinen Baum Pipi gemacht hat.“

Iggy holte mit dem Fuß aus und zielte mit Schwung in Tinkers Richtung, doch Tinker hüpfte beiseite, zog die Lefzen zurück, fletschte die Zähne und knurrte noch wilder.

Iggy wurde kreidebleich um die Nase, machte einen Schritt zurück und stellte sich dicht neben Miesel. Noch nie hatte er den garstigen kleinen Wauwau so wütend gesehen.

„Die Entschuldigung ist schon längst überfällig“, verkündete die Fee. „Die Strafe wird also vollzogen.“

„Äh … was ist denn die Strafe?“, sagte Miesel.

„Die Strafe“, und jetzt erhob das Feenmännlein beides, seinen Kopf und seine Stimme, und brüllte, als würde es zu einer Zuschauermenge im Fußballstadion sprechen: „Die Strafe ist: Tod durch sechzig und sechs Stiche.“

Alle Feen in dem fliegenden Schwarm kamen plötzlich einen halben Meter nach vorn geschossen, während sie ihre Schwänze noch weiter aufrichteten und der dünne, grausige Stachel am Ende ein bisschen länger wurde.

„Ihr werdet doch jetzt nicht meinen Hund stechen“, sagte Miesel und gab sich die größte Mühe, gefasst zu klingen.

„Deinen *Hund*?“, sagte das Feenmännlein spöttisch. „Aha – das ist es also. Und was veranlasst dich eigentlich zu glauben, die Strafe gelte nur für deinen Hund? Nein, nein – Tod durch sechzig und sechs Stiche wird allen zuteil, die sich dem Verbrecher beigesellen! Ihr alle drei seid schuldig!“

Iggy verstand nur die allereinfachsten Formulierungen und hatte daher kein Wort begriffen. „Wasss redet esss da, Mumps?“, murmelte er.

„Es sagt, dass wir alle totgestochen werden, Iggy.“

Darauf schüttelte der kleine Hexer wie wild den Kopf, zeigte auf Tinker und kreischte: „Aber er war dis doch! Er hat’s gemacht! Ich nicht!“

Der Chef der Feen schenkte ihm keine Beachtung. Er hob einen Arm über seinen Kopf und rief über die Schulter hinweg: „Alle auf mein Kommando! Bei eins bereit machen, bei zwei vorstoßen, bei drei wird das Urteil vollstreckt! Eins … zwei …“

„Neineineineineineineineineinein!“, schrie Iggy wie verrückt. Er zeigte abermals auf Tinker und kreischte: „Ssseht mal! Ich tu ihn für euch treten! Ssseht ihr? Ssseht ihr, wie ich zutreten tu?“

Iggy holte wieder mit dem Fuß aus und Tinker hüpfte wieder beiseite. Allmählich wurde Tinker allerdings richtig wütend. *Ui! Jetzt reicht’s aber, du gemeines, feuchtes Dings! Versuch mich ein Mal zu treten und ich zeig dir meine Zähne! Versuch mich ein zweites*

Mal zu treten und ich setz noch ein Knurren drauf! Versuch mich ein drittes Mal zu treten und du wirst dein blaues Wunder erleben, Freundchen.“

Tinker fletschte die Zähne, knurrte und stürzte sich dann blitzartig auf Iggys Füße. Iggy quiekte erschrocken und machte einen Satz nach hinten, und da fing Tinker an zu bellen.

Manchmal ist es außerordentlich schwer, einen kleinen Hund, der aus gutem Grund zu bellen beginnt, wieder zu stoppen. Und Tinker hatte einen ausgezeichneten Grund. Er war wütend und fest entschlossen, diesem gemeinen, feuchten Dings eine Lektion zu erteilen. Des-

wegen bellte er auch sehr laut und schrill und fast ununterbrochen. Zwischendurch schnappte er wie wild um sich bei dem Versuch, seine Zähne in Iggys Knöchel zu graben, und Iggy hüpfte natürlich wie wild umher, um dem schnappenden Hundemaul auszuweichen.

Die Wirkung auf die Feen war durchschlagend. Jedes einzelne der winzigen Wesen riss die Hände hoch und legte sie über die langen spitzen Ohren. Ein paar von ihnen stießen hohe, spitze Schreie aus vor Angst und Qual, und alle flogen ein paar Meter rückwärts, so als wirke Tinkers Bellen wie ein starker Wind, der sie fortwehte. Sogar der Feenanführer hatte die Hände auf die Ohren gelegt und drückte sie rechts und links fest gegen seinen Helm, und Miesel konnte an den verzerrten, zuckenden Lippen erkennen, dass er genauso stark unter dem ohrenbetäubenden Krach litt wie alle anderen.

Miesel schoss ein Gedanke durch den Kopf: *Im Wald ist es ganz still … Vielleicht sind diese Wesen keine lauten Geräusche gewöhnt, vielleicht sind ihre Ohren zu empfindlich und Tinkers Bellen tut ihnen richtig weh …*

Der Feen-Schwarm hatte sich gut dreißig Meter zurückgezogen, das schien genug Abstand zu sein, dass sie sich die Hände von den Ohren nehmen und sich zu einer, wie es schien, dringenden Beratung zusammenscharen konnten. Aber Tinker würde nicht ewig so weiterbellen.

„Lauft!“, rief Miesel und rannte los. „Iggy! Tinker!“

Iggy musste nicht erst lange überredet werden. Weglaufen war eine willkommene Taktik, um Tinkers Zähnen zu entfliehen, und so hüpfte er ein letztes Mal in die Luft, bevor er Miesel hinterherdackelte.

Tinker spürte, dass die Stimmung umgeschlagen war, und heftete sich schnell an ihre Fersen.

Und er hörte auf zu bellen.

Miesel warf einen hektischen Blick über die Schulter. Die graue Wolke aus schwebenden Feen hatte sich wieder in Bewegung gesetzt – in wilder Jagd sauste sie durch die Luft und holte schnell auf.

„Tritt ihn noch mal, Iggy!“, schrie Miesel.

„Du willssst … willssst … wasss?“, keuchte Iggy.

„Tritt Tinker!“

Miesel hatte Iggy nie dazu ermutigt, gemein zu Tinker zu sein, und so kam dieser Befehl einigermaßen überraschend. „Ich … sssoll ihn … treten? Dis hab ich ja versssucht, odder? Und jetzt … versssucht er mich zu beißern! Wenn du willssst, dass er getreten wird … dann mach's doch ssselber!“

Miesel warf erneut einen raschen Blick zurück. Die Verfolger holten weiter auf, und Miesel konnte bereits deutlich erkennen, dass ihre Schwanzstacheln doppelt so lang waren wie vorher. Jetzt sahen sie aus wie polierte Stahlnadeln, die in Position gebracht waren, um zuzustechen.

Miesel wusste, dass es keinen Sinn hatte, wenn *er* Tinker einen Tritt versetzte, weil Tinker dann, wenn Miesel es tat, nur glauben würde, es handele sich um eine Art Spiel, und er kein bisschen böse werden würde. Nein, Iggy musste es tun!

Mittlerweile war der kleine schwarze Hexer ein paar Meter zurückgefallen. Seine schmächtige Brust hob und senkte sich, so heftig rang er nach Luft, und seine klapperdürren Beine zitterten bei dem Versuch mitzuhalten. Miesel sah, dass der Anführer der Feen plötzlich seinen winzigen Arm schwenkte, woraufhin ein kleines Feen-Ding in hohem Tempo aus dem sirrenden Schwarm herausschoss und geradewegs auf Iggy zuhielt.

Und in diesem Moment beschloss Iggy, dass dieses Gerenne einfach zu viel war für ihn und er jetzt dringend eine Verschnaufpause brauchte. Er blieb stehen, stützte sich mit den Händen auf den Knien ab und beugte sich nach Luft japsend vor. Die winzige Fee, deren Körperbau offenbar auf Schnelligkeit ausgelegt war, sauste mit hoch aufgerichtetem Skorpionschwanz heran, den glitzernden Stachel so weit ausgefahren wie möglich.

Sie prallte mit voller Wucht auf den straff gespannten Stoff an Iggys Hosenboden, bohrte ihren Stachel tief ins Hinterteil des Hexers, flog dann sofort ein Stück rückwärts, machte kehrt und düste zu der in der Luft hängenden Feen-Traube zurück.

Iggy brüllte los, ließ seinen Regenschirm fallen und hüpfte anderthalb Meter in die Luft, während er sich mit beiden Händen die betroffene Stelle rieb. Seine Erschöpfung war wie weggeblasen und er wollte nur noch vor diesem entsetzlichen Schmerz davonlaufen. Seine Knie bewegten sich auf und nieder wie Kolben und bald schon war er mit tränennassem Gesicht auf gleicher Höhe mit Tinker. Beim Anblick des kleinen Hundes, der dafür verantwortlich war, dass er solche Schmerzen litt, schrie er: „Au! Au! Au! Du grässlicher kleiner Wauwau! Au! Au! Au! Dis ... dis ... dis ist alles deine Schuld! Hier, dafür kriegste dis! Und dis!“ Und bei jedem „dis“ holte Iggy mit dem Fuß aus und trat im Laufen so fest er konnte nach Tinker.

Tinker konnte Iggys Tritten mühelos ausweichen und sehr zu Miesels Erleichterung brach er wieder in wütendes Gebell aus. Miesel wandte den Kopf um. Ja! Es funktionierte! Der wirbelnde Feenschwarm hatte offenbar angehalten, und mit jedem stolpernden Schritt, den Miesel, Iggy und Tinker machten, vergrößerten sie den Abstand zu ihren Verfolgern.

Der Schmerz in Iggys Hintern ließ nicht nach. Es tat viel weher als bei einem Bienen- oder Wespenstich. Iggy fühlte sich wie nach dem Angriff einer riesigen, bösartigen Hornisse. Er konnte die Schmerzenstränen einfach nicht aufhalten. Er konnte auch nicht besonders gut sehen, weil seine Sicht verschwamm, aber er konnte noch genug erkennen, um mit dem Fuß abermals ein paarmal auf Tinker zu zielen. Iggy traf kein einziges Mal, denn es ist nicht gerade leicht, gleichzeitig zu rennen und zu treten, vor allem, wenn das Zielobjekt versucht, in deinen Knöchel zu beißen.

„Kommt!“, rief Miesel, der vorneweg lief. „Schneller! Und hör nicht auf zu treten, Iggy!“

Mittlerweile hatten sie ungefähr zweihundert Meter Abstand zwischen sich und die Feen gebracht, und allmählich fragte sich Miesel, wo sie eigentlich hinsollten. Der Wald hatte schon geraume Zeit immer gleich ausgesehen: Überall die großen Bäume, die jeweils in ihrer eigenen kleinen Lichtung standen, und freier Raum dazwischen. Das verhieß nichts Gutes, nirgendwo bot sich ihnen ein Versteck.

Aber sie hatten keine andere Wahl. Miesel wusste, dass sie immer weiterlaufen mussten, weil Tinker und Iggy ihr Gerangel früher oder später beenden würden. Das Bellen würde verstummen und dann würden sich die Feen auf sie stürzen. In Anbetracht von Iggys Reaktion auf nur einen einzigen dieser Skorpionschwanzstiche, konnte man davon ausgehen, dass sechsundsechzig davon sie alle drei töten würden.

Und in diesem Moment sah er die Höhle.

Die Höhle

Sie rannten auf eine kleine felsige Anhöhe zu, die sich aus dem Waldboden erhob und an deren Stirnseite sich eine kleine schwarze Öffnung auftat.

„Kommt!“, brüllte Miesel und zeigte nach vorn. „Wir müssen da rein!“

Obwohl Miesel mittlerweile völlig erledigt war, raffte er sich zu einem letzten Sprint auf. Tinker, der von Iggys Tritten allmählich die Nase gestrichen vollhatte, hörte auf zu bellen und flitzte an Miesels Seite. Und Iggy, dessen Hintern immer noch höllisch wehtat, rannte, so schnell ihn seine dürren Beine trugen, einfach weil er hoffte, auf diese Weise den brennenden Schmerz abschütteln zu können.

Sie schafften es mit knapper Not, doch kaum waren sie in das Dunkel der Höhle eingetaucht, begann Miesel auch schon zu zweifeln, ob es wirklich eine so schlaue

Idee gewesen war, hier Zuflucht zu suchen. Das konnte genauso gut eine Falle sein, eine Sackgasse.

Allerdings hätten sie kaum noch weiter durch den Wald wetzen können. Sie hätten sich ohnehin etwas anderes einfallen lassen müssen – und diese Höhle war in der Tat etwas anderes. Ihr Eingang war schmal, die Felswände gaben nicht mehr als einen Spalt frei, durch den Miesel, Tinker und Iggy nacheinander hindurchschlüpften. Ein paar Meter weiter im Inneren tat sich jedoch ein Raum auf, der mindestens so groß war wie die Eingangshalle von Merlin Manor. Ihre Augen, die noch nicht an das Dunkel gewöhnt waren, konnten zunächst kaum etwas erkennen. Aber Sekunden später weiteten sich ihre Pupillen, um möglichst viel von dem Licht aufzunehmen, und Miesel erkannte alle Einzelheiten des riesigen Gewölbes.

Die Decke der Höhle befand sich gut zehn Meter über ihren Köpfen, der Boden war weich und sandig. Weiter hinten schien sich irgendeine Art Tunnel zu befinden, der tiefer ins Innere führte. Miesel beschloss, das genauer erkunden, denn die Feen-Wolke war ihnen mit Sicherheit dicht auf den Fersen gewesen, und die Wesen hatten sie zweifelsohne in der Höhle verschwinden sehen.

„Kommt, ihr beiden!“, keuchte Miesel außer Puste. „Wir können jetzt nicht ausruhen!“

Derweil lief Iggy im Kreis herum und rieb sich mit

beiden Händen den Hintern. Auch wenn das Brennen allmählich nachließ, tat es doch immer noch so weh, dass er leise „Au! Au! Au!“ vor sich hin wimmerte. Iggy funkelte Tinker böse aus tränennassen Augen an und zog schniefend die Nase hoch, um den herauslaufenden Rotz aufzuhalten.

„Allesss deine Schuld!“, zischte er. „Garssstiger Wauwau! Grässlicher Wauwau!“

Tinker stand da, hechelnd und mit heraushängender Zunge, und ließ Iggy nicht aus den Augen. Aber keiner von beiden schien sonderlich erpicht darauf zu sein, ihren Streit wieder aufzunehmen.

Miesel versuchte es noch einmal. „Kommt! Wir müssen weiter!“

Da war plötzlich ein Sirren zu hören und über den Höhleneingang legte sich ein Schatten. Eine einzelne Fee, womöglich diejenige, die Iggy gestochen hatte, flog langsam heran, wobei sie ihren winzigen Kopf hin und her drehte und mit ihren smaragdgrünen Augen umherspähte. Auch sie hatte Probleme, in der Dunkelheit etwas zu erkennen, und bewegte sich sehr vorsichtig.

Tinker sah die Fee und kam zu dem Schluss, dass sie ein Eindringling war. „Wauwauwauwauwauwauwau!“, bellte er wütend und blickte angriffslustig zu der winzigen Gestalt hinauf.

Die Fee stieß einen gellenden Schrei aus, legte sich beide Hände über die spitzen Ohren und legte mit ihren

Libellenflügeln den Rückwärtsgang ein. Sie flog so schnell zurück, dass sie gegen die gewölbte Felsenwand neben dem Eingang krachte. Die Fee stürzte trudelnd dem sandigen Boden entgegen, fing sich aber noch rechtzeitig und stieg mit schwirrenden Flügeln wieder in die Luft auf. Augenblicklich wandte sie sich um und schoss hinaus ins Sonnenlicht.

Von Iggy war ein Stöhnen zu hören.

„Tut's sehr weh, Iggy?", fragte Miesel mitfühlend.

„Ja, ganz doll!", schluchzte Iggy. „Und dassis nur die Schuld von dem ollen gemeinen Wauwau!"

„Iggy, ohne Tinker wären wir alle schon längst mausetot. Denk mal daran!"

Iggy zog laut schniefend die Nase hoch und rieb sich weiter den Hintern. Um Iggy von seinen Schmerzen abzulenken, beschloss Miesel, seine Aufmerksamkeit auf etwas anderes zu lenken.

„Komm, Iggy, lass uns mal nachsehen, wo dieser Tunnel hinführt, wollen wir?"

Widerwillig ließ sich Iggy ans andere Ende der Höhle ziehen. Tinker folgte ihnen, behielt den Höhleneingang dabei aber stets wachsam im Auge. Noch immer war ein schwaches Sirren aus dieser Richtung zu hören, und das bedeutete, dass jeden Moment ein erneuter Eindringling auftauchen konnte. *Und es ist mein Job, das zu verhindern*, dachte Tinker.

Der Tunnel war schmal und so niedrig, dass Miesel

und Iggy die Köpfe einziehen mussten, um hineinzuspähen. Außerdem war er sehr dunkel. Sie konnten nur ein paar Meter weit hineinsehen und es sah alles andere als verlockend aus. Andererseits konnten sie nirgendwo anders hingehen.

„Kommt“, sagte Miesel und gab sich große Mühe, unbeschwert zu klingen. „Lasst uns mal nachsehen, wo der hinführt.“

Er ließ sich auf alle viere nieder und begann, in den Tunnel hineinzukriechen. Iggy, der leise vor sich hin ächzte und stöhnte, tat es ihm nach. Tinker stieß zum letzten Mal ein lautes, warnendes Bellen in Richtung Höhleneingang aus und heftete sich dann schnell an Iggys Fersen.

Nach den ersten zwei Metern musste sich Miesel seinen Weg ertasten. Es war so zappenduster, dass er die Augen ebenso gut hätte schließen können.

„Halt dich an meinem Fuß fest, Iggy!“, rief er über die Schulter.

Langsam krochen sie durch den stockfinsteren Raum. Alle paar Meter hielt Miesel an und streckte seine Hand aus, um nach der Tunneldecke zu tasten. Jedes Mal war sie zu erfühlen, so niedrig, dass sie gezwungen waren, weiter auf allen vieren zu kriechen.

„Wo gehen wir hin, Mumps?“, fragte Iggy weinerlich. Das Herumkriechen in der tintenschwarzen Dunkelheit war ein bisschen langweilig und offen gestanden auch

ein klitzekleines bisschen gruselig, selbst für einen schwarzen Hexer, der sich nicht mal *ein bisschen* im Dunkeln fürchten sollte.

„An einen echt spannenden Ort, Iggy“, erwiderte Miesel.

Ich hoffe bloß, es wird nicht zu spannend ...

Er hielt abermals an und streckte eine Hand nach oben aus. Er konnte keinen Widerstand ertasten. Vorsichtig richtete er sich mit erhobenem Arm auf, für den Fall, dass sich über ihm ein Felsvorsprung befand, aber er spürte nichts weiter als trockene Höhlenluft.

„Du kannst aufstehen, Iggy.“

Miesel hörte, dass sich Iggy langsam neben ihm erhob. Dann sagte Iggy: „Du kannssst auch aufssstehen, grässlicher kleiner Wauwau!“

Miesel grinste in der Dunkelheit in sich hinein. Tinker war zu klein, um sich im Tunnel den Kopf anzustoßen, geschweige denn hier ...

Aber wo war *hier*? Noch immer gab es nirgendwo auch nur einen Funken Licht. Tastend suchte er nach Felswänden, aber da war nichts. Nur der weiche sandige Boden unter seinen Füßen. Vor ihnen konnte nach seinen bisherigen Erfahrungen alles Mögliche sein, vielleicht befanden sie sich unmittelbar am Rande eines Abgrunds.

Miesel langte hinter sich und versuchte, Iggy zu fassen. „Halt meine Hand, Iggy."

„Wiessso? Dis is memmerig, Händchen halten."

„Ich will nicht, dass wir uns hier verlieren, Iggy."

Die Vorstellung, Mumps zu verlieren, war so entsetzlich, dass Iggy sofort nach Miesels Hand tastete.

Und genau in dem Augenblick, als sich ihre Finger berührten, hörten sie das leise Klackern herabfallender Steine.

Das Geräusch schien direkt von oberhalb ihrer Köpfe zu kommen.

Miesel hielt Iggy ganz fest an der Hand. Er konnte Tinker in der Dunkelheit leise knurren hören.

„Psssst!", flüsterte er.

Es war das Rieseln weiterer Steine zu hören, die von der Felswand abprallten, dann ein ziemlich menschliches Schnauben, irgendwo hoch oben. Miesel trat einen Schritt zurück und latschte Iggy mit voller Wucht auf die Zehen.

„Autsch!"

„Psssst!"

„Nix da pssssst!", ereiferte sich Iggy und seine Stimme wurde immer lauter und lauter. „Reicht wohl nich, dass ich ein großesss, schlimmesss ziepsiges Ziepen an meinem Hintern hab! Ho, nein! Ich muss auch noch ein matschiges Matschimus an meinen Zehsis kriegen!"

Miesel drehte sich in der Dunkelheit um, benutzte

seine freie Hand, um nach Iggys Gesicht zu tasten, und hielt dann dem kleinen schwarzen Hexer den Mund zu.

„Mmmmpf!“, machte Iggy.

Ein ferner Lichtstrahl, der leicht unstet von rechts nach links zu schwenken schien, brach durch das Dunkel. Miesel zog Iggy mit einem Ruck nach hinten, dass sein Hintern gegen die Felswand knallte. Auch Iggy sah das Licht und hörte sofort mit seinem Protestgeschrei auf, und Miesel nahm langsam seine Hand von Iggys Mund und flüsterte ihm ins Ohr: „Wir müssen mucksmäuschenstill sein, Iggy. Wir wissen nicht, was dieses Licht ist.“

Iggy nickte, eine unsinnige Geste, weil Miesel sein Gesicht in der Dunkelheit ohnehin nicht erkennen konnte. Nur der kleine Lichtpunkt in der Ferne war zu sehen – ein Punkt, der mit jeder Sekunde ein bisschen größer zu werden schien. Noch immer rieselten Steine und Staub herab und das seltsame Schnauben wurde lauter und lauter.

Indes verwandelte sich der Lichtpunkt in einen kraftvollen Strahl, der in weiten, unkontrollierten Schwüngen über den Sandboden hinwegglitt – *als würde er von einem Seilende kommen*, dachte Miesel und schmiegte sich an die Höhlenwand.

Das Licht pendelte weiter vor und zurück und erhellte mit jedem der Schwünge ein bisschen mehr von der unmittelbaren Umgebung. Sie standen jetzt in einer anderen Höhle, die erheblich größer war als die erste. Diese musste eine Deckenöffnung haben, denn die Bewegungen des Lichtes waren sehr ruckartig, was darauf hindeutete, dass es offenbar an einem dicken Strick befestigt war, der oben im Dunkel verschwand. Und dieser Strick wurde von irgendjemandem ganz langsam herabgelassen.

Wer die Taschenlampe hielt, war nicht zu erkennen. Ihr Strahl beschrieb abermals einen weiten Bogen und glitt dabei über die zusammengekauerten Gestalten von Miesel, Iggy und Tinker hinweg. Der Lichtstrahl wanderte weiter, sein weißer Kegel erfasste einen großen Teil des holprigen Bodens. Dann machte er kehrt und blieb erneut bei den drei Gestalten hängen.

„Sssieh an, sssieh an!“, ertönte von fern eine Stimme. „Miesel Ssstubs, ssso wahr ich hier hänge. Hier sssteckst du alsssso.“

Es war die donnernde, fröhliche Stimme von Toby Jugg.

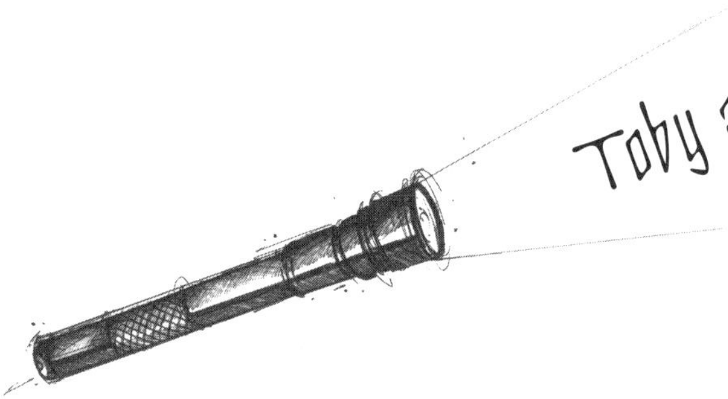

Toby am Seil

Es war ein entsetzlicher Schock für Miesel. Dystopia war zweifelsohne ein überaus gefährlicher Ort, aber wenigstens schien er weit weg zu sein von Toby, und da das Auge des bösen schwarzen Hexers in seiner Tasche steckte, hatte sich Miesel endlich vor ihm sicher gewähnt.

Aber jetzt war er hier, Toby Jugg – und baumelte vom Ende eines langen Seils, nur wenige Meter über ihren Köpfen!

Miesel beschloss so zu tun, als wüsste er nicht, wer er war. Vielleicht konnte er so Zeit zum Nachdenken schinden.

„Wer ist da?“, rief er.

Der Lichtstrahl wanderte von ihnen fort, huschte schnell über den Boden der Höhle und eine entfernte Wand hinauf, bevor er schließlich Toby Jugg erfasste.

„Ich bin's", sagte der mit einem vergnügten Grinsen. „Dein alter Kumpel Toby."

„Hallo", sagte Miesel zögernd.

„Und da ist ja auch Misssster Ignatius Niggle. Und dieser bemerkenswerte kleine Hund. Sssieh an, sssieh an – ich bin überglücklich, euch endlich gefunden zu haben!"

Jetzt konnte Miesel Toby deutlich erkennen, weil der schwarze Hexer die Taschenlampe mit nach oben gerichtetem Strahl auf Hüfthöhe hielt und sein Gesicht anleuchtete. Der obere Teil seines Kopfes lag im Dunkeln, aber Miesel konnte trotzdem noch erkennen, dass dort, wo sein rechtes Auge hätte sein sollen, nur ein Augenlid war, das sich über einer offensichtlich leeren Augenhöhle schloss. Er sah, dass das Seil mit einer Reihe von kompliziert aussehenden Knoten um Tobys Taille gebunden war. In seiner rechten Hand hielt Toby die wattstarke Lampe. In seiner linken hielt er das Seil und eine lange weiße Schnur, die parallel zum Seil nach oben verlief und – wie das Seil auch – irgendwo in der Düsternis verschwand.

Toby pendelte sacht hin und her. „Du hast ja keine Ahnung, wasss ich bei meiner Suche nach dir allesss erlebt habe!", sagte er. „Armer Needle und armer Bland – sie müssen mich wohl ein halbesss Dutzend Mal an diesssem Seil hinabgelassen haben! Vermutlich sind sssie mittlerweile völlig erschöpft, die armen Kerle! Aber was ich alles gesssehen habe! Das ist ssso ein aufregender Ort! Und jetzt … sssind wir also hier, in einer Art Höhle. Ja, es ist zweifellosss eine Höhle. Das Beste wird sein, ich komme jetzt runter und gessselle mich zu euch!“

Tobys Augen wanderten am Seil hinauf. Dann zog er zweimal kurz hintereinander an der weißen Schnur. Nichts geschah, also machte er das Gleiche noch einmal. Noch immer nichts …

„Ah“, sagte Toby versonnen. „Vermutlich ist das Ssseil nicht lang genug. Diesssmal werde ich also buchstäblich an der kurzen Leine gehalten! Hahaha! Einmal werde ich es noch versssuchen!“

Abermals zog Toby an der Schnur. Unversehens gab das Seil einen halben Meter nach und wurde sogleich wieder nach oben gerissen, sodass Toby heftig hin- und herpendelte.

„Ja, ja, ja – ist ja gut!“, schrie Toby und starrte erzürnt nach oben in die Finsternis, während er das Seil fest umklammert hielt. „Ich hab's kapiert! Das Seil ist zu Ende!“

Toby wartete, bis sich das Seil ausgependelt hatte. Dann richtete er den Strahl seiner Taschenlampe wieder auf Miesel, Iggy und Tinker.

„Ich bin untrösssstlich!“, rief er ins Dunkel hinein, „aber so wie's ausschaut, ist esss mir dieses Mal nicht vergönnt, nach unten zu kommen! Dann werde ich meine Angelegenheiten einfach von hier aus regeln – ich hoffe, das macht dir nichtsss aus, Miesel, alter Junge?“

„Was willst du, Toby?“, sagte Miesel, der von dem grellen Licht geblendet, schützend die Hand vor die Augen hielt.

„Mein Auge, natürlich! Was hassst du denn gedacht!“

Miesel fasste in die Tasche und seine Finger berührten die glatte Oberfläche der Plastiktüte. Er schob seine Hand noch tiefer hinein und mit der Spitze seines Zeigefingers ertastete er den matschigen, schmierigen Augapfel. Plötzlich kam Miesel in den Sinn, dass er zum allerersten Mal über ein Druckmittel verfügte.

„Ich glaube, ich behalte es lieber in meiner Tasche, Toby“, sagte er mit fester Stimme. „Ich mag nicht die ganze Zeit beobachtet werden.“

Toby lachte, aber es war ein aufgesetztes Lachen, das mit Angst vermischt war.

„Nein, nein, alter Junge“, donnerte er.

„Du wirst esss mir zurückgeben, ansonsten werde ich dich mit einem ganz bessssonders schrecklichen Fluch belegen. Lass mal sssehen, welchen nehme ich denn gleich? Ich kenne ssso viele!“

Miesel schloss seine Hand um die Plastiktüte.

„Tja, Sie sollten es besser nicht drauf ankommen lassen, Toby. Weil ich nämlich in dem Moment, in dem ich sehe, dass Sie anfangen zu zaubern, diese Tüte in meiner Hosentasche einfach ganz doll zusammenquetsche, und dann ist Ihr Auge futsch, richtig?“

„Oh, Miesel ... Miesel ... du bist mir vielleicht ... eine Marke!“

Miesel gab keine Antwort. Er starrte nur unverwandt nach oben in den Strahl der Taschenlampe. Ein kurze Schweigepause trat ein ... und während dieser Schweigepause wurde Miesel klar, dass dies womöglich die erste Runde war, die er im Kampf gegen Toby Jugg gewonnen hatte.

„Was verlangssst du?“, sagte Toby schließlich.

Miesel überlegte schnell. „Ich will meine Schulfreunde wiederhaben – und zwar jeden einzelnen. Und ich will, dass wir hier alle sicher wieder rauskommen.“

„Und dann gibssst du mir mein Auge zurück?“

„Ja.“

Während Toby darüber einen Moment lang nachdachte, lockerte er ein wenig seinen Griff um die Taschenlampe, sodass der Strahl von Miesel wegwanderte.

Das Licht ergoss sich auf den Boden, dann huschte der Strahl über die ausgedehnte Fläche der riesigen Höhle hinweg und erhellte einen Teil der gegenüberliegenden Wand. Miesel sah, dass sich dort drüben eine weitere Öffnung auftat, ein nahezu vollkommener, dunkler Kreis inmitten des Felsens. Hier bot sich also ein weiterer Ausgang, und Miesel fragte sich, ob er vielleicht auf die Rückseite der Anhöhe führte. Er hielt noch immer Iggys Hand fest umklammert, und während er kaum merklich daran zog, tappte er langsam auf den gegenüberliegenden Tunnel zu. Iggy folgte ihm artig und Tinker machte es ebenso. Alle drei bewegten sich langsam und Miesel versuchte es so aussehen zu lassen, als würden sie nur ein wenig herumgehen, um Toby Zeit zum Nachdenken zu geben.

„Ich fürchte, ich kann deinen Schulfreunden nicht helfen, alter Junge“, sagte Toby plötzlich. Miesel blieb stehen.

„Warum nicht?“

„Na ja ... weil sie nicht hier sind. Sie sind alle längst wieder zu Hause, wohl behütet bei Mami und Papi, und liegen in ihren Bettchen.“

„W... was?“, stammelte Miesel. „*Warum* ... und *wie*?“

„Warum? Weil ich nicht das geringste Interesse daran habe, der Zauberwelt Ärger einzubrocken, indem ich einen Haufen menschlicher Schulkinder bessseitige, Miesel! Ich mag ein schwarzer Hexer sssein, aber selbst mir ist klar, dass es besser ist, kein Aufsssehen zu erregen. Das plötzliche Verschwinden von dreißig Rotzlöffeln würde uns allen fürchterliche Scherereien machen. Und wasss das Wie anbetrifft, na ja, das war ein Kinderspiel, Miesel! Man nehme ein paar hübsche Erinnerungen an all die herrlichen Unternehmungen, die wir auf unssserer Klassenfahrt gemacht haben, und pflanze diessse in ihre kleinen Gehirne ein – dann nur noch ein ausssgedehnter Schlummer im Busss, bis zur Ankunft bei der Schule. Nach der Rückkehr wurde der Rektor darüber informiert, dass die Klassenfahrt abgebrochen werden musste, da einer der Schüler von einer myssteriösen Krankheit heimgesssucht wurde – es handelt sich dabei um Miesel Stubsss! Armer Miesel, er musste mit einem speziellen Krankentransport nach Haussse geschafft werden! Und aus Gründen der Gesssundheit und Fürsssorge wurde die Klassenfahrt für alle anderen Kinder abgeblasssen!“

„Aber was ist mit meiner Mum und meinem Dad?“

„Sssie haben von alldem keine Ahnung, Miesel! Sie erwarten dich erssst in vier Tagen wieder zurück! Das sollte doch genug Zeit sssein! Vier lange Tage reichen dir, um hier unten deinen Meister zu finden!“

Miesel funkelte Toby wütend an. Er hätte einfach wissen müssen, dass der schwarze Hexer log, sobald er den Mund aufmachte! Doch dann kam ihm ein interessanter Gedanke …

Wenn es hier unten niemanden gibt, den ich retten muss, warum bleiben wir dann nicht einfach in dieser sicheren Höhle hocken, bis Mum und Dad festgestellt haben, dass ich verschwunden bin? Sie werden uns hundertprozentig hier herausholen …

„Nur für den Fall, dass du jetzt denkst, esss gäbe keinen Grund mehr weiterzumachen, Miesel“, sagte Toby, und für einen Moment fragte sich Miesel ernsthaft, ob der schwarze Hexer womöglich seine Gedanken lesen konnte, „muss ich dich daran erinnern, dass einer deiner Mitschüler sssehr wohl noch hier unten weilt. Du hast doch mit eigenen Augen gesssehen, wie ich sie geschubst habe, nicht wahr?“

„Polly ist noch immer hier unten?“

„Oh jaaa!! Und *sie* willst doch bestimmt retten, oder? Natürlich weiß ich genauso wenig wie du, wo sie sich befindet. Ihr Aufenthaltsssort hängt ganz davon ab, welche Geschichten sssie kennt.“

Miesel nickte, als verstünde er, wovon Toby sprach. *Was meint er mit „welche Geschichten sie kennt“?* Ganz beiläufig begann er wieder umherzuschlendern und zog Iggy sachte mit sich.

Iggy war ungewöhnlich still. Der Anblick seines früheren Herrn, der wenige Meter über dem Boden von einem Seil baumelte, überstieg bei Weitem sein Fassungsvermögen, sodass er mit einem Mal verstummt war und sich gefallen ließ, von Miesel mal hierhin und mal dorthin gezerrt zu werden, ohne sich wie üblich lauthals zu beschweren.

„Wohin soll's denn gehen, Miesel?“, blaffte Toby misstrauisch.

„Äh, nirgendwohin, Toby. Ich denke nur nach, wissen Sie.“

Mittlerweile hatten sie schon die Hälfte der Strecke bis zu der kreisförmigen Tunnelöffnung zurückgelegt, aber trotzdem war sie noch weit weg. Miesel blieb wie zufällig stehen und begann, mit seiner Schuhspitze Muster in den Sand zu zeichnen. Toby durfte jetzt auf keinen Fall Verdacht schöpfen, dass sie abhauen wollten. Auch wenn für Toby die Gefahr bestand, sein Auge zu verlieren, gab es dennoch keine Garantie, dass er sie nicht doch mit irgendeinem entsetzlichen Zauberfluch belegte, sobald sie eine schnelle, unbedachte Bewegung machten.

„Was, glaubssst du, bewohnt diese Löcher im Boden, Miesel?“, fragte Toby und ließ den Lichtstrahl durch den Raum wandern.

„Nichts. Das sind nur leere Höhlen ...“

„Nein, nein, alter Junge!“, rief Toby aufgebracht. „Sssie sind nicht leer! Das hier ist eine von Dystopias hübschen kleinen Welten – dort lebt immer *etwas*! Und diesesss Etwas existiert bereits in deinem Kopf. Verstehst du's immer noch nicht?“

„Nein, tue ich nicht.“

Toby seufzte wie ein Lehrer, der einen begriffsstutzigen Schüler vor sich hatte. „Und ich habe dich für ssso ungemein clever gehalten, Miesel. Tja, dann eben nicht. Ich werde dich wohl aufklären müssen. Diessser Ort hier, Dystopia, ist das, was *du* daraus machssst. Die Sagengestalten, die hier existieren, kann es nur geben, weil du sie kennssst. Offensichtlich wusstest du über Werwölfe Bescheid. Und wasss ist dir seitdem widerfahren, häh? Was hast du gesssehen, während mein Auge in der Tasche versteckt war?"

„Äh, na ja, da waren diese Feen ..."

„Feen?", schrie Toby hämisch. „Ha! Ist das nicht eher was für deine Schwester?!"

„Ihr gehört dieses Bilderbuch ..."

„Ah, da sssieh einer an. Begreifssst du jetzt?"

Miesel überlegte kurz, dann sagte er: „Man begegnet nur den Dingen, die man schon kennt."

„Bingo!"

„Also wird Polly den, na ja, Dingen begegnen, von denen sie gelesen oder Bilder gesehen hat."

„Voll ins Schwarze getroffen, alter Junge!"

„Und was haben *Sie* gesehen, Toby?"

Toby rollte theatralisch mit den Augen. „Hassst du schon mal von der Hydra gehört?", fragte er.

Miesel schüttelte den Kopf.

„Dann wirst du sie auch nicht sssehen, Miesel! Aber ich wusste von der Hydra – und ich habe sie gesssehen!

Ein monströses Drachenwesen aus dem Sumpf, mit neun riesigen Köpfen, alle mit rasssiermesserscharfen Zähnen ausgestattet … und wenn man einen Kopf abschneidet, dann wachsssen zwei neue nach! Needle und Bland haben mich in letzter Minute da heraussgeholt! Und wie sssteht's mit dem Golem?"

Wieder schüttelte Miesel den Kopf. Es gab anscheinend noch jede Menge, was er nicht wusste.

„Der Golem! Ein gigantischer Riessse, eine Art Roboter, der aus Lehm besteht! Sssein Herr hat ihn vor Jahren freigelassen. Er durchstreift die verlassene Stadt und trampelt alles nieder, was er sssieht. Er schnappte bereitsss nach mir, als esss mir gelang, an meiner Schnur zu ziehen. Ich spürte, wie ssseine rauen Wurstfinger nach meinen Fuß grabschten, als Needle und Bland mich hochzogen. Aber am schlimmsten war der Lindwurm, ein riesssiges weißes Schlangenvieh! Es war einfach nur entsssetzlich. Ich habe um das Ding einen möglichssst weiten Bogen gemacht, und esss hat nie erfahren, dass ich in der Nähe war!"

Toby legte eine Pause ein, dann sagte er: „Du hast von all dicscn Krcaturcn noch nie gehört, Miesel, also wirssst du sie auch nicht sssehen. Das sind natürlich allesss Sagen und Legenden. Uralte Geschichten aus verschiedenen Ländern. Die Hydra ist griechischen Ursprungsss, der Golem ist eine Figur aus einer berühmten jüdischen Geschichte – und der Lindwurm ist Teil der

Glaubenssskultur der alten Wikinger. Aber wasss ist mit den Legenden und Sagen, die *du* kennssst? Denn weißt du … in diesssen Tunneln und Höhlen befindet sich etwas, das du kennst, ansonsssten wärst du nicht hier! Ich frage mich, wasss es wohl sein könnte.“

Angst stieg in Miesel auf und er spähte wachsam nach allen Seiten. Ihm war nicht klar gewesen, dass sie womöglich von einer magischen Zone in die nächste gewechselt waren – hier hatten sie keinen grauen Nebel durchschreiten müssen, nur dunkle Tunnel, aber vielleicht brauchte man gar keinen grauen Nebelschleier, vielleicht hatte die undurchdringliche Finsternis, durch die sie gekrochen waren, den Übergang von einem absonderlichen Ort zum nächsten markiert. Und was die Wesen betraf, denen sie bisher begegnet waren – tja, alles, was Toby gesagt hatte, ergab in dieser irrsinnigen Welt eine Art irrsinnigen Sinn …

Noch während Miesel über all das nachdachte und seine Anspannung mit jeder Sekunde wuchs, merkte er, dass Tinker sich umgedreht hatte und nun in die Richtung blickte, aus der sie gerade gekommen waren. Der kleine Hund schien unverwandt die Tunnelöffnung hinter ihnen anzustarren, mit aufgestellten Ohren und zur Seite geneigtem Kopf. Tinkers Nase zuckte und plötzlich nieste er heftig dreimal hintereinander. Einen Moment später verspürte Miesel ein seltsames Prickeln in der Nase. Ein beißender Geruch lag in der Luft, so etwas hatte er noch nie zuvor gerochen – und jetzt kam auch noch ein Geräusch hinzu, ein leises Klicken, so als würden Tausende von Computertasten angeschlagen, und beides, der Geruch und das Geräusch kamen zweifelsfrei aus dem Tunnel, durch den sie gerade gekrochen waren. Und damit nicht genug – der Geruch wurde immer stärker und das Geräusch immer lauter.

„Was ist denn losss, alter Junge?“, fragte Toby und schwenkte die Taschenlampe wie wild herum.

„Da … da … kommt was durch den Tunnel, Toby“, sagte Miesel.

„Ah – vortrefflich! Das wird eine *deiner* Sagen sssein, Miesel. Ich bin furchtbar gespannt, worum esss sich handelt!“

Miesel wich vor dem Tunnel zurück und Iggy und Tinker taten dasselbe. Miesel warf noch einen Blick über die Schulter, um sich zu vergewissern, dass sie auch noch immer auf den gegenüberliegenden Tunnel zuhielten.

Auf einmal sog Toby laut schniefend die Luft ein. „Hmm, ich glaube, ich erkenne den Geruch jetzt wieder, Miesel. Ja … ich bin mir sogar ziemlich sssicher!“, sagte er.

„Wa…was ist es denn?“

„Das, alter Junge, ist unzweifelhaft der Geruch von Methansäure.“

„Was ist Methansäure, Toby?“

„Nun ja, es ist eine Sssäure, das liegt ja auf der Hand. Sssie wird produziert von … nun, du wirst ja jeden Moment sehen, wer sssie produziert, nicht wahr?“

Formicidae Formidible!

Der Schein von Tobys Taschenlampe lag auf der Tunnelöffnung. Miesel, Iggy und Tinker huschten schnell auf den gegenüberliegenden Tunnel zu. Sie hatten ihn schon fast erreicht, als die ersten Wesen aus dem dunklen Loch herauskrochen.

Zunächst konnte Miesel gar nicht einordnen, was er da sah. Ein paar dünne, braune Stöcke, die im Licht der Taschenlampe hin und her schwankten. In der Mitte waren sie eingeknickt. Sie schienen an einem großen, rundlichen Gebilde festgemacht zu sein, das ebenfalls braun war, mit einigen dunkleren Flecken auf jeder Seite.

Die Taschenlampe ließ bald mehr von diesem Ding erkennen. Der runde Teil verjüngte sich hinten zu einem dünnen Stiel, dessen Ende mit einem wesentlich größeren Gebilde verbunden war. Und dieser Teil des Wesens war anscheinend spärlich mit borstigem Haar bedeckt.

„Na so wasss, Miesel, alter Junge!“, rief Toby. „Ich glaube, das ist ssso eine Art Ameissse! Nun ja, das würde auch die Methansssäure erklären, denn sie wird von Ameisen produziert. Aber, du liebe Güte, das Geziefer hat ja die Größe eines Tigers! In welcher Geschichte kommt denn sssolch ein Monsssster vor?“

Miesel wusste sofort, aus welcher Horrorgeschichte es stammte. Erst vor Kurzem hatte er einen alten Film über ein Nest von Riesenameisen gesehen. Die Ameisen im Film waren allerdings nicht sehr naturgetreu gewesen, sie hatten ausgesehen, als wären sie aus Schaugummi gemacht. Aber jetzt kam eine dieser Ameisen in voller Größe aus dem Tunnel heraus, und sie sah keineswegs so aus, als wäre sie aus Schaumgummi – sie wirkte im Gegenteil erschreckend echt, vor allem das riesige, zangenähnliche Maul, das unterhalb des gewaltigen Kopfes knarrte und knackte.

Die Ameise krabbelte ein Stück in die Höhle hinein. Ihre Fühler vibrierten.

Einen Augenblick später schob sich ein weiterer Kopf durch die Tunnelöffnung, unmittelbar gefolgt vom Körper einer zweiten Ameise – und dann kamen auch schon eine dritte und eine vierte …

„Sssieht fast so aus, als hätten wir das ganze Nessst aufgescheucht, Miesel!“, rief Toby und ließ den Strahl der Taschenlampe über das stetig wachsende Ameisenheer gleiten. „Natürlich bin ich hier oben in Sssicher-

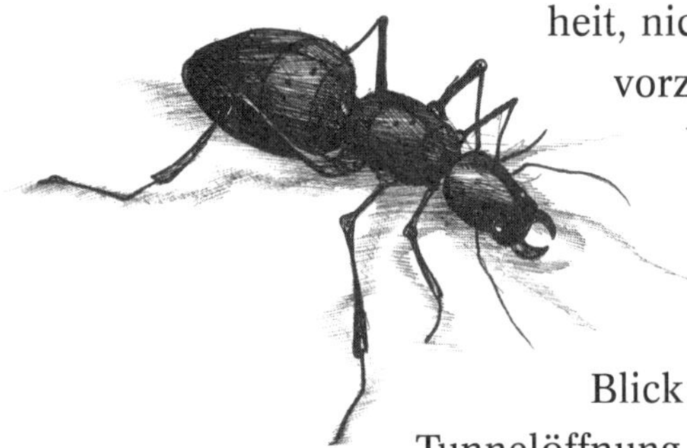

heit, nicht wahr! Und wasss für eine vorzügliche Sssicht ich habe! Ich bin ja ssso gespannt, was als Nächstesss passieren wird."

Iggy winselte vor Angst.

Miesel warf einen raschen Blick über die Schulter. Die runde Tunnelöffnung befand sich unmittelbar hinter ihnen. Rasch schubste er Iggy hinein, dann nahm er Tinker auf den Arm, zog den Kopf ein und schlüpfte hinterher.

Es war stockdunkel ringsum, und Miesel wurde vor Angst speiübel, als ihm aufging, dass sie ihren Weg nicht blind ertasten konnten – diesmal nicht. Nicht mit dem Wissen, dass das, worin sie herumkrochen, ein Nest von Riesenameisen war …

Wenn wir doch nur ein wenig Licht hätten!, dachte Miesel. Er blieb am Tunneleingang stehen und blickte zurück auf das Ameisengewimmel auf der anderen Höhlenseite. Toby ließ noch immer den Strahl seiner Taschenlampe über ihre gewaltigen Körper gleiten.

Genau, was wir brauchen – Tobys Taschenlampe. Aber wie kommen wir an sie ran?

Ganz plötzlich setzten sich die Ameisen in Bewegung. Erst glaubte Miesel, sie würden direkt ihn, Iggy und Tinker ansteuern, aber gleich darauf merkte er, dass sie in Wahrheit zu einem Punkt in der Mitte der Höhle krabbelten, genau unter die baumelnde Gestalt von Toby Jugg. Dort angekommen blieben sechs der anführenden Ameisen unvermittelt stehen, und fünf weitere Ameisen aus der Reihe hinter ihnen krabbelten ihnen auf die Rücken. Auch diese fünf verharrten, während vier aus ihrer Gefolgschaft wiederum *ihnen* auf die Rücken kletterten …

Sie waren hinter Toby her.

Toby erkannte den Ernst der Lage sofort. Miesel sah, wie er hastig an der Schnur zog, um Mr Needle und Mr Bland zu signalisieren, dass sie ihn nach oben ziehen sollten.

Aber nichts geschah. Toby schaute erbost nach oben und zog wieder an der Schnur, diesmal ein wenig nachdrücklicher. Doch nichts geschah, er kreiste weiter langsam in der stillen Luft. Er blickte nach unten und sah, dass die Spitze des Ameisenwalls seinen baumelnden Füßen näher und näher kam. Toby ließ sich zur Seite schwingen, sodass sein Körper nun in der Waagerechten schwebte. Miesel fragte sich, was Toby als Nächstes tun würde? Eine Sekunde später war diese Frage beantwortet.

Toby holte tief Luft und blies mit aller Kraft seinen Schwarzer-Hexer-Atem nach unten auf die Spitze des Berges von krabbelnden Ameisen. Miesel beobachtete ängstlich und fasziniert zugleich, wie die beiden obersten Lagen der Riesenameisen augenblicklich zu Eis gefroren. Eine dünne Schicht umhüllte ihre dunkelbraunen Körper, die eisblau angelaufen waren.

Doch diesmal war es ein großer Fehler gewesen, den eisigen Hexer-Atem einzusetzen. Die stark verfestigende Wirkung des Zaubers machte den wachsenden Turm aus Ameisen anscheinend nur stabiler. Dadurch konnten noch mehr Tiere seitlich am Turm emporklettern, um an der Spitze eine weitere Schicht zu bilden und auf diese Weise mit ihren knackenden, klappernden Mäulern immer näher an Tobys Füße zu gelangen. Verzweifelt probierte er es erneut mit seinem Exhalationszauber, worauf fünf weitere Ameisen zu einem großen Eisblock gefroren, was wiederum sechs anderen dazu verhalf, den Turm hinaufzuklettern …

Toby zog in Panik die Knie an und brachte seine Füße außer Reichweite. Wieder riss er wie wild an der Schnur und diesmal bewegte sich das Seil. Aber es ging nicht schnell genug.

Mr Needle und Mr Bland müssen hundemüde sein, dachte Miesel, während er zuschaute, wie Toby anfing aufzusteigen – langsam, ganz langsam – *oder sie machen es mit Absicht …*

„Schneller, ihr Tölpel!“, kreischte Toby und starrte nach oben, während sein Gesicht eine hässliche Mischung aus Angst und Wut widerspiegelte. „Zieht mich *schneller* hoch!“

Wenn nicht schleunigst etwas geschah, dann würden

die Ameisen das Rennen machen, erkannte Miesel. Die Ameisen an der Spitze des Bergs machten sich schon bereit, mindestens drei weitere ihrer Artgenossen huckepack zu nehmen. Nach Miesels Einschätzung würden diese drei, wenn sie sich hoch genug aufrichteten, in der Lage sein, Tobys baumelnde Füße mit ihren sensenartigen Mäulern zu fassen.

Der Strahl von Tobys Taschenlampe sauste kreuz und quer über die Höhlenwände, während er immer wieder die Beine hochzog. Und da kam Miesel eine Idee. Er ließ Iggys zitternde Hand los, setzte Tinker neben Iggy auf den Boden, kroch aus dem niedrigen Tunnel heraus und richtete sich in der Höhle auf.

„TOBY!“, schrie er aus voller Kehle. „Es ist Ihre Taschenlampe! Die Ameisen werden vom Licht angezogen! Sie müssen sie loswerden! Werfen Sie die Lampe weg!“

Miesel wartete einen Moment, damit Toby diesen Vorschlag verarbeiten konnte. Dann schrie er: „Aber nicht hier rüber! Werfen Sie sie ja nicht hierher! Ich will nicht, dass sie dann hinter mir her sind!“

Natürlich hätte Toby die Taschenlampe auch einfach nur ausschalten und behalten

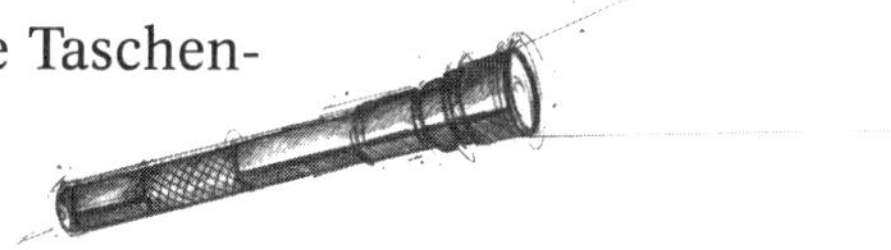

können, aber wenn Leute in Panik sind, dann handeln sie manchmal kopflos. Und genau das machte Toby. Mit einem lauten Schrei schleuderte er die Taschenlampe, so kraftvoll er konnte, in Miesels Richtung. Sie segelte in hohem Bogen durch die Luft, drehte sich mehrmals und fiel schließlich mit einem dumpfen Geräusch vor Miesels Füßen auf den Boden.

Und wie der glückliche Zufall es wollte, ging die Glühbirne nicht kaputt. Es war eine dieser großen Profi-Taschenlampen, deren Gehäuse und Linse mit einem dicken schwarzen Gummischutzmantel umhüllt waren. Aber abgesehen davon war der Boden der Höhle mit Sand bedeckt. Und so war es vielleicht doch nicht nur reines Glück, dass die Höhlc nicht augcnblicklich in tiefster Dunkelheit versank. Miesel stieß einen Seufzer der Erleichterung aus, als er sich bückte und die Taschenlampe vom Boden aufhob.

Seine Erleichterung hielt nicht lange an. In dem Augenblick, als Toby die Lampe losgeworden war, schienen die Ameisen jegliches Interesse an ihm verloren zu haben. Während er langsam nach oben gehievt wurde, begann der Ameisenberg einzustürzen. Denn die Tiere ganz unten, die alle anderen trugen, wandten sich sofort der neuen Lichtquelle zu, worauf der Berg ins Wanken geriet und in sich zusammenfiel. Manche Tiere stürzten von der Spitze und prallten mit einem dumpfen Geräusch auf den Höhlenboden. Aber selbst diejenigen, die mit dem Kopf aufschlugen, schienen unverletzt zu sein. Sie rappelten sich einfach wieder auf und krabbelten geradewegs auf Miesel zu.

Das Letzte, was Miesel von Toby hörte, bevor er wieder in den dunklen Tunnel hineinhuschte, war sein brüllendes Gelächter, das immer schwächer wurde, je höher er hinaufgezogen wurde.

Tief geduckt stolperte Miesel mehrere Meter durch den Tunnel, bevor ihm Iggy und Tinker den Weg versperrten. Als Iggy die Taschenlampe in Miesels Hand sah, verzog sich sein Gesicht zu einem breiten Grinsen. „Ooh!“, rief er aus und klang zum ersten Mal seit Stunden glücklich, „du hast das Lichterdings gekriegt! Dissis gut. Jetzt können wir sssehen, wo wir sssind.“

Miesel ließ den Strahl der Taschenlampe an Iggy vorbei in den Tunnel hineingleiten. Der Gang verlief schnurgerade, so weit das Auge reichte.

Hinter ihnen war ein knackendes, knisterndes Geräusch zu hören, das lauter und lauter wurde. Die Ameisen hatten die Öffnung fast erreicht. Der Tunnel bot nur so viel Platz, dass Miesel und Iggy hintereinander laufen konnten. Miesel ging ein kurzes Stück tiefer in den Bau hinein, wobei er Iggy vor sich herschob, dann blieb er stehen, wandte sich um und richtete den Strahl der Lampe auf den Eingang.

Eine einzelne Ameise quetschte sich durch die kreisförmige Öffnung. Ihr Körper füllte den Tunnel fast vollständig aus, aber es blieb ihr noch genug Raum, um sich vorwärtszubewegen, indem sie sich mithilfe ihrer Hinterbeine robbend nach vorne schob. Und immerhin blieb ihr noch ausreichend Platz, dass ihre riesigen Kiefer gleichmäßig vor- und zurücksicheln konnten, und Miesel ging auf, dass alles, was von diesem sägeähnlichen Maul erfasst wurde, sogleich zerhäckselt und in Ameisenfutter verwandelt würde.

Aber – Moment mal! Eine Ameise war doch ein Insekt, oder?

Miesel packte Iggy an der Schulter und schrie: „Iggy! Hauche sie an!“

Iggy starrte mit wirrem Blick an Miesel vorbei, seine Augen vor Angst noch runder als sonst. „Ich sssoll wasss?“, wisperte er, und Miesel spürte, wie die Arme des kleinen Hexers zitterten.

„Das ist ein Insekt, Iggy! Und du kannst Insekten mit deinem Exhalationszauber abmurksen! Also los, hauch das Vieh an!“

Iggy schüttelte den Kopf. „Ungeziefer is winzig! Dis Dings is zu groß!“, murmelte er und Miesel konnte die Panik in seiner Stimme hören.

Die Ameise kam stetig näher und Miesel, Iggy und Tinker wichen immer weiter zurück. Tinker bellte ununterbrochen, aber das kümmerte die Ameise nicht im Geringsten – beharrlich schob sich sich weiter vorwärts. Offenbar hatte sie mittlerweile den Dreh heraus, denn sie schien ein bisschen an Tempo zuzulegen. Und wenn sich der Tunnel irgendwann verbreiterte, schoss es Miesel durch den Kopf, dann wäre die Ameise in der Lage, alle vier Beine einzusetzen, und er bezweifelte, dass sie einem Wesen entkommen konnten, das so groß war wie ein Tiger, mit sechs funktionierenden Beinen und mit so viel Kraft und Durchhaltevermögen, dass ein Olympiateilnehmer dagegen aussah wie ein hilfloser Invalide.

„Nur ein kleiner Puster, Iggy“, gurrte Miesel und grub Iggy die Finger in die Schulter, um ihn davon abzuhalten, den Tunnel hinunterzuflüchten. „Nur um zu sehen, ob’s funktioniert. Ich wette, es geht! Ich wette, dein Exhalationszauber ist einer der mächtigsten überhaupt! Ich wette, das Ungeheuer fällt auf der Stelle tot um, Iggy! Und dann … dann sind wir in Sicherheit, kapierst du das nicht?“

„Nein, ich kapier gar nix!“, flüsterte Iggy und versuchte, sich aus Miesels Griff loszuwinden. „Und wa… wa…wa…wasss is mit den anneren?“

„Aber … kapier doch endlich!“, zischte Miesel und verstärkte seinen Griff um Iggys Schulter. „Wenn du die Ameise hier erledigst, dann ist der Tunneleingang blockiert – dann kommen die anderen nicht mehr an uns heran!“

Iggy brauchte ein paar Sekunden, um die Logik des Ganzen zu begreifen, dann blickte er Miesel mit einem Ausdruck tiefster Bewunderung an.

„Dasssis … dasssis … dasssis … ssso schlau!“, rief er aus. Dann besann er sich darauf, dass er solche genialen Einfälle immer gern für sich verbuchte, und sagte lässig:

„Ich hab übbigensss genau dasselbe gedacht, Mumps. Ich hab gedacht, dass wenn ich dis grässliche Dings anhauch, dann isses dod, und dann verstopft's den Tunnel mit seinem doden Körper, und dann können die anneren grässlichen Dinger …"

„Ja, Iggy! Das ist genial! Du schlauesss Kerlchen!" Miesel umarmte Iggy rasch. „Die Sache ist nur die, Iggy: Es wäre noch genialer, wenn du es JETZT machen würdest!"

Miesel presste sich gegen die Tunnelwand und zog Iggy dicht zu sich heran. Iggy hatte gerade ausreichend Platz, dass er an Miesel vorbeilugen und die heranrückende Ameise anhauchen konnte.

Iggy holte tief Luft und pustete, so kräftig er konnte.

Es war schon einige Zeit her, dass Miesel in die unmittelbare Nähe eines Schwarzen-Hexer-Atems geraten war. Damals hatte ihn Basil Trampelbone direkt angehaucht und auf die Größe einer Büroklammer zusammengeschrumpft. Miesel erinnerte sich an Basils Atem, der nach totem Fisch, alten Matratzen und dem Futter uralter Turnschuhe gestunken hatte, aber hier in der Enge des Tunnels kam ihm Iggys Atem noch bedeutend widerlicher vor.

Miesel wollte sich am liebsten die Nase zuhalten, aber seine freie Hand umklammerte die Taschenlampe, und er musste unbedingt sehen, welche Reaktion die Ameise auf Iggys Attacke zeigen würde.

Iggy pustete lang anhaltend seinen fauligen Atem aus, ohne zwischendurch Luft zu holen. Die Ameise musste jetzt die Ausläufer der giftigen Dampfwolke erreicht haben, denn ganz plötzlich blieb sie stehen. Ihre Fühler zuckten für ein paar Sekunden wie wild, dann fielen sie über dem großen runden Kopf zusammen. Der ganze Körper des Wesens schien nach vorne zu sacken und im selben Augenblick lag es hilflos da. Nur seine Fühlerspitzen zuckten hin und wieder.

„Du hast es geschafft, Iggy!“, rief Miesel und warf Iggy die Arme um den Hals. Iggy machte ein zufriedenes Gesicht und sagte: „Klar hab ich’s geschafft, Mumps. Ich bin ja auch essskrem schlau!“

Die Ameise ruckte mit einem Mal nach hinten, so als würde kräftig an ihr gezogen. Iggy sprang erschrocken auf und umklammerte Miesels Hand. „Ooooh – dis Dings is widder lebendig, Mumps!“

„Nein, Iggy, ich glaube, sie wird von einer anderen Ameise fortgeschleift.“

Gebannt sahen sie zu, wie das Wesen zum Tunneleingang zurückgezogen wurde.

„Komm, bald werden noch mehr Ameisen aufkreuzen“, sagte Miesel. „Vielleicht finden sie auch noch einen anderen Weg, um hier reinzukommen. Wir können nicht bleiben.“

Miesel lief tiefer in den Tunnel hinein. Wegen der niedrigen Tunneldecke hielt er sich tief geduckt. Tinker trottete hinter ihm her, und Iggy, der sich pausenlos ängstlich umschaute, bildete das Schlusslicht.

Der Tunnel schien kein Ende zu nehmen, immer tiefer führte er sie in den Berg. Und dann, ganz plötzlich, sahen sie einen grauen Nebelvorhang vor sich, der den engen Raum vom Boden bis zur Decke ausfüllte. Der Strahl der Taschenlampe konnte den Schleier nicht durchdringen. Miesel versuchte angestrengt hindurchzuspähen. Es war, als blicke er in Milchglas. Behutsam hob Miesel eine Hand und schob sie langsam in den Nebel hinein …

Es war sehr kalt. Miesel war, als würde er seine Hand ins Eisfach eines Kühlschranks legen. Tinker schnupperte misstrauisch an der Nebelwand und steckte dann seinen Kopf in den Dunst. Er stieß ein kurzes freudiges Bellen aus, und noch ehe Miesel es verhindern konnte, lief er hinein und war augenblicklich verschwunden.

Da stieg Miesel der Geruch von Methansäure in die Nase und von hinten drang ein Knacken und Knistern an sein Ohr. Ohne zu zögern, griff er nach Iggys Hand und schleifte den kleinen schwarzen Hexer mit sich fort, hinein ins neblige Grau.

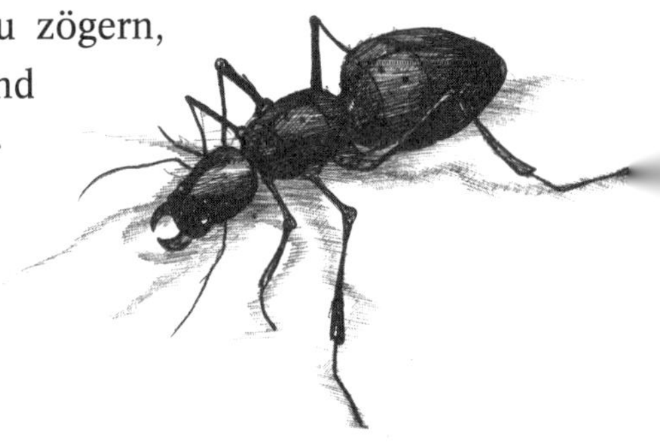

In der Kälte

Nach der Dunkelheit im Tunnel waren Miesel und Iggy für einen Moment von dem grellen, weißen Licht geblendet. Beide legten schnell schützend eine Hand vor die Augen und spähten zwischen ihren Fingern hindurch in eine neue Welt.

Diese war im Gegensatz zu den finsteren Tunneln nahezu strahlend weiß. So weiß wie … na ja, so weiß wie der Schnee, von dem diese Welt bedeckt war. *Das erklärt die Kälte*, dachte Miesel, knipste die Taschenlampe aus und stopfte sie vorne unter seine Jacke. Dann schlang er sich die Jacke fest um den Körper und schob seine Hände in die Taschen.

Sie standen erhöht, auf der Flanke eines hohen Berges. Ringsum ragten schwarze Felsen aus dem Weiß. Weit unten, am Ende der Gebirgsausläufer, erhob sich ein Tannenwald. Die Äste der Bäume lagen unter einer dicken Schneeschicht verborgen, aber hier und da lugten dunkelgrüne Nadelspitzen hervor. Ein Stück weiter hinten lichtete sich der Wald und gab den Blick frei auf ein ausgedehntes Feld, das offenbar nur aus gewaltigen Eisbrocken bestand. Miesel erspähte in der Ferne, ganz am Ende des Feldes, eine Felsspalte, die in etwa die Form eines sich windenden Flusses hatte – vielleicht ein Gletscher? Sie hatten Gletscher doch mal im Unterricht besprochen …

Ein eisiger Wind pfiff Miesel um die Ohren, und sogar Iggy, der so gut wie nie fror, zog seine schäbige alte Anzugjacke über der Brust zusammen und verschränkte die Arme darüber. Tinker war schon bis zum Bauch im Schnee versunken, und seine Begeisterung über diesen neu entdeckten Ort schwand zusehends. Alles war zwar besser als diese düsteren, stinkigen Tunnel – aber hier war es einfach hundekalt!

„Äh, Mumps“, jammerte Iggy und Miesel nickte und sagte schnell: „Ja, ich weiß, Iggy. Wir sollten zusehen, dass wir aus diesem Wind rauskommen.“

Miesel wandte den Blick nach oben und sah, hoch über seinem Kopf, den Gipfel des Berges. Eine Wolke feinen Puderschnees regnete von der felsigen Spitze herab. Miesel vermutete, dass der Wind am Gipfel Orkanstärke besaß.

Diese Richtung einzuschlagen war unsinnig, also deutete Miesel zum Fuß des Hangs und rief: „Kommt, lasst uns da langlaufen!“ Mühsam stapften sie los. Aber wenigstens ging es immer bergab. Wenn sie versucht hätten, bergauf zu laufen, hätten sie sich im tiefen Schnee so gut wie gar nicht von der Stelle bewegt. Der arme Tinker kam mit seinen kurzen Stummelbeinchen überhaupt nicht voran, sodass Miesel ihn hochnahm und unter dem Arm trug. Iggy, der dazu neigte, mit den Füßen zu schlurfen, wenn er mies gelaunt war (und man kann nicht mit den Füßen schlurfen, wenn man sich durch eine dicke Schneedecke kämpft), fiel oft hin und beschwerte sich dabei jedes Mal ausgiebig.

Endlich erreichten sie mit schmerzenden Beinen und rasselndem Atem den Rand des Tannenwalds. Vom Herumstapfen war ihnen ordentlich warm geworden, und sobald sie im Schutz der Bäume standen, spürten sie kaum noch den schneidenden Wind, sodass Miesel und Iggy sich wenigstens nicht mehr halb totfroren. Und Tinker ging es, an Miesels warme Brust gekuschelt, natürlich prächtig.

Sie gönnten sich eine kleine Ruhepause.

Iggy zog geräuschvoll die Nase hoch und sagte: „Wo sssind denn hier die Häussser? Hier gibt’s nirgendsss Häussser in diesen blöden Welten. Wo sind die hin, Mumps?“

„Ich glaube nicht, dass Sagengestalten in Häusern wohnen, Iggy.“

„Dann sind dis blöde Sssarggestalten“, meckerte Iggy.

Allmählich fühlten sich seine Zehen wie kleine Eiswürfel an.

Sie setzten sich wieder in Bewegung und stapften unter den Bäumen entlang. Der Schnee lag im Wald nicht ganz so hoch, und das Gehen fiel leichter, aber noch immer kamen sie nur langsam voran.

Und dann wurde es sogar noch kälter. Aus einem für Miesel unerfindlichen Grund fiel die Temperatur mit einem Mal erschreckend ab. Miesel spürte, wie ihm die Kälte in die Knochen kroch. Seine Füße waren bereits taub.

„Wir müssen irgendwo einen Unterschlupf finden", sagte er.

„Ja", sagte Iggy, „irgendwo, wo's 'nen schönen elerektischen Kamin gibt, und 'ne Speisekammer mit Essen drin und 'nen Gernssseher ..."

Und dann fielen sie durch den Schnee hindurch.

Für eine halbe Sekunde fielen sie ins Nichts, dann spürten sie an ihrem Rücken eine fast senkrechte Wand. Halb fielen sie, halb rutschten sie auf etwas hinab, das sich anfühlte wie spiegelglattes Eis.

Iggy schrie den ganzen Weg bis nach unten. Er musste seinen Schwarzen-Hexer-Atem benutzt haben, denn er hielt nicht ein einziges Mal inne, um Luft zu holen. Tinker war mittlerweile von Miesels Brust heruntergepurzelt und rutschte jetzt neben ihm in die Tiefe. Abgesehen von einem kurzen erschrockenen Jauler, als der

Boden unter ihm nachgab, hatte er keinen Laut von sich gegeben, und Miesel war erst zu verdattert und dann zu verängstigt, um auch nur einen Mucks zu machen. Er sah Iggy, der mit weit aufgerissenen Augen und fest zugekniffenem Mund wie wild mit den Armen ruderte.

Dann flachte die Schräge der Eiswand immer mehr ab, sodass sie jetzt rutschten und nicht mehr fielen, ein kleiner Hoffnungsschimmer. Außerdem konnte Miesel jetzt erkennen, was vor ihnen lag. Knapp einhundert Meter weiter unten schien die Wand eine Kurve zu beschreiben, und zwar eine ziemlich scharfe, aus der Senkrechten in die Waagerechte, und dann lief sie aus.

Wenige Sekunden später schossen Miesel, Iggy und Tinker in unkontrollierbarem Tempo über einen spiegelglatten Eisboden hinweg. Er befand sich in einem breiten, tunnelartigen Gewölbe, mit Wänden glatt wie der Boden. Alle drei schlitterten und trudelten übers Eis und versuchten verzweifelt, Halt zu finden, aber da gab es nichts, woran man sich festhalten konnte.

Langsam, ganz langsam kamen sie zum Stillstand. Iggy öffnete vorsichtig die Augen, um sich zu vergewissern, dass er nicht tot war. Dann setzte er sich auf und betastete sich von Kopf bis Fuß. Nichts schien gebrochen oder geprellt zu sein. Er grinste zaghaft und tat einfach so, als sei nicht er es gewesen, der die ganze Schussfahrt über wie am Spieß gebrüllt hatte. „Puh“, seufzte er. „Dis war lustig! Wo sind wir, Mumps?“

„Ich glaube ... ich glaube, wir befinden uns hier unter einem Gletscher, Iggy.“

„Unter einem *Was*-tscher?“

„Einem Gletscher. Das ist ein Fluss aus Eis. Ich habe seinen Umriss gesehen, als wir auf dem Hang standen, und jetzt stecken wir, glaube ich, mittendrin.“

Tinker versuchte aufzustehen, aber alle seine vier Pfoten rutschten weg, und er klatschte mit dem Bauch aufs Eis. Er versuchte es noch einmal, diesmal langsamer, und es gelang ihm tatsächlich, sich aufzurichten. Miesel hatte seine Anstrengungen genau beobachtet und ließ daher größte Vorsicht walten, als er sich aufrappelte.

Das Ende des Tunnels war nur wenige Meter entfernt, und Miesel steuerte darauf zu, indem er vorsichtig einen Fuß vor den anderen schob. Tinker bewegte sich mit zuckendem Näschen ebenfalls in diese Richtung, und sie wären dort auch bedeutend schneller angekommen, hätte Iggy nicht so viele Schwierigkeiten mit dem Aufstehen gehabt.

Ein *Plumps* war zu hören, gefolgt von Iggys Stimme: „Au!“ Miesel und Tinker wandten die Köpfe um und sahen Iggy, der auf dem Eis saß und sich mit einer Hand die Hüfte rieb.

„Unmöckelich!“, verkündete er und starrte wütend den Boden an. „Absoblut unmöckelich!“

„Was ist unmöglich, Iggy?“

„Na aufzustehen! Das ist unmöckelich!

Vorschichtig tapste Miesel zu Iggy zurück, fasste ihn unter die Achseln und zog ihn auf die Füße. Sogleich rutschten Iggys Beine unter ihm weg und er landete mit einem erneuten knochenrüttelnden *Rums* auf dem Boden.

„Nich nur unmöckelich!“, zischte er wütend. „Dis tut auch *weh*, Mumps!“

Es dauerte eine Weile, bis Miesel es geschafft hatte, Iggy auf die Beine und ins Gleichgewicht zu bringen, währenddessen machte Tinkers Schnauze ein paar sehr interessante Entdeckungen. Von irgendwo da vorn drangen aufregende Gerüche zu ihm. Einer war ziemlich stark, schwer und moschusartig, wie der von einem großen Tier. Genauso intensiv aber war der Gestank nach vergammeltem Fleisch und alten Knochen, der für Tinker noch ein klitzekleines bisschen interessanter war als der Moschusduft, denn wenn man ein Hund ist, kann man auch vergammeltes Fleisch fressen und alte Knochen kauen.

Es gab da aber noch einen weiteren Geruch, der zu den anderen Gerüchen nicht zu passen schien. Die ersten beiden Geruchseindrücke hatten in Tinker die Vorstellung eines Tieres geweckt, das in seinem Bau sein Futter fraß und die Reste und Knochen auf dem Boden verstreute. Der dritte Geruch war sehr viel zarter. Er hatte eine leicht blumige Note, dabei aber nichts Biologisches, eher etwas Künstliches, so wie manche Seifen oder Shampoos.

Tinkers Schnauze zuckte emsig, um die Quelle dieses Duftes auszumachen. Vorsichtig näherte er sich dem Tunnelende.

„Tinker!“, rief Miesel. „Warte auf uns!“

Tinker blieb stehen und wartete, bis die beiden anderen ihn eingeholt hatten. Es dauerte eine halbe Ewigkeit, weil Iggy den ganzen Weg gestützt werden musste und nur winzige Trippelschritte machte. Tinker schnupperte in die stille, kalte Luft einer engen Eishöhle hinein.

„Ohhh!“, stöhnte Iggy. „Nich schon widder so ’ne olle Höhle.“

Miesels Nase war bei Weitem nicht so fein wie die von Tinker, und so roch er auch nichts, noch nicht jedenfalls. Aber er hatte ausgezeichnete Augen und bemerkte deshalb, dass Tinker auf ein weiches blaues Licht zuhielt, und so legte er einen Arm um Iggys Taille, und gemeinsam schlurften sie dem Hund hinterher.

Sie bogen um eine Ecke. Dort war der Boden mit einer dünnen Schneeschicht bedeckt, sodass sie beim Gehen nicht mehr so leicht ins Rutschen kamen. Dann folgte abermals eine Biegung, das Licht wurde beständig heller, und jetzt war der Boden nicht mehr nur mit Schnee bedeckt, sondern noch mit etwas anderem: Knochen.

Knochen in jeder erdenklichen Größe. Mehrere Schädel von großen Tieren lagen verstreut herum, einige noch mit Geweih, offenbar stammten sie von Hirschen. Einige der Schädel konnte Miesel nicht zuordnen, einer hatte einen Kiefer bestückt mit scharfen Zähnen und sah eindeutig prähistorisch aus. An einigen der kleineren Knochen hingen noch Reste gefrorenen Fleisches, und Tinker war versucht, sich einen auszusuchen und

zu kosten, aber Miesel flüsterte: „Nein, Tinker!“, und erhob mahnend den Zeigefinger. Da der Hund auf den Gefahreninstinkt des Stinkejungen vertraute, ließ er den Knochen links liegen und hielt sich nahe bei seinem Herrchen.

Jetzt konnte auch Miesel den Geruch von vergammeltem Fleisch wahrnehmen. Angeekelt rümpfte er die Nase. Iggy hingegen sah gleich viel fröhlicher aus.

„Uiii“, rief er, woraufhin Miesel ihm schnell eine Hand über den Mund legte und nachdrücklich den Kopf schüttelte. Iggy nickte zum Zeichen, dass er verstanden hatte, und Miesel nahm seine Hand wieder weg.

„Ich wollte nur sssagen, Mumps“, flüsterte Iggy, „den Ort hier kann ich gut leiden. Es riecht hier essskrem lecker.“

Miesel gefiel dieser Ort überhaupt nicht. Knochen in einer Höhle konnten nur eines bedeuten: Sie wurde von einem Fleischfresser bewohnt, und er, was immer „er“ war, konnte bereits an der nächsten Ecke auf der Lauer liegen, um über vorbeikommende Reisende herzufallen.

Die Wände der engen Höhle beschrieben eine lang gezogene Linkskurve, und jedes Mal, wenn Miesel an eine Stelle kam, von der aus man nichts sehen konnte, blieb er stehen und bedeutete Iggy und Tinker, die ihm folgten, dasselbe zu tun. Dann spähte er langsam um die Ecke.

An einer Biegung verharrte Miesel länger als sonst, und Iggy, der direkt hinter ihm stand, klopfte ihm auf die Schulter und flüsterte: „Wasss is' n losss, Mumps?“

Miesel langte nach hinten und zog den kleinen Hexer dicht zu sich heran – und dann sah Iggy, warum Miesel zögerte.

Sie standen mitten im Herzen des Baus. In ungefähr zwanzig Metern Entfernung befand sich der Höhleneingang, der auch die Quelle des Lichts war, das die Eiswände blau aufleuchten ließ. Und zwischen dem Höhleneingang und ihrem Standort lag der Beweis, dass hier in der Tat ein Etwas hauste – und dieses Etwas war offensichtlich ein Wesen, das mehr Intelligenz besaß als ein Bär oder ein Tiger oder ein Wolf, weil nirgendwo irgendwelche Tierknochen verstreut herumlagen. Anscheinend benutzte der Besitzer der Höhle den hinteren Teil seiner Behausung dazu, Essen zu lagern und den Müll abzuladen, und zog es vor, den Eingangsbereich halbwegs sauber und ordentlich zu halten. Dort befand sich ein Haufen Tierfelle, die an einer Wand zu einem schiefen Stapel aufgetürmt waren – und in der Nähe lag ein zweiter Haufen aus Stöcken und getrocknetem Gras, der eine Art Bett zu sein schien.

Ansonsten schien die Höhle leer zu sein. Welches Wesen auch immer diese Eishöhle bewohnte, es war zurzeit nicht zu Hause, doch es konnte jede Minute zurückkehren …

„Kommt!“, flüsterte Miesel. „Hier können wir nicht bleiben.“

„Wiessso nich?“, sagte Iggy bockig. „Dissis ’n schöner Ort. Dissis der schönste Ort, wo wir je gewesen sssind! Dis riecht ganz herrlich! Hier gibt’s sssogar was zum Essen! Leckeres ollesss Fleisch! Warum können wir nich hierbleiben, Mumps?“

Jetzt war nicht der richtige Zeitpunkt für langwierige Erklärungen, und so steuerte Miesel einfach, mit seinen Begleitern im Schlepptau, entschlossenen Schrittes die Höhlenöffnung an.

Sie hatten kaum die Hälfte des Wegs zurückgelegt, als sich der Stoß Tierhäute zu bewegen begann.

Drei plus eins

Tinker sah es als Erster. Er fletschte die Zähne und knurrte tief in der Kehle. Miesel und Iggy fuhren erschrocken herum, um festzustellen, dass der gesamte Fellhaufen wankte, als versuche sich darunter irgendetwas aufzurichten. Miesel wich an die Eiswand zurück und zog Iggy mit sich.

Dann schob sich ein Kopf aus dem zotteligen Wirrwarr verfilzter Felle heraus. „Miesel, bist du das?“

Es war Polly. Ihr Haar war zerwühlt, ihr Gesicht dreckverschmiert, und in ihren weit aufgerissenen Augen spiegelte sich eine Mischung aus Angst und Erleichterung.

„Polly!“, rief Miesel und rannte zu ihr. Er half ihr, sich aus dem Fellhaufen zu befreien, und mit wackligen Beinen rappelte sie sich hoch. Sofort warf sie Miesel beide Arme um den Hals, drückte ihren Kopf an seine Brust und begann zu weinen. Miesel wusste nicht recht, was er tun sollte. Unbeholfen tätschelte er ihre Schulter und sagte: „Ist doch alles gut, Polly. Ist alles gut.“

Natürlich war *nicht* alles gut, aber die freundlichen Klapse und die tröstenden Worte schienen zumindest die erhoffte Wirkung zu haben, denn plötzlich hob Polly den Kopf, wischte sich mit einer schmutzigen Hand über die Augen, schluckte zweimal und hörte dann auf zu weinen.

„’tschuldigung“, murmelte sie.

„Ist schon okay“, sagte Miesel. Er spähte zum Höhleneingang hinüber. Polly folgte seinem Blick. „Er ist vor zehn Minuten rausgegangen. Ich … ich weiß nicht, wann er zurückkommt“, sagte sie verängstigt.

„Er?“

„Du wirst es nicht glauben, Miesel. Aber … aber ich glaube, er ist ein Yeti.“

„Ein was?“

Polly sah ihn überrascht an. „Weißt du nicht mehr? Wir haben doch im Unterricht darüber gesprochen, mit Mr Lockey … Er hat uns von Bigfoot erzählt, auch Sasquatch genannt … der Yeti.“

„Ach ja, richtig. Das große haarige Ding.“

„Wenn du mir nicht glaubst, dann warte halt ein paar Minuten …“

Miesel hob beschwichtigend die Hände und sagte: „Ich glaube dir, Polly.“

Sie machte ein ziemlich verblüfftes Gesicht. „Echt?“, sagte sie.

„Ja klar. Dieses Yeti-Ding, das ist eine von den Geschichten, die du kennst, verstehst du.“

Polly schüttelte heftig den Kopf und ihr wirres Haar peitschte ihr ums Gesicht. „Nein, versteh ich nicht. Was meinst du damit?“

Miesel erzählte in knappen Sätzen alles, was er von diesem Ort namens Dystopia wusste, und am Ende glotzte ihn Polly erstaunt an.

„Und … und wir kommen hier nicht wieder raus?“, flüsterte sie.

„Ich wüsste nicht, wie“, sagte Miesel. „Es sei denn, jemand würde ein Seil herunterlassen, aber selbst dann wäre ungewiss, wo dieses Seil landen würde. Es gibt hier eine Unmenge verschiedener Welten, Polly. Aber … was hat es eigentlich mit diesem Yeti-Ding auf sich? Was ist denn passiert?“

Polly erschauderte. „Als Toby mich in dieses Brunnen-Dings geschubst hat …“

„In die Gruselgrotte …“

„Richtig, in die Gruselgrotte … Na ja, jedenfalls bin ich in einer tiefen Schneewehe gelandet. Ich lag einfach nur da, war noch ziemlich benommen, da kam plötzlich aus dem Nichts diese riesige Hand und packte mich – der Yeti ist wirklich gigantisch, Miesel, und er riecht abscheulich. Ich habe gebrüllt wie am Spieß, aber das hat

ihn überhaupt nicht gejuckt! Er hat mich einfach hierhergeschleppt und auf diesen Fellhaufen geworfen, und dann ist er da rüber." Polly deutete in Richtung Höhleneingang. „Und dann hat er sich hingesetzt und mich die ganze Zeit mit seinen gruseligen schwarzen Augen angeglotzt. Ich hab versucht, ins Freie zu gelangen, aber er hat mich nicht vorbeigelassen."

„Er hat nicht versucht, dich zu töten? Oder dich zu fressen?"

„Noch nicht“, sagte Polly kläglich. „Es scheint so, als ob er mich nur anschauen will.“

Miesel dachte gerade, dass er und dieses Yeti-Ding ganz offenbar etwas gemeinsam hatten, als Polly plötzlich über seine Schulter hinwegblickte und sagte: „Äh, Miesel, wer ist das?“

Miesel wandte sich um und sah Iggy, der noch auf der gegenüberliegenden Seite der Höhle stand, den Rücken fest an die Wand gepresst. Iggys Mund stand sperrangelweit auf und er starrte Polly mit einem Ausdruck von unverhohlenem Abscheu an.

„Oh, das ist bloß Iggy“, sagte Miesel und überlegte, was er Polly alles anvertrauen sollte. Er beschloss, dass zunächst ein paar grundlegende Informationen genügen mussten. Er senkte seine Stimme zu einem Flüstern und sagte: „Er ist ein schwarzer Hexer, so wie Toby, aber er ist in Ordnung. Er ist mein Freund und wird dir nichts tun. Genau genommen kann er dir nichts tun. Er beherrscht nur einen einzigen Zauber und der schadet niemandem – und sein Schwarzer-Hexer-Atem tötet lediglich Insekten und Ungeziefer ab. Er ist also völlig harmlos.“ Miesel beugte sich etwas näher zu Polly herüber und flüsterte noch leiser als zuvor: „Und er ist nicht besonders helle, okay?“

Polly nickte. Dann schob sie ihren Kopf an Miesel vorbei und sagte: „Hallo, Iggy.“

Iggy war so verblüfft, von dieser wildfremden Person

angesprochen zu werden, dass er vor Schreck ein paar Zentimeter in die Luft hüpfte, und als seine Füße wieder auf dem schneebedeckten Boden aufkamen, rutschten sie unter ihm weg, sodass er mit dem üblichen Plumps auf den Boden rumste.

„Aua!“, sagte Iggy laut. Doch ohne weiter auf den Schmerz zu achten, rappelte er sich auf, richtete einen zitternden Finger auf Polly und fragte: „Wasss … wasss is’n das, Mumps?“

„Das ist Polly“, sagte Miesel, der Ärger witterte. „Und ich bin mit ihr *befreundet*, Iggy – so wie mit dir. Wir werden jetzt also alle Freunde werden, nicht wahr?“ Er zwinkerte Polly aufmunternd zu und sagte so laut, dass Iggy ihn hören konnte: „Du willst doch Iggys Freundin sein, Polly?“

„J…ja klar“, sagte Polly ein bisschen verunsichert, weil Iggy sie noch immer mit einem Blick empörter Fassungslosigkeit musterte.

Tinker brauchte man nicht großartig aufzufordern, Freundschaft mit jemandem zu schließen, jedenfalls nicht, solange es sich dabei um einen Menschen handelte. Es frcutc ihn, dass er nun wusste, woher der Seifengeruch stammte, und die kleine Person (Tinker beschloss sofort, sie *Duftemädchen* zu nennen) wirkte sehr freundlich, denn sie hatte sich zu ihm heruntergebeugt und ihm den Kopf gekrault … *und das war doch wirklich eine nette Geste, oder?* Deshalb saß Tinker jetzt auch zu Pollys Füßen und schaute erwartungsvoll zu ihr hinauf, in der Hoffnung, noch mal gekrault zu werden.

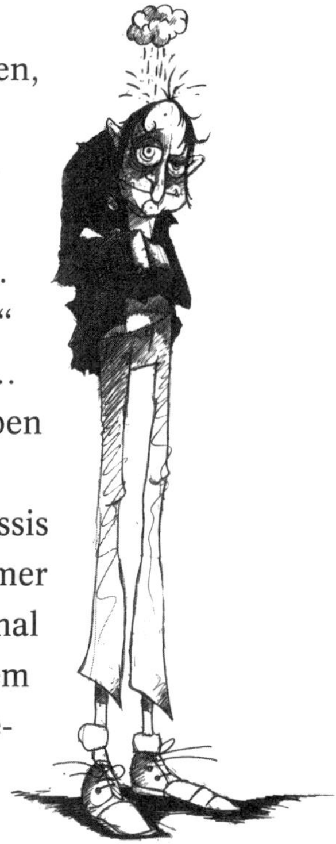

Iggy hatte mit der Vorstellung zu kämpfen, dass noch jemand anders außer Mumps sein Freund war, und er schnitt seine üblichen Grimassen.

„Er denkt nur nach“, flüsterte Miesel. „Das macht er immer, wenn er nachdenkt.“

Schließlich beschloss Iggy, nett zu sein ... na ja, so nett, wie ein schwarzer Hexer eben sein konnte, was nicht wirklich nett war.

„Polly, hm?“, sagte er hochnäsig. „Disssis aber ’n ulkiger Name. So heißen doch immer diessse dämlichen Vögel, odder? Ich hab mal so ’nen Vogel gesssehn. Der war essskrem dämlich. Der hat immer ‚Hallo, Polly!‘ gesagt, was essskrem dämlich war, denn dis war ja sssein eigener Name, nich? Der hat alssso nur mit sich ssselber geredet, nich? Und dis machen nur echt dämliche Leude odder? Dis machst du bessstimmt auch, Polly. Mit dir ssselber reden? Stimmt’s? Stimmt’s? Stimmt’s? Stimmt’s?“

„Halt die Klappe, Iggy“, raunte Miesel.

Iggy machte eine zutiefst gekränkte Miene, klappte laut schnappend den Mund zu und stand dann einfach nur da und glotzte schmollend auf den Boden.

Da jetzt wirklich keine Zeit war, um auf Iggys Launen einzugehen, sagte Miesel aufmunternd: „Wir sollten uns vom Acker machen, bevor diese Yeti-Kreatur zurückkommt."

Polly ergriff seine Hand. „Aber ... er lungert womöglich direkt beim Eingang rum, Miesel. Darum hatte ich mich in diesem stinkigen Fellhaufen versteckt. Ich dachte, wenn er mich nicht findet, glaubt er vielleicht, ich sei geflohen, und geht los, um mich zu suchen, sodass ich dann *wirklich* fliehen kann!"

„Na ja, es gibt nur einen Weg herauszufinden, ob das Ungetüm da draußen lauert", sagte Miesel.

Bemüht, möglichst kein Geräusch zu verursachen, schlich er zum Eingang der Höhle. Dann steckte er zentimeterweise seinen Kopf heraus. Draußen bot sich ihm ein trauriger Anblick. Der Gletscher lag oberhalb der Baumgrenze, die Landschaft war öde und trostlos – Eis und Schnee, so weit das Auge reichte. Miesel sah mit einem Blick, dass weit und breit nur Leere herrschte, und wollte sich gerade in die Höhle zurückziehen, als er aus den Augenwinkeln in der Ferne eine Bewegung wahrnahm. Was auch immer sich da draußen regte, hatte fast dieselbe Farbe wie das Eis und der Schnee. Mit zusammengekniffenen Augen konzentrierte er sich auf die Bewegung ...

In etwa zweihundert Metern Entfernung watschelte mit großen Schritten ein riesiges Wesen auf ihn zu, das

mindestens dreimal so groß war wie ein normaler Mensch. Es hatte eigentümlich kurze Beine, aber seine Arme waren sehr lang, sodass die Fingerknöchel beinahe über den Boden schleiften. Soweit Miesel erkennen konnte, war das Ding mit langem weißem Fell bedeckt – deshalb war es auch vor dem Hintergrund der Schneelandschaft so schwer auszumachen. In der Tat hatte Miesel nur die Bewegung eines runden dunklen Flecks wahrgenommen – das Gesicht der Kreatur. Der Kontrast zwischen Gesicht und Körper war augenfällig. Während der Kopf des Dings von langem weißem Fell umrahmt wurde, war sein haarloses Gesicht von blauschwarzer Färbung ebenso wie die gewaltigen Füße und Hände.

Es hat Hände!, dachte Miesel, *wie ein Gorilla oder ein Schimpanse. Aber das ist kein Gorilla, der da den Hügel hinauf- und auf mich zustampft!*

Schnell zog sich Miesel wieder in die Höhle zurück und huschte zu Polly hinüber. „Er kommt!“, keuchte er. „In einer Minute wird er hier sein!“

„Was sollen wir bloß tun?“, sagte Polly, deren dreckverschmiertes Gesicht leichenblass wurde.

In Miesels Kopf ratterte es. Aber es ratterte nicht schnell genug, die Sekunden verstrichen und das Wesen kam näher und näher, und noch immer war ihm nichts eingefallen.

Iggy war sich der drohenden Gefahr offenbar nicht bewusst, sonst wäre er laut kreischend im Kreis herumgerannt. Stattdessen griff er in seine Hosentasche, fingerte ein rotes Gummibärchen heraus und stopfte es sich in den Mund.

Die Gummibärchen! Natürlich!

Miesel fuhr nun auch mit den Händen in seine Hosentaschen und sammelte alle Gummibärchen ein, die er ertasten konnte. In dem bunt gemischten Häuflein steckten auch die zwei verbliebenen gelben, die drei grünen und ein einsames rosafarbenes.

So schnell er konnte, pickte er ein gelbes, ein grünes und das rosafarbene Gummibärchen heraus, legte sie in seine andere Hand und stopfte den Rest zurück in seine Tasche.

„Was machst du da?“, zischte Polly.

„Wir werden jeder ein Gummibärchen essen“, sagte Miesel und hielt Polly das rosafarbene hin.

„Dreißig Sekunden“, sagte er und warf einen raschen Blick zum Höhleneingang. „So lange hält die Wirkung an. Du musst rückwärts zählen und dann ein neues essen, sobald die Wirkung nachlässt …“

„Aber … aber ich hab doch nur eins! Was mach ich denn, wenn …“

Weiter kam Polly nicht, denn über den Höhleneingang legte sich ein Schatten. Miesel rannte sofort zu Iggy hinüber, drückte ihm das grüne Gummibärchen in die Hand und nahm dann blitzschnell Tinker auf den Arm. Der Schatten vor dem Eingang wurde dunkler, das Licht in der Höhle schwächer …

„Jetzt“, wisperte Miesel, warf sich ein gelbes Gummibärchen in den Mund und biss hinein.

Polly sah Iggy dasselbe tun. Und dann lösten sich Miesel und Iggy auf einmal vor ihren erstaunten Augen in kleine graue Rauchschwaden auf, die sich lichteten und im Bruchteil einer Sekunde verschwunden waren. Mehr Beweise brauchte Polly nicht. Sie nahm das rosafarbene Gummibärchen in den Mund und biss hinein …

Nichts geschah.

Polly blieb sichtbar wie eh und je – und das Einzige, was sie bemerkte, war der süße, ekelerregende, kaugummiartige Geschmack in ihrem trockenen Mund.

An der Höhlenöffnung war ein Grunzen zu hören. Der Yeti warf ihr einen Blick zu. Für ihn war sie nur ein kleines Mädchen, das schlotternd vor lauter Angst neben einem Haufen Tierfelle stand. Schwerfällig setzte er sich hin und starrte sie ausdruckslos an. Dann begann er zu schnuppern, während seine dunklen Augen die Höhle absuchten.

Miesel und Iggy pressten sich währenddessen dicht an die Eiswand, und Miesel versuchte, drei Dinge auf einmal zu tun. Er drückte sich Tinker, festgeklemmt in seiner Armbeuge, an die Brust und legte eine Hand über seine Schnauze, um zu verhindern, dass er knurrte; seinen freien Ellbogen bohrte er in Iggys knochiges Klappergestell, gerade so fest, dass Iggy nicht auf die Idee kam, laut über das schreckliche Versagen des rosafarbenen Gummibärchens zu lamentieren; und im Stillen zählte er von dreißig rückwärts:

Vierundzwanzig ... dreiundzwanzig ... zweiundzwanzig ... und warum haben die Rosafarbenen nicht funktioniert? Polly steht einfach da ... direkt vor der Nase dieses schrecklichen, riesigen Zottelmonsters ... und tut nichts ... neunzehn ... achtzehn ... siebzehn ...

Das Ungetüm erhob plötzlich eine seiner riesigen schwarzen Pranken und warf etwas mit großer Behutsamkeit quer durch Höhle. Mit einem leisen Plumps landete es vor Pollys Füßen.

Es war ein totes Kaninchen.

Er versucht, sie zu füttern, dachte Miesel. *Und das heißt, dass er sie nicht umbringen will. Aber was Iggy, Tinker und mich betrifft, empfindet er da vielleicht ganz anders ... Und die Sekunden verrinnen ... vierzehn ... dreizehn ... zwölf ...*

„Popcorn“, sagte Polly.

Hätte man Miesel aufgefordert, er solle erraten, was Polly als Nächstes sagen würde – oder ob sie in Anbetracht der Situation überhaupt etwas sagen würde – dann hätte er nie im Leben auf das Wort „Popcorn“ getippt.

Der Yeti erhob sein riesiges zottiges Haupt und blickte sie hinter weit hervorstehenden Augenbrauen eindringlich an. Polly lächelte ihm zu und sagte mit einer sanften Stimme, als wolle sie mit diesem Monster einfach nur einen freundlichen Plausch halten: „Tut mir wirklich leid, aber mir ist gerade eingefallen, dass es eine Sorte Gummibärchen gibt, die ich noch weniger ausstehen kann als die rosafarbenen. Ich kann diesen Kaugummigeschmack zwar nicht leiden, aber richtig zuwider sind mir die Gummibärchen, die nach Popcorn schmecken. Sie sind weiß, mit kleinen gelben und braunen Sprenkseln, und ich hoffe wirklich ganz doll, dass du auch ein paar von denen dabeihast, Miesel.“

Der Yeti grunzte. Er hatte keine Ahnung, was Polly da erzählte, aber er mochte den Klang ihrer Stimme. Er war so beruhigend ...

Miesels Gehirn arbeitete auf Hochtouren. Was Polly gerade getan hatte, war sehr mutig und ziemlich schlau gewesen. Das Problem bestand nur darin, dass er keine Möglichkeit hatte, herauszufinden, ob er weiße Gummibärchen bei sich hatte – nicht solange er unsichtbar war, weil die Gummibärchen in seiner Hand ebenfalls unsichtbar waren.

Ich habe nur noch ein gelbes Gummibärchen übrig, Iggy hat nur noch zwei grüne, früher oder später werden wir wieder sichtbar ... neun ... acht ... ich muss ein Ablenkungsmanöver starten ... am besten wäre es, wenn ich den Yeti irgendwie aus der Höhle locken könnte ...

Zu Miesels Füßen lagen kleine Eisbrocken. Mit einer flinken Bewegung bückte sich Miesel, hob einen der Brocken auf und warf ihn, so schwungvoll er konnte, in Richtung Höhleneingang. Der Brocken segelte über den Kopf des Yetis hinweg und krachte gegen die oberste Kante der Öffnung. Dann zerbarst er in Hunderte kleiner Splitter, die auf die Schultern des Yetis herabrieselten. Es war verblüffend, wie schnell und behände der Yeti reagierte. Er sprang auf die Füße, wirbelte herum und spähte nach draußen – aber er ging nicht hinaus!

... sieben ... sechs ... fünf ...

Miesel bückte sich, hob ein zweites Eisstück auf und warf erneut, und auch dieser Brocken zerfiel unmittelbar über dem Kopf des Yetis.

Er drehte sich um und ließ einen wütenden Blick durch die Höhle schweifen.

Und das war der Augenblick, in dem Tinker entschied, dass ein Hund einem geworfenen Gegenstand unbedingt nachjagen musste. Er wand sich heftig hin und her und witschte Miesel – *schwupps* – aus den Händen. Als Tinker keinen Körperkontakt mehr mit Miesel hatte, verflüchtigte sich der Unsichtbarkeitszauber und der kleine Hund materialisierte sich zunächst in einer kleinen grauen Rauchschwade, um dann plötzlich wieder in seine altbekannte weiße flauschige Gestalt zu wechseln.

Der Yeti brüllte – ein ohrenbetäubendes Geräusch in der engen Höhle – und stampfte mit weit ausgestreckten Armen auf den kleinen Hund zu. Aber der kleine Hund war so versessen auf eine Runde Apportierspielchen, dass er das riesige Monster, das sich auf ihn stürzte, gar nicht bemerkte. Er wollte einfach dahin, wo das letzte Eisstückchen zersplittert war – zum Höhleneingang. Pfeilgerade schoss er zwischen den Beinen des Yetis hindurch. Das Monster brüllte abermals und drehte sich um, streckte eine riesige schwarze Pranke aus, um sich den kleinen Hund zu schnappen. Aber Tinker saß bereits am Höhleneingang, wo er darauf wartete, dass das nächste Wurfgeschoss abgefeuert würde.

Und das war der Moment, in dem er erkannte, dass da niemand war, der mit ihm spielen wollte. Der Stinkejunge und das gemeine nasse Ding waren nirgendwo in Sicht, und das Duftemädchen stand einfach nur da, mit dem toten Kaninchen zu seinen Füßen, und machte keinerlei Anstalten, irgendetwas für ihn zu werfen …

Allerdings war da dieses furchterregende Monster, das sich die Lunge aus dem Hals brüllte und auf ihn zustampfte. Das Maul des Ungetüms war weit aufgerissen, seine Zähne waren lang und gelb und spitz, und seine riesigen schwarzblauen Hände griffen nach Tinker. Dieser machte hüpfend eine Kehrtwendung und sauste mit angelegten Ohren und eingezogenem Schwanz aus der Höhle.

Und der Yeti, der sich trotz seiner Größe und seines Gewichts erstaunlich schnell bewegte, wälzte sich hinterher. Kurz bevor er den Höhleneingang erreichte, wurden Miesel und Iggy wieder sichtbar – aber da er ihnen den Rücken zugedreht hatte, bemerkte er sie nicht. Und schon war er fort.

Miesel rannte zu Polly hinüber, während er seine Taschen nach den verbliebenen Gummibärchen durchwühlte. Er holte alle heraus, und er und Polly steckten über dem kleinen Haufen auf seiner Handfläche die Köpfe zusammen. Tatsächlich: Da waren auch zwei weiße Gummibärchen, mit gelben und brauen Sprenkseln.

„Und diesmal bist du dir sicher?“, fragte Miesel, als Polly sie herauspickte.

Sie nickte. „Mir wird von denen sogar ein bisschen übel."

„Gut", sagte Miesel.

Iggy stiefelte zu ihnen hinüber. „Dis gemeine kleine Wauwau is weg", verkündete er mit zufriedenem Gesicht. „Vielleicht tut ja dis große Monsssster es fressen?", fügte er hoffnungsvoll hinzu.

„Oh, das arme kleine Ding!", sagte Polly, während sie sich umwandte und angstvoll zum Höhleneingang sah. „Wird Tinker das schaffen?"

„Ich denke schon", sagte Miesel. „Tinker ist sehr schnell." Im Stillen dachte Miesel: *Tinker ist schnell, aber der Yeti auch. Und da draußen liegt so hoher Schnee …*

„Kommt jetzt!", sagte er. „Wir müssen sofort hier weg. Iggy, wenn ich sage JETZT, dann iss ein weiteres Gummibärchen. Polly, du machst das Gleiche mit deinen. Hoffen wir, dass es diesmal auch funktioniert."

„Sollten wir es nicht zuerst ausprobieren?", fragte Polly und blickte zweifelnd auf die beiden Bärchen in ihrer Hand. Miesel schüttelte den Kopf. „Wir dürfen sie nicht verschwenden. Und sie sollten funktionieren … wenn du dir diesmal auch wirklich sicher bist."

„Ich bin sicher", erklärte Polly bestimmt. „Die Popcorn-Sorte ist total widerlich!"

Miesel führte sie zum Eingang der Höhe und lugte hinaus. Es war nichts zu sehen, außer den riesigen, verwischten Fußstapfen des Yetis, die von der Höhle wegführten und dann hinter einer kleinen Anhöhe in der verschneiten Landschaft verschwanden. Von Tinker gab es keine Spuren. Miesel vermutete, dass sie von den Yeti-Fußstapfen überdeckt worden waren.

Also … die Gummibärchen sind nicht nötig … noch nicht …

„Kommt!“

Miesel ging voran und stiefelte in entgegengesetzter Richtung der Fußstapfen durch den Schnee. Sie hatten sich ungefähr einhundert Meter von der Höhle entfernt, als sich plötzlich links von ihnen lautes Gebrüll erhob.

Es war der Yeti, der am Fuß des Abhangs stand, den sie gerade hinaufkletterten. Und er hatte sie gesehen. Er setzte sich in Bewegung und stampfte den Hügel zu ihnen hinauf. Er trug etwas in einer seiner riesigen Pranken. Das Etwas bewegte sich, wand sich, wollte sich losreißen, und jetzt konnte Miesel das fiepende Knurren und Bellen hören, mit dem Tinker nach dem Ungeheuer schnappte, das ihn festhielt.

„Oje“, jammerte Polly. „Er hat deinen Hund erwischt!“

„Oh ja!“, sagte Iggy, und er gab sich keine Mühe, die Genugtuung in seiner Stimme zu unterdrücken, „und jetzt wird dis Monster ihn fressen!“

„Halt die Klappe, Iggy!“, herrschte Miesel ihn an. Er brauchte Zeit, um ein zweifaches Problem zu lösen: Wie sollten sie Tinker retten und gleichzeitig selbst vor dem Yeti fliehen, der sich weiter in einem Affenzahn durch den kniehohen Schnee auf sie zuwälzte.

Da kam ihm ein Gedankenblitz. „Schneebälle!“, rief er aus. „Schnell, alle halten ein Gummibärchen parat, dann machen wir einen Schneeball, und sobald der Yeti näher kommt, bewerfen wir ihn damit, so doll wir können! Okay? Jetzt, Iggy! JETZT!“

Iggy warf sich ein grünes Gummibärchen in den Rachen und biss hinein. Polly rümpfte die Nase und legte sich ihr Gummibärchen mit Popcorn-Geschmack auf die Zunge, und Miesel schnipste sich das letzte gelbe Gummibärchen in den Mund – und sofort verpufften alle drei in einer grauen Rauchwolke.

„Und jetzt die Schneebälle!“, schrie Miesel.

„Oh, wow!“, hörte er Polly flüstern. Er kniete sich unverzüglich hin und schaufelte eine Handvoll Schnee zusammen. Neben ihm gruben sich auf einmal wie von Zauberhand zwei Furchen in den Schnee. Erleichtert stellte Miesel fest, dass Iggy und Polly seinen Anweisungen folgten.

Der Yeti war in einer Entfernung von ungefähr zehn Metern stehen geblieben und glotzte, von dem plötzlichen Verschwinden seiner Beute zutiefst verwirrt, von links nach rechts, wobei er sein großes zottiges Haupt schwenkte. Tinker zappelte noch immer aus Leibeskräften in der schwarzen Pranke des Ungetüms, verrenkte sich den Kopf und versuchte, nach den klobigen Fingern zu schnappen, die seinen Körper fest umschlossen hielten.

Miesel zählte rückwärts, während ihm mit einem flauen Gefühl bewusst wurde, dass er ohne weitere Zitronengummibärchen erledigt war, sobald er bei null ankam. Als er *achtzehn ... siebzehn ... sechzehn* zählte, war sein Schneeball fertig. Er stand auf, und während er inständig hoffte, dass auch Polly und Iggy gerüstet waren, schrie er: „Jetzt! So doll ihr könnt! Werft!“

Wie aus dem Nichts erschienen drei Schneebälle und segelten durch die Luft. Einer verfehlte den Yeti um Längen, aber zwei trafen das Ungetüm, zerstieben an seiner Nase und seinen Augen zu einem Geriesel kleiner Eisstückchen. Der Yeti grunzte erschrocken und wischte sich mit der freien Hand übers Gesicht, behielt jedoch Tinker fest im Griff. Er stieß wieder ein wütendes Gebrüll aus und machte einen Schritt nach vorn ...

„Schnell, noch einen!“, rief Miesel, und eine Sekunde später pfiffen drei weitere Schneebälle durch die Luft. Diesmal trafen alle ihr Ziel, zwei zerstäubten an der Brust des Monsters, und cincr zerplatzte über seinem geöffneten Maul.

Der Yeti blieb stehen, spuckte und hustete. Dann knurrte er bedrohlich.

Und jetzt blieb keine Zeit mehr für einen weiteren Schneeball.

... neun ... acht ... sieben ...

Aber da erinnerte sich Miesel an ein anderes Wurfgeschoss, das einem anderen gefährlichen Wesen eins auf die Zwölf gegeben hatte.

„Polly!“, zischte er. „Dein Zauber! Der Boxhandschuh! Mach schon! Mach schon!“

Er hörte, wie Polly Luft holte und ausatmete und rief: „*Pugilis Crestor Sejetto!*“

Mit einem *Plopp* erschien der rote Boxhandschuh und schwebte auf Augenhöhe in der Luft. Dann sauste er mit mehr Wucht und Tempo als jeder Schneeball über die acht Meter Entfernung hinweg, die Polly von dem Yeti trennte, und traf das Monster mit einem ordentlichen *Rums!* genau auf die Nase.

Seine erste Tat war, Tinker fallen zu lassen, die zweite einen eigenartig spitzen Schrei auszustoßen, der an ein verängstigtes Ferkel erinnerte. Dann schlug er sich die Hände vors Gesicht und stolperte rückwärts, wobei seine Füße unter ihm wegglitten und er schließlich schwerfällig in den weichen Schnee plumpste.

„Tinker! Hierher, Junge!“, rief Miesel, und Tinker raste, so schnell er konnte, auf den Stinkejungen zu. Miesel kämpfte sich durch den Schnee und kam ihm auf halbem Weg entgegen.

Als er Tinker auf den Arm hob, verflüchtigte sich die Wirkung des Gummibärchens, und er wurde wieder sichtbar – als ein kleiner Junge, der einen kleinen Hund umklammerte und unter Mühen durch die Schneewehen auf zwei andere Gestalten zustapfte, die ebenfalls gerade aus dem Nichts erschienen waren.

„Lauft!“, schrie Miesel und winkte Polly und Iggy wie wild zu. Er warf einen Blick über die Schulter: Der Yeti rappelte sich taumelnd hoch …

Polly und Iggy liefen, so schnell sie konnten, doch der hohe Schnee bremste sie. Hinter sich hörten sie das dumpfe, wütende Grunzen des Yetis, das immer lauter wurde. Er lag nur etwa fünf Meter zurück und holte beständig auf.

Seine riesigen Arme, jeder von ihnen dick wie ein Baumstamm, hielt er weit ausgestreckt, und die gewaltigen Finger mit den gebogenen schwarzen Klauen grapschten nach den Flüchtenden.

Plötzlich fiel der Untergrund steil ab, sodass Miesel, Polly und Iggy halb purzelten, halb stolperten. Nur dank des schweren, klebrigen Schnees konnten sie sich überhaupt auf den Beinen halten, aber wenigstens kamen sie bergabwärts etwas schneller voran – aber nicht schnell genug. Noch ehe sie die ausgedehnte Eisebene erreicht hatten, meinte Miesel, den heißen Atem des Yetis in seinem Nacken zu spüren.

Die Eisebene tauchte völlig unerwartet auf. Gerade hatten sie sich noch mühevoll durch metertiefen Schnee gekämpft – und im nächsten Augenblick verschwand der Schnee, und sie schlitterten und rutschten über ein steil abfallendes Eisfeld, das sich vor ihnen in einer glatten Fläche von funkelndem Weiß ausdehnte.

Iggy verlor als Erster den Halt. Er rutschte aus und plumpste mit großer Wucht auf den Hosenboden. Polly stolperte über ihn und fiel auf ihn drauf – sodass Iggy, der gerade zu einem lauten „Aaauuuuuu!“ ansetzen wollte, alle Luft aus den Lungen gepresst wurde und er nur noch ein kurzes „Au!“ zustande brachte.

Miesel, der noch Tinker mit sich herumschleppte, hatte keinen Arm frei, um sich in der Balance zu halten, und fand sich ebenfalls rücklings auf dem Boden wieder, Tinker noch immer fest an die Brust gedrückt.

Und jetzt, da die Schwerkraft sie übers Eis zog, glitten sie schneller und schneller dahin. Als Iggy wieder zu Atem gekommen war, schrie er: „Kann dieser blöde Ort nich ma ssstillhalten?“

Der Yeti war am Rand der Schneeschicht stehen geblieben und glotzte, die Hände auf den Boden gestützt, seiner rasant entschwindenden Beute nach. Aber er machte keine Anstalten, aufs Eis zu kommen. *Und das,* so dachte Miesel, *ist verdammt gut so!*

Polly und Iggy hatten sich voneinander losgemacht und rutschten jetzt leicht versetzt vor ihm Seite an Seite den Hang hinunter – der plötzlich endete! In etwa zweihundert Metern Entfernung konnte Miesel eine Kante im Eis erkennen – und dahinter war nichts.

Polly stieß einen langen, heulenden Verzweiflungsschrei aus. Iggy plapperte in einem fort weiter. „So'n blöder Ort … kann ich nich leiden … kann hier nich aufsssstehn … kann mich hier nich hinsssetzen … und überall blöde Monssster … dis kann ich nicht leiden … dis is abscheuerlich … abscheuerlich … abscheuerlich!"

Und beim letzten „Abscheuerlich!" sausten Iggy, Polly, Miesel und Tinker über die Kante des Eisfeldes hinweg. Erst spürten sie noch den Widerstand des Untergrunds an ihren Rücken und im nächsten Moment war das Druckgefühl verschwunden. An seine Stelle trat eine neue Empfindung – das Übelkeit erregende Gefühl des freien Falls.

Weit, weit unten, am Grund dieser gewaltigen Klippe, sah Miesel einen reißenden Fluss. Er sprudelte anscheinend aus einer Höhle am Fuß der Klippe. Das Wasser war weiß und schäumend und schoss über zahlreiche schwarz glänzende Felsen hinweg.

Während der eisige Wind an seinen Sachen und seinem Haar zerrte, drückte Miesel Tinker fest an sich, schloss die Augen und wartete auf das Ende.

Die Wüste

Sie fielen so rasend schnell, dass Miesel große Mühe hatte zu atmen, geschweige denn, irgendeinen Laut von sich zu geben. Polly erging es offenbar genauso, und Tinker vergrub einfach den Kopf in den Falten von Miesels Jacke und wartete darauf, dass das alles endlich aufhörte.

Und das geschah auf völlig unvorhergesehene Weise. Hatte gerade noch ein eisiger Wind an ihren Kleidern und ihrer Haut gezerrt, so tauchten sie nun in badewannenwarmes Wasser ein. Dabei war die Wucht des Aufpralls nicht viel größer, als wenn sie vom Rand eines Schwimmbeckens gesprungen wären. Miesel schnappte vor Schreck nach Luft, atmete Wasser ein und musste deshalb heftig würgen. Er spuckte und prustete. Dabei ließ er Tinker los und ruderte wie wild mit den Armen, und dann spürte er Boden unter den Füßen. Es fühlte sich an wie weicher Schlamm und Miesel drückte die Knie durch. Er stand in einem Teich, dessen Wasser ihm bis zum Hals reichte. Iggy platschte mit empörtem Gezeter in seiner Nähe herum, und Polly kletterte bereits auf eine niedrige Sandbank, die von hohem Schilfgras bedeckt war.

Noch eine Dystopia-Welt, dachte Miesel. *Und bislang ist sie bedeutend erfreulicher als die letzte.*

Und es gab noch einen anderen Unterschied zu der Welt voller Eis und Schnee und Yetis – hier herrschte Nacht. Eine warme, samtene Dunkelheit umgab sie, Licht kam allein von den unzähligen Sternen am Himmel. Noch nie hatte Miesel so viele von ihnen gesehen! Ihm fiel ein, dass ihm jemand erzählt hatte, fernab der Zivilisation seien sehr viel mehr Sterne zu sehen als in den Städten. Denn all die Straßenlaternen und Autoscheinwerfer, all die Bürohochhäuser mit elektrischer Beleuchtung überstrahlten die Sterne, ausgenommen die hellsten.

Na ja, wenn's danach geht, hocken wir hier mitten in der Pampa!, dachte er.

Er schob Tinker auf die Sandbank zu, dann watete er zu Iggy hinüber und packte ihn am Kragen seiner alten schäbigen Anzugjacke.

„Hör mit dem Geplansche auf, Iggy! Du musst nicht ertrinken. Sieh mal, du kannst stehen! Alles paletti."

„Allesss paletti? *Allesss paletti*? Nix is paletti! Überall dis blöde Wasser! Ich fühl mich nich paletti, ich fühl mich pitschipatschi!“

Gemeinsam wateten sie zur Sandbank. Tinker war dort bereits angelangt und schüttelte sich ausgiebig das Wasser aus dem Fell, und Polly stellte sich auf die Zehenspitzen, um über das hohe Schilfgras hinwegblicken zu können. Als Miesel neben sie trat, sah sie ihn mit großen Augen an.

„Das … das … war die abgefahrenste Sache, die mir je passiert ist!“

„Mir auch“, sagte Miesel, obgleich ihm tatsächlich noch ein paar andere Erlebnisse einfielen, die mindestens genauso abgefahren, wenn nicht noch abgefahrener gewesen waren. Allerdings war es mit Sicherheit das Ereignis, bei dem er am meisten Glück gehabt hatte. Immerhin hatten sie weder in dem eisigen Fluss den Tod gefunden noch waren ihre Körper an den zerklüfteten schwarzen Felsen zerschellt.

„Wo sind wir?“, fragte Polly.

„Da, wo's ganz blöde is“, murmelte Iggy. Er fingerte die restlichen Gummibärchen aus seiner Tasche und versuchte, sich den klebrigen Mansch in den Mund zu stopfen. Wasser tropfte aus seinen Kleidern und er bot ein einziges Bild des Jammers. Irgendetwas fehlte.

„Wo ist dein Regenschirm, Iggy?“, fragte er und versuchte sich zu erinnern, wann er Iggy zum letzten Mal damit gesehen hatte.

Ja! Im Wald ... als Iggy gestochen wurde ... Er hat den Schirm irgendwo fallen gelassen ...

Iggy blickte nach oben, so als erwarte er, den aufgespannten Regenschirm über seinem Kopf zu sehen. Als er merkte, dass er nicht da war, setzte er ein schuldbewusstes Gesicht auf und murmelte: „Weiß nich. Hab ich verbummelt."

Sogar in der warmen trockenen Luft schwebte über Iggy noch immer seine winzige Schwarzer-Hexer-Wolke und ließ ihre Tropfen auf seinen ohnehin schon klatschnassen Kopf fallen.

„Warum pfeifst du nicht nach ihm, Iggy?", fragte Miesel.

Iggy seufzte tief, wie jemand, dem gerade eine selten dämliche Frage gestellt worden war. „Ich bin doch schon nass, Mumps", erklärte er geduldig, „oder glaubssst du, mein Segen-Stirn tut mich wieder schön mollerig und trocken machen?"

„Nein, Iggy. Ich glaube nur, er verhindert, dass du noch nasser wirst. Und wenn du nicht noch nasser wirst, dann kannst du in dieser schönen warmen Luft ziemlich schnell trocknen. Und das wäre doch gut, oder?"

Iggys Gesicht zuckte. Dann sagte er selbstgefällig: „Tja, dis wollt ich ja grad machen, bevor du mich unterreißerst hast, du Schlauberger! Ich wollt nach meinem Segen-Stirn pfeifen, denn ich mag ja nicht noch nasser werden, und die schöne mollerige Luft tut mich nämlich ganz schnell trocken pusssten, weißte, dis is ja wohl nich ssso schwer zu verstehen!“

Iggy spitzte die Lippen und pfiff …

Twiiiii – twii – twii – twiiiii!

Eine halbe Minute lang tat sich gar nichts, dann erschien auf einmal etwas Großes, Rundes, Schwarzes am Himmel, das mit seiner Kreisform eine große Anzahl Sterne verdunkelte. Je näher der Schirm heransauste, desto mehr Sterne verdunkelte er, sodass er aussah wie ein schwarzes Loch im Universum.

Iggy streckte die Hand aus und der Griff des Schirms klatschte zielgenau in seine Handfläche.

„Sssiehst du, Mumps“, sagte Iggy schulmeisterlich, „dissis was du machen musst, wenn du vergisst, wo du deinen Segen-Stirn hinhast …“

Weiter kam er nicht, weil Miesel mit wachsendem Entsetzen zu dem Schirm hinaufstarrte – so wie Polly auch, allerdings mit einer Miene, die mehr Verblüffung als Angst ausdrückte. Aus Tinkers Kehle kam ein tiefes Grollen.

„Wasss?“, fragte Iggy mit tief zusammengezogenen Brauen. „Wasssis’n mit euch losss?

„Halt still, Iggy“, flüsterte Miesel. „Halt einfach ganz still!“

Iggy erstarrte. Langsam hob er seine Fischaugen und schaute zu dem Regenschirm hinauf. Zwischen den Metallspeichen war etwas, das aussah wie ein Nest. Das Nest war aus Zweigen, Gras und Blütenstängeln gemacht, alles kunstvoll zu einer Art dicken Matte geflochten. Aber es war nicht diese Matte, die so viel Aufmerksamkeit erregte. Es waren die vier schräg stehenden, smaragdgrünen Augenpaare, die zornig über den Nestrand hinweglugten.

Ein plötzliches Sirren erhob sich, und vier Feen kamen aus dem Nest, schwebten unter dem Schirm. Polly wollte gerade ausrufen, wie zauberhaft die kleinen Gestalten seien, als sie die stachelbewehrten Skorpionschwänze entdeckte. Ihr freudiger Aufschrei verebbte zu einem leisen ängstlichen Stöhnen.

Iggy brannten dagegen sämtliche Sicherungen durch. Schließlich war er schon von einem dieser Biester gestochen worden und das wollte er nicht noch mal erleben. Kreischend schleuderte er den Regenschirm weg, der verkehrt herum auf dem Teich landete, wo er wie ein schwarzes Boot mit gekrümmtem Mast hin- und herschaukelte. Die Feen wirkten leicht benommen. Sie waren bei dem Aufprall auf die Wasseroberfläche zwischen die Metallspeichen des Schirms zurückgeplumpst und begannen sich nun wieder herauszuhangeln.

„Wir müssen hier weg“, sagte Miesel leise und ruhig. „Kommt schon – Rückzug, aber ganz langsam!“

Die Augen unverwandt auf die kriechenden Wesen gerichtet, stahlen sich Miesel, Polly, Iggy und Tinker ins hohe Schilfgras davon. Die Halme ließen sich zwar mühelos beiseiteschieben, aber da sie so hochgewachsen waren, konnten Miesel, Polly und Iggy kaum weiter sehen als bis zu ihrer Nasenspitze. Und dann war auch schon das bekannte Flügelsirren zu vernehmen.

„Schnell!", rief Miesel. „Lauft!"

Mit lautem Krachen brachen sie durchs Schilfgras. Die Sterne spendeten gerade genug Licht, dass sie sich nicht aus den Augen verloren, und auf einmal standen sie – in einer Oase. Einer Oase mitten in der Wüste. Hier wuchsen die an einem solchen Ort unvermeidlichen Palmen, an denen Datteln hingen. Hier und da war niedriges Strauchwerk zu sehen, ein paar verkümmerte Grasbüschel und jede Menge Sand. Wo das Grün endete, begann die Wüste – eine Reihe sanft gewellter Dünen erstreckte sich bis zum Horizont.

Von den Skorpionfeen war weit und breit nichts zu sehen. Es herrschte tiefe Stille. Nur der keuchende Atem der Freunde war zu hören – und Tinkers schnelles Hecheln.

Iggy spähte ängstlich zum Schilf zurück. „Sind sssie weg, Mumps?", fragte er nervös.

„Ich glaub schon, Iggy."

Miesel wunderte sich insgeheim, warum ihre Verfolger so schnell aufgegeben hatten. Vielleicht war es ihnen nicht möglich gewesen, durch das dichte Schilfgras zu fliegen? Oder vielleicht gehörten sie ganz einfach nicht in diese Welt hier. Hatte Lucian, der Werwolf, nicht gesagt, dass die Sagengestalten nicht zwischen den Welten von Dystopia hin- und herreisen konnten? Aber genau das hatten die Feen doch getan ... in Iggys Regenschirm ... Und der Regenschirm schien ohne Weiteres in der Lage zu sein, von der realen Welt hierherzuwechseln ... Vielleicht konnte der Schirm ihnen ja nützlich sein?

Miesel wollte gerade schon nach dem Regenschirm pfeifen, als ihm einfiel, dass sich die Feen bestimmt wieder darin eingenistet hatten. So wie es aussah, hatten sie den Zauberschirm diesmal wohl für immer verloren.

Wachsam umrundeten die Freunde einmal die kleine Oase. Im Sternenlicht sah die Wüste grau und kalt aus, aber nach Sonnenaufgang würde es sehr heiß werden. Wenn sie also irgendwo hinmarschieren wollten, dann sollten sie das besser jetzt tun.

Vergeblich suchte er die Wüste nach Zeichen von Leben ab und wollte schon in irgendeine Richtung losstiefeln, als Polly plötzlich fragte: „Was ist das?"

Sie deutete nach vorn. Miesel spähte mit zusammengekniffenen Augen in die Dunkelheit – und entdeckte in der Ferne einen schwachen Umriss. Es war ein kleiner Huckel inmitten des endlosen Sandmeeres.

„Was glaubst du, ist das?", fragte Polly.

„Irgendwasss Blödes“, murmelte Iggy.

„Keine Ahnung“, sagte Miesel. „Aber wenigstens ist es mal eine Abwechslung zu den Dünen. Wahrscheinlich könnten wir ewig und drei Tage hier herumklettern und würden nirgendwo hinkommen. Wir sollten nachschauen.“

Sie stapften los über den gekräuselten Sand. Manchmal traten sie sicher auf, manchmal sanken sie tief ein. Zwischendurch liefen sie immer wieder über festen Boden. In den Talsohlen der Dünen verloren sie den Huckel aus den Augen, aber jedes Mal, wenn sie sich auf die Spitze des nächsten Sandberges gekämpft hatten, konnten sie sehen, wie weit sie sich ihm schon genähert hatten.

„Ich glaube, es ist ein Gebäude“, keuchte Polly völlig aus der Puste von der Anstrengung. „Das sieht doch wie eine Art Kuppel aus, oder?“

Es sah in der Tat wie eine Kuppel aus – wie die Sorte Dach, die man auf Kirchen oder Tempeln sieht. In der Dunkelheit konnten sie nicht viel mehr erkennen. Miesel hütete sich davor, die Taschenlampe zu benutzen – hier draußen, wo sie keinerlei Deckung hatten, würde der Lichtstrahl alle möglichen furchterregenden Kreaturen anlocken. Er überlegte, welche Sagengestalten das sein könnten.

„Polly, kennst du irgendwelche Geschichten über Wesen, die in Wüsten leben?“

Polly überlegte kurz, dann schüttelte sie den Kopf. „Du meinst wohl kaum Aladdin oder Ali Baba, nicht?"

„Ich habe eigentlich mehr an … äh … mehr an Monster gedacht."

Iggy schniefte laut, um die allgemeine Aufmerksamkeit auf sich zu lenken. „Ich weiß, wasss in Wienern lebt. Blödesss Zeugs lebt in Wienern."

„Wiener, Iggy?", sagte Miesel. „Was meinst du mit ‚Wiener'?"

Iggy legte gereizt die Stirn in Falten. „Du hast doch gefragt, wasss in Würsten lebt, Mumps. Und Wiener sind Würssste – wenigstens war'n sie das noch bis vor Kurzem."

„Nein, Iggy – nicht Würste. *Wüste*. Orte wie der hier."

„Ach ssso", sagte Iggy mit schwindendem Interesse. „Na, die sind blöde, egal, wo sssie leben."

Schließlich gelangten sie zu der Ruine. Die Kuppel, die sie aus der Ferne gesehen hatten, war halb in sich zusammengefallen, und in den Lehmziegelmauern klafften Löcher. Miesel streckte eine Hand aus und fuhr damit über einen der Ziegel. Er zerfiel bei der Berührung seiner Finger.

Vorne am Eingang des Gebäudes befand sich noch ein unversehrter steinerner Torbogen, wo sich früher vermutlich ein großes Holztor befunden hatte. Jetzt war da nur noch eine dunkle Öffnung. Miesel riskierte den Griff zur Taschenlampe und tastete mit dem Lichtstrahl

vorsichtig das Terrain ab. Ziegel und Dachreste lagen kreuz und quer über den Steinboden verstreut, der mit einer dünnen Sandschicht bedeckt war. Es gab keine Anzeichen von Leben.

„Ich finde, wir sollten für den Rest der Nacht hierbleiben", sagte Miesel. Er leuchtete auf seine Armbanduhr. Elf Uhr …

Elf Uhr nachts, so spät muss es also sein, aber das ergibt gar keinen Sinn, dachte Miesel. *Wir sind doch bestimmt noch nicht so lange in Dystopia? Toby hat mich morgens in die Gruselgrotte gestoßen, dann war ich eine Weile bei den Werwölfen, dann bei den Feen, dann im Ameisenbau, dann noch in der Yeti-Höhle … Zählt man das alles zusammen, sind wir nicht länger als ein paar Stunden hier unten. Wie kann es also elf Uhr nachts sein? Es sei denn, Zeit ist hier ohne Bedeutung …*

„Ich hab essskrem großen Hunger, Mumps", verkündete Iggy. „Ich hab kein einziges Gummibärchen mehr. Was soll ich'n jetzt essen?"

Miesel knurrte auch der Magen, und ein Blick in Pollys Gesicht verriet ihm, dass es ihr genauso ging. „Vielleicht sollten wir uns erst mal ein bisschen ausruhen", schlug er halbherzig vor.

Weiter kam er nicht, denn Polly legte sich plötzlich einen Finger an die Lippen und flüsterte: „Pssst!"

Tinker hatte seine Ohren aufgestellt und lauschte – auf irgendetwas, das Miesel nicht hören konnte.

Polly hatte vor lauter Anspannung die Brauen zusammengezogen und ihren Kopf leicht zur Seite geneigt.

Miesel spitzte die Ohren.

Und dann hörte er es auch.

Ein leises Weinen. Es schien von weit her zu kommen.

„Jemand ist hier", wisperte Polly und rückte dichter an Miesel heran.

„Da macht aber jemand doll puh-hu-hu", bemerkte Iggy. „Dissis ein ziemlich ordentlichesss Geheule … wie Tilly, wenn sssie ganz doll traurig is."

„Ja, aber woher kommt das Geräusch?“, flüsterte Miesel. Er hatte die Taschenlampe ausgeknipst, und sie standen nun in fast völliger Finsternis, abgesehen von dem matten Sternenlicht, das durch das Loch im Kuppeldach drang.

„Ich weiß es nicht“, flüsterte Polly. „Knips die Lampe wieder an.“

„Lieber nicht. Das könnte gefährlich sein.“

Miesel spürte, dass Polly seine Hand ergriff. „Da *weint* jemand!“, flüsterte sie ihm ins Ohr. „Ein Mädchen oder eine Frau, glaube ich. Sie sitzt in der Patsche … oder ist einfach nur traurig … Egal was von beidem, wir müssen versuchen, ihr zu helfen!“

„Ich helf Tilly immer, wenn sie dodtraurig is“, sagte Iggy selbstgefällig – aber es stimmte, Iggy war der Einzige, der Tillys Tränen stoppen konnte.

Widerwillig knipste Miesel die Taschenlampe an. Er ließ den Strahl über den von Trümmern übersäten Boden und die kaputten Wände gleiten. Polly machte ein paar Schritte und folgte dem Lichtkegel. „Hier drüben!“, flüsterte sie aufgeregt und zeigte auf eine Stelle am Boden.

Kurz darauf blickten sie alle in ein rundes Loch hinab, das zuvor von einem herabgefallenen Dachstück verdeckt worden war. Das Weinen war hier lauter, klang aber immer noch ein wenig erstickt. Miesel leuchtete in den Schacht und sah, dass eine grob gezimmerte Leiter in die Tiefe führte. Sie war mit stabilen, grob gehauenen Eisennägeln an den Wänden befestigt. Offensichtlich handelte es sich um einen Brunnen. Polly kniete nieder, schob einen Fuß über den Rand des Schachts und stellte ihn auf die oberste Sprosse der Leiter.

„Los, komm schon!", sagte sie und sah Miesel entschlossen an.

Er reichte ihr die Lampe und sah zu, wie sie hinabkletterte. Dann wandte er sich zu Iggy um. „Du bleibst besser hier", sagte er.

„Ho, da mach dir ma keine Sssorgen, Mumps!", erwiderte Iggy abfällig. „Ich geh in keine dustern Löcher im Boden mehr rein – niemals nie und nie widder!"

„Gut", sagte Miesel und wünschte sich insgeheim, dass auch *er* in keine dunklen Gruben mehr steigen müsste. „Pass auf Tinker auf!", sagte er. Und ohne wirklich überzeugend zu klingen, fügte er hinzu: „Es ... es dauert nicht lange."

„Dis Aufpassen kannste dir sowiessso sparen", schnaubte Iggy verächtlich. „Du bissst nämlich kein bisschen gut darin, Leude vom Pu-hu-hu-machen abzubringen, Mumps."

„Nein", sagte Miesel. „Aber Polly schon. Ich hab's mit eigenen Augen gesehen."

„Also jetzt komm, wenn du mitwillst", rief Polly, von der nur noch der Kopf über dem Brunnenrand zu sehen war.

Miesel setzte sich umständlich auf den Rand des Schachts und ließ die Beine baumeln, um mit den Füßen nach einer Sprosse zu angeln. Polly kletterte unbeirrt weiter, ab und zu sah Miesel unten den Strahl der Taschenlampe aufblitzen. Er warf Iggy noch einen letzten aufmunternden Blick zu und begann den Abstieg.

Finsternis

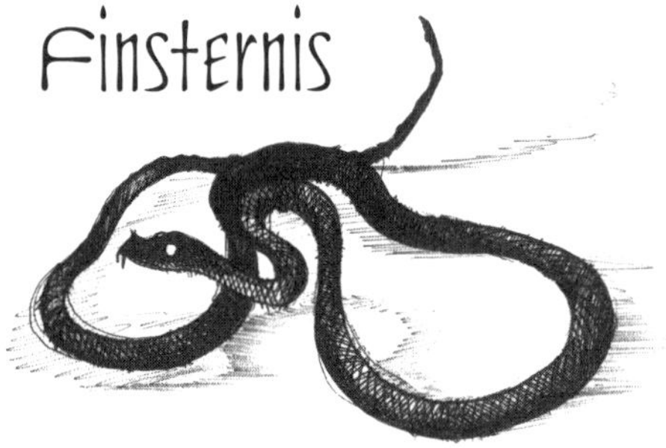

Der Brunnen war sehr tief.

Polly war ein bisschen langsamer als Miesel, da sie die Taschenlampe hielt, und Miesel musste höllisch aufpassen, ihr nicht auf die Finger zu treten. Je weiter sie nach unten kamen, desto lauter wurde das Gewimmer. Miesel hegte die leise Sorge, Polly könnte einfach drauflosrufen, aber offenbar hatte sie seine Anspannung richtig gedeutet, denn sie machte keinen Mucks, bis ihre Füße sandigen Boden berührten.

„Ich bin am Grund angelangt, Miesel!“, flüsterte sie. „Nur noch ein paar Meter, dann hast du's geschafft!“

Miesel nahm die letzten Sprossen und stand sofort neben ihr. Ringsum herrschte tintenschwarze Dunkelheit. Polly hielt die Taschenlampe auf Brusthöhe.

Sie standen in einem rechteckigen Raum mit niedriger Decke. Ihnen gegenüber befand sich ein nur wenige

Meter langer Gang, der in einen weiteren Raum führte. Als Polly mit der Taschenlampe in den Verbindungsgang leuchtete, sah sie, dass hinter diesem zweiten Raum wohl noch ein dritter lag.

Polly lenkte den Strahl wieder in den kleinen Raum zurück, in dem sie sich befanden, und ließ ihn über das Mauerwerk gleiten. An die Steinwände waren Bilder gemalt, die Farben schienen leuchtend und frisch. Die Bilder zeigten Szenen aus dem Leben der alten Griechen, so vermutete Miesel. Junge Männer, die Speere warfen, junge Mädchen, die Wasser holten, alte Frauen, die Wolle sponnen, und greise Männer beim Fischen.

„Ich glaube, das ist hier so eine Art Grab“, flüsterte Polly.

Ein Grab – na super!, dachte Miesel.

Polly ergriff seine Hand. „Komm!“, flüsterte sie.

Auf Zehenspitzen schlichen sie durch den kurzen Gang in den zweiten Raum. Er sah fast genauso aus wie der erste, abgesehen von den Wandgemälden, die hier offenbar Schlachten und Helden zeigten. Da gab es galoppierende Pferde, bewaffnete Männer, die einander bekämpften, Leichen von gefallenen Kriegern, die kreuz und quer auf dem Boden lagen. Hier war das Schluchzen lauter als zuvor.

Sie betraten den dritten Raum, dessen Wandschmuck griechische Götter zeigte, die auf dem Berg Olymp in ihren Thronsesseln saßen und auf die Welt hinabschauten, als das Weinen unvermittelt verstummte und eine Stimme rief: „Wer ist da?“

Polly wollte gerade antworten, als Miesel ihre Hand drückte. Polly wandte sich um. Miesel legte den Zeigefinger auf die Lippen und schüttelte den Kopf.

„Wer ist da?“, rief die Stimme erneut. Der Lautstärke nach zu urteilen, vermutete Miesel, dass sie vielleicht aus dem übernächsten Raum kam. Es war zu spät, um die Taschenlampe auszuknipsen, ihr Schein war mit Sicherheit schon zu sehen gewesen; aber es gab trotzdem genug gute Gründe, sich mucksmäuschenstill zu verhalten und abzuwarten.

„Ich will euch nichts zuleide tun“, sagte die Stimme. „Aber ... aber ihr werdet euch selbst schaden, wenn ihr näher kommt.“

Etwas an dieser Stimme wirkte beruhigend auf Miesel und er fühlte sich zum ersten Mal seit seiner Ankunft in Dystopia einigermaßen sicher. In der Stimme lag eine gewisse Sanftheit, etwas Warmes, Tröstendes – es war mit Sicherheit eine Frauenstimme, und in Anbetracht der Stimmlage handelte es sich um eine ältere Frau, älter als seine Mutter Lee – sie erinnerte ihn an Nanny Flannel, wenn sie besonders guter Laune war.

Miesel beschloss, auf Risiko zu spielen.

„Wer sind Sie?“, rief er.

„Ich glaube, du kennst mich“, rief die Frauenstimme. „Oder ihr wärt nicht hier. Wie heißt du?“

„Miesel. Miesel Stubbs.“

„Du hast eine junge Stimme, Miesel Stubbs. Bist du ein Kind?“

„Ja. Und ich habe eine Freundin bei mir – ihr Name ist Polly.“

„Auch ein Kind?“

„Ja.“

Es folgte Schweigen. Dann erhob sich wieder die Frauenstimme. „Ich möchte niemandem etwas zuleide tun – und Kindern erst recht nicht. Aber wenn ihr näher kommt, werdet ihr euch selbst schaden.“

„Wie?“, rief Miesel, der allmählich neugierig wurde. „Inwiefern werden wir uns wehtun?“

„Ich habe nicht ‚wehtun‘ gesagt, Miesel Stubbs. Ich sagte ‚schaden‘. Wenn ihr näher kommt, werdet ihr sterben. Es ist nicht meine Absicht, euch zu töten. Ich kann nicht anders, Miesel Stubbs – darum verstecke ich mich auch hier unten in der Dunkelheit. Darum weine ich hier in der Finsternis. Ich verstecke mich und weine, weil niemand mich sehen darf.“

„Aber warum?“, rief Miesel. „Warum darf niemand Sie sehen?“

„Weil mein Anblick stets Schaden anrichtet, Miesel Stubbs.“

Miesel und Polly schauten sich an. Die Verwirrung stand ihnen ins Gesicht geschrieben.

„Inwiefern sollte es gefährlich sein, sie nur anzusehen? Was für ein Wesen ist sie?“, fragte Polly. Da fiel Miesel plötzlich ein, wer die traurige Frau sein könnte.

„Ich habe Ihnen meinen Namen genannt und den Namen meiner Freundin“, rief Miesel. „Jetzt würden wir gerne Ihren erfahren.“

„Ich glaube, du weißt ihn bereits, Miesel Stubbs.“

„Ist .... ist ... ist Ihr Name Medusa?“, rief Miesel und diesmal bebte seine Stimme leicht, denn wenn die Antwort „Ja“ lautete, dann schwebten sie in großer Gefahr.

Polly sah Miesel mit einem Ausdruck blanken Entsetzens an. Offensichtlich hatte sie schon von Medusa gehört ... und wusste, was diese Frau anrichten konnte ...

Die Stimme antwortete traurig: „Ja, Miesel Stubbs. So heiße ich. Medusa. Medusa, die Gorgo.“

Miesel wusste über die Medusa Bescheid, weil er in der Vergangenheit schon mal Bekanntschaft mit ihrem Haar gemacht hatte. Aber natürlich handelte es sich dabei nicht um normales Haar. Es wuchs zwar auf ihrem Kopf, aber jede Strähne besaß Echsenschuppen, und jede Strähne hatte einen Kopf mit einer zuckenden, gespaltenen Zunge, und jeder Kopf hatte ein Paar glänzender schwarzer Augen, und wenn man in eines der unzähligen Augen sah, die um das Gesicht der Gorgo herumtanzten, dann erstarrte man augenblicklich zu Stein.

Miesel hatte nur einen einzigen von Medusas Schlangenköpfen kennengelernt. Er war zwar mumifiziert ge-

wesen, besaß aber trotzdem noch die Macht, einen Menschen mit einem einzigen Blick aus seinen kalten, leblosen Augen in einen Granitklumpen zu verwandeln.

Und hier, nur ein paar Meter entfernt, saß nun Medusa höchstpersönlich, vermutlich mit einem Kopf voller Schlangen, die allesamt quicklebendig waren! Und doch klang sie so sanft. Traurig und freundlich und sanft. Vielleicht war ihre sagenumwobene Grausamkeit schlichtweg erstunken und erlogen? Vielleicht war es an der Zeit, diesem Wesen ein bisschen Freundlichkeit entgegenzubringen?

„Können wir irgendwas für Sie tun?“, rief Miesel.

Es trat eine lange Stille ein. Dann sagte Medusa: „Das ist nett von dir, Miesel Stubbs. Es gibt durchaus etwas, das ihr tun könntet. Wenn ich meinen Kopf bedecken könnte, würde denjenigen, die sich mir nähern, keine Gefahr mehr drohen. Ich habe mich vor sehr langer Zeit an diesen unterirdischen Ort zurückgezogen. Hier gibt es nichts, womit ich meinen Kopf verhüllen könnte.“

Miesels Augen wanderten zu dem langen Schal, den Polly um den Hals trug. Dann blickte er in ihr Gesicht und grinste. Schweigend wickelte Polly den Schal ab und reichte ihn Miesel.

„Ich hab hier was“, rief Miesel. „Aber wie kann ich es Ihnen geben, ohne ... na ja, Sie wissen schon.“

Zum ersten Mal klang die Medusa ein klitzekleines bisschen fröhlich. „Wenn du mich nicht sehen kannst, Miesel Stubbs, dann droht dir auch keine Gefahr. Lass dein Licht einfach da und komm im Dunkeln zu mir. Folge dem Klang meiner Stimme.“

Polly berührte Miesel am Handgelenk und schüttelte den Kopf. „Wir können ihr nicht trauen!“, zischte sie. „Was, wenn das ein Trick ist?“

„Das glaube ich nicht, Polly.“

„Warum?“, hakte Polly nach. „*Warum* glaubst du es nicht?“

Miesel wusste darauf keine Antwort. Es war einfach ein Bauchgefühl, eine Eingebung, und mit seinen Eingebungen lag Miesel fast immer richtig, weshalb er sich auch blind darauf verließ. Er zuckte mit den Achseln und sagte: „Ich *glaube* einfach nicht, dass sie uns etwas tun wird, das ist alles.“

„Und … und wenn doch?“

„Äh … na ja … dann weißt du, dass ich Unrecht hatte.“

Er grinste Polly abermals an, um ihr zu zeigen, dass er sich nicht im Geringsten ängstigste, holte tief Luft und trat in den Verbindungsgang. Das Licht der Taschenlampe machte es möglich, ein paar Meter in den nächsten Raum hineinzusehen, doch der kurze Korridor auf der anderen Seite war stockdunkel. Miesel durchquerte den Raum, indem er mit einer Hand an der Wand entlangfuhr und sich so in der Dunkheit vorwärtstastete.

„Äh … sind Sie da?“, flüsterte er und verharrte einen Moment, während seine Finger über den rauen Stein streiften.

„Ja, Miesel Stubbs. Komm weiter.“

Es war stockdunkel, fast so, als wäre man blind. Vorsichtig einen Fuß vor den anderen setzend, gelangte Miesel in Medusas Raum.

Dann hörte er das Zischeln.

Es hörte sich ein bisschen an wie ein siedender Wasserkessel, ein paar Sekunden, bevor der Dampf genug Druck erzeugt hat, um die Pfeife in Gang zu setzen. Es gab da natürlich einen kleinen Unterschied – entweichender Dampf klingt nicht bedrohlich oder böse oder wie ein kaltblütiges Reptil …

„Äh … dieses Geräusch … sind das I…Ihre Schlangen?“, stotterte Miesel, der sich nicht vom Fleck rührte.

„Ja“, sagte Medusa. Ihre Stimme klang sehr nah, so als stünde sie nur ein paar Meter links vor ihm. „Aber es sind keine Schlangen, Miesel Stubbs“, fuhr Medusa fort. „Es sind Basilisken.“

„Äh, Verzeihung … Basil… was?“, fragte Miesel und dachte für einen Moment, Medusa würde seinen grässlichen (und zum Glück sehr toten) Vormund, Basil Trampelbone, meinen.

„Basilisken, Miesel Stubbs. Magische Reptilien. Es ist ihr Blick, der einen zu Stein erstarren lässt.“

„Oh. Klar doch. Äh … ich hab gehört, dass … na ja … wenn jemand in Ihr Gesicht sieht …“

Medusa stieß ein leises melodisches Lachen aus. Es klang wie Wasser, das über einen Stein plätschert.

„Nein, Miesel Stubbs. Nur der Blick meiner Basilisken hat verheerende Folgen. In mein Gesicht kann man unbesorgt schauen. Es ist ein ganz gewöhnliches Gesicht. Mittlerweile ziemlich alt, ein bisschen runzlig – aber sicher nicht furchterregend, hoffe ich.“

Aha, also wieder ein Teil der Sage, der nicht stimmt, dachte Miesel. *Oder wenigstens nicht für mich, hier unten in Dystopia.*

„Was hast du für mich, Miesel Stubbs“, fragte Medusa sanft und jetzt klang ihre Stimme sehr nah. Genau wie das wütende Zischen. Zum Glück war es so dunkel! Die Vorstellung, ein ganzes Nest von Schlangen zu sehen … oder Basil-Viecher oder so ähnlich, die sich um den Kopf einer Frau wanden, war schlechthin ekelhaft.

„Hier“, sagte er und streckte die Hand mit dem Schal aus.

Etwas berührte Miesels Hand, und er musste sich schwer am Riemen reißen, um sie nicht wegzuziehen. Er spürte, wie ihm der Schal sanft aus der Hand gezogen wurde. Dann war ein Seufzen zu hören, aus dem zufriedene Bewunderung sprach.

„Wie weich der ist!“, flüsterte Medusa.

„Klappt's?“, fragte Miesel.

„Wir werden sehen, Miesel Stubbs. Wir werden es gleich sehen."

Miesel konnte nicht das Geringste sehen, aber die zarten Luftbewegungen, die er spürte, verrieten ihm, dass sich etwas regte. Medusa machte irgendwas mit Pollys Schal, und Miesel stellte sich vor, dass sie ihn um ihren Kopf schlang. Das Bild, das sich Miesel in seiner Vorstellung ausmalte, wurde von Medusas sanftem Gurren noch um einiges lebendiger: „Schon gut, schon gut, meine Kleinen ... Alles ist gut, alles ist gut ... Ich bedecke euch nur mit diesem schönen weichen Stoff ... so warm ... so weich ... und ihr werdet selig einschlafen, meine Hübschen ..."

Allmählich verebbte das wütende Zischeln, bis es kurze Zeit später ganz erstarb. Und dann erhob sich Medusas Stimme in der Dunkelheit.

„Gut, Miesel Stubbs. Ich bin jetzt bedeckt. Du kannst nun gefahrlos das Licht hereinbringen."

Miesel drehte sich um und ertastete sich seinen Weg zurück zum Verbindungsgang. Der Schein der Taschenlampe sickerte schwach in den nächsten Raum hinein und zeigte ihm, wo Polly zu finden war. Kurz darauf stand er auch schon an ihrer Seite.

„Wir können jetzt zu ihr gehen, Polly."

Polly glotzte ihn an. „Was? Spinnst du, Miesel? Ein Blick auf sie genügt und ..."

„Warte mal!", sagte Miesel. Er berichtete, was Medusa gesagt hatte, aber Polly starrte ihn noch immer an, als hätte er den Verstand verloren.

„Aber … aber woher willst du wissen, dass sie die Wahrheit spricht, Miesel?“

Er zuckte ausweichend mit den Schultern. Offen gestanden wusste er es nicht, aber sein Bauchgefühl sagte ihm eindeutig, dass die Gorgo nicht log. Schweigend nahm er Polly die Taschenlampe aus der Hand. „Also ich rede mit ihr“, sagte er. „Wenn du hier nicht im Dunkeln rumhocken willst, solltest du besser mitkommen. Wenn du Angst hast, dreh ihr den Rücken zu und schau sie nicht an oder mach einfach die Augen zu.“

Polly wollte gerade einen neuen Einwand erheben, aber Miesel schritt schon voran.

Er zögerte für den Bruchteil einer Sekunde, dann setzte er einen Fuß über die Schwelle.

Medusa sah kein bisschen Furcht einflößend aus, sie ähnelte eher Nanny Flannell, ohne Brille, natürlich. Sie trug ein eng anliegendes, schlichtes, schwarzes Kleid, dessen Saum den Boden berührte. Offen gesagt war das Kleid ein bisschen *zu* eng, weil Medusa recht dick war und da, wo die Taille sein sollte, Wülste hervorquollen. Alle ihre Finger waren mit goldenen Ringen geschmückt, auch die beiden Daumen, und an ihren fülligen Armen trug sie mehrere große klimpernde Goldreifen. Pollys Schal war fest um Medusas Kopf gewickelt, und das einzig Absonderliche an ihrer Gestalt waren die kleinen

Beulen und Dellen auf ihrem Haupt – Beulen, die sich hin und wieder unter dem Wollstoff regten und kleine Wellen schlugen …

Medusas Gesicht war … na ja … es war ziemlich normal. Sie hatte hübsche dunkle Augen, eine Nase, die ein bisschen zu lang geraten war, dichte Augenbrauen, schmale Lippen und runde, volle Wangen – und sie saß regungslos auf einem großen Steinbrocken inmitten des leeren Zimmers und betrachtete Miesel und Polly mit gebannter Miene.

„Seid gegrüßt, ihr Lieben!“, sagte sie herzlich. Dann richtete sie das Wort an Polly: „Ist schon gut, Kind, du kannst deine Augen beruhigt öffnen. Dein Freund Miesel Stubbs sieht mich an und ihm ist nichts Schreckliches widerfahren. Es besteht keine Gefahr – und ich danke dir für diesen feinen Schal, der es mir ermöglicht hat, nach vielen, vielen Jahren meine ersten Besucher zu empfangen.“

Ganz vorsichtig öffnete Polly ihre Augen, und als sie merkte, wie … na ja … wie mütterlich Medusa aussah, seufzte sie erleichtert und lächelte. „Hallo“, sagte sie, „ich heiße Polly Williams.“

„Willkommen, Polly Williams. Möchtest du eine Tasse Tee?“

Das war zu viel für Miesel. *Tee? Von der Gorgo?*

„Das ist einfach zu ... einfach zu ...“, begann er und Medusa unterbrach ihn: „Zu *was*, Miesel Stubbs?“

„Ich meine ... eine Tasse Tee ... von der Gorgo! Und außerdem ... Sie sprechen Englisch! Kommen Sie nicht aus Griechenland?“

Medusa lächelte und schüttelte den Kopf, sodass mehrere der Beulen unter dem Wollschal besorgniserregend hin und her rutschten. „Miesel Stubbs“, sagte sie sanft, „ich bin *deine* Geschichte. Ich bin *deine* Sage. Als du von mir gehört hast oder als du in einem Buch von mir gelesen hast, hast du es da etwa Griechisch gelesen? Oder Arabisch, die Sprache Libyens, meines Herkunftslandes?“

„Mein Dad hat mir von Ihnen erzählt“, sagte Miesel.

„Auf Englisch, würde ich vermuten?“

Miesel nickte.

„Also bin ich für dich eine englische Gorgo, Miesel Stubbs. Und würde man von mir als englischer Gorgo nicht erwarten, dass ich euch eine Tasse Tee anbiete?“

Das alles war auf so herrliche Weise verrückt, dass Miesel schon bereit war, Tee, Kuchen, Kekse und Sandwiches von ihr anzunehmen, als ihm einfiel, dass Iggy und Tinker noch immer da draußen allein in der Wüste hockten.

„Äh – zwei unserer Freunde sitzen noch immer da draußen“, sagte er. „Wäre es okay, wenn …“

Ein Schatten huschte über Medusas Gesicht. „Sie befinden sich noch da draußen?“, fragte sie. „Sie müssen so schnell wie möglich hereinholt werden. In der Wüste lauern Gefahren! Schreckliche Gefahren! Bring sie nur schnell herein, Miesel Stubbs!“

„Polly …“, sagte Miesel und Medusa riss eine Hand in die Höhe, sodass ihre Goldringe im Lampenschein funkelten und die Armreifen klimpernd an ihrem Arm hinabrutschten. „Polly Williams bleibt hier bei mir, Miesel Stubbs. Wir Mädels würden gern in Ruhe ein Pläuschchen halten – wir haben uns nämlich jede Menge zu erzählen, nicht wahr, Polly Williams?“

Miesel warf Polly einen Blick zu, und ihr verlegenes Lächeln verriet ihm, dass sie gegen diesen Vorschlag nichts einzuwenden hatte. Miesel schnappte sich die Taschenlampe, legte sie neben dem Eingang zum nächsten Raum auf den sandigen Boden und richtete den Strahl so aus, dass er am Boden entlang durch die verschiedenen Flure hindurchleuchtete bis zu dem Raum, wo der Schacht begann. Dann folgte er dem Strahl und lief eilends durch die leeren Räume. Es wurde immer dunkler und dunkler, doch es fiel noch genügend Licht in die Korridore, dass er das Ende der groben Holzleiter erkennen konnte, die an der Felswand befestigt war. Miesel machte sich, eine Hand über die andere setzend, an den Aufstieg. Als er aufschaute, konnte er hoch über sich eine kleine kreisrunde Öffnung sehen, angefüllt mit Sternen – das war das Einstiegsloch des Schachts. Hinaufzukraxeln war weitaus schwieriger als hinunterzuklettern. Als er schließlich oben angekommen war und seinen Kopf über den Rand des Brunnens reckte, um die kühle Nachtluft einzuatmen, war Miesel am Ende seiner Kräfte. Seine Beine zitterten und er schaffte es kaum noch, den Arm zu heben.

Keuchend hievte sich Miesel aus dem Schacht heraus und rappelte sich auf dem sandigen Boden auf die Füße. Suchend schaute er sich nach Iggy um und entdeckte ihn schließlich in ungefähr zwanzig Metern Entfernung unter seinem Schirm auf einem Felsen. Tinker hockte zu seinen Füßen. Miesel trat von hinten an ihn heran und tippte ihm auf die Schulter.

Iggy schrie erschrocken auf, schnellte mehrere Zentimeter hoch in die Luft, kippte hintenüber und landete rücklings im Sand.

„Oohh! Das war nich nett, Mumps! Ich hab fast ’nen Niesssanfall gekriegt! Du darfssst nich so rumschleichern!“

Na, wenigstens freut sich Tinker, mich zu sehen, dachte Miesel, und blickte zärtlich zu seinem Hund herab, der schwanzwedelnd um ihn herumhüpfte.

„'tschuldige, Iggy", sagte er und beugte sich hinunter, um Iggy beim Aufstehen zu helfen. „Ihr müsst mit mir mitkommen – hier draußen ist es zu gefährlich."

„Wo gehen wir denn hin?"

„Wir klettern den Brunnen hinunter."

Iggy schüttelte den Kopf. „Ich will da nich runter, Mumps", sagte er bockig. „Ich hab die Nassse voll, immer im Dussstern zu sein."

„Es ist nicht dunkel, Iggy. Wir haben doch die Taschenlampe. Und da unten wartet eine sehr nette Dame. Sie hat Sch…"

Miesel wollte Iggy gerade von Medusas ungewöhnlicher Haartracht erzählen, als ihm einfiel, dass Schlangen Iggy total zuwider waren.

„Wasss?", sagte Iggy, der darauf brannte, mehr von der netten Dame zu hören. „Wasss hat sie, Mumps? Schnecken? Schnupfen? Schnodder? Wasss?"

„Schmackhafte Sandwiches, Iggy, das hat sie. Und Tee. Komm!"

Auf halber Strecke zum Schacht blieb Miesel auf einmal stehen. Iggy, der begierig auf die Sandwiches war, wollte einfach weiterstürmen, aber Miesel hielt ihn am Arm fest. Irgendetwas an Iggy war ihm aufgefallen, aber bis zu diesem Augenblick war er nicht darauf gekommen, was es war.

Der Regenschirm! Iggy hatte seinen Zauberschirm wieder. Miesel untersuchte ihn. Von dem Feennest waren nur noch ein paar Strohhalme übrig. Eine Fee war jedoch nirgends zu sehen. Er seufzte erleichtert.

„Wann hast du deinen Schirm denn wiederbekommen, Iggy?“

Iggy hatte die Stirn in Falten gelegt, so angestrengt kramte er in seinem Gedächtnis. Dann entgegnete er: „Oh … tja, ich hab da aufm Felsss gesessen und hab auf dich gewartet … Und ich warte da schon so lange, lange, lange, lange …“

„Ja, is ja gut, Iggy, tut mir leid. Ich hab mich nur gefragt, warum du, als du den Schirm wiedergekriegt hast, keine Angst davor hattest, dass die bösen Feen sich drin verstecken könnten.“

Hastig ließ Iggy den Schirm fallen und wischte sich die Hände am Revers seiner Jacke ab, so als habe er gerade erst bemerkt, dass etwas Schleimiges, Ekelhaftes am Griff klebte.

„Feen? Wo?“

Wie Miesel vermutete, hatte Iggy die Kreaturen schon längst aus seinem Gedächtnis gestrichen und einfach nur nach seinem Schirm gepfiffen, weil er sich vor dem Tröpfelregen aus seiner Schwarzen-Hexer-Wolke schützen wollte.

Miesel bückte sich nach dem Schirm, um ihn Iggy zurückzugeben, als er die Schrift auf der Oberseite des Schirmdachs sah.

Die Buchstaben waren weiß und zeichneten sich

deutlich auf dem schwarzen Stoff ab – Miesel war sich ziemlich sicher, dass sie noch nicht dort gewesen waren, als der Schirm im Teich gelandet war … Und das bedeutete, dass sie in der letzten halben Stunde geschrieben worden sein mussten.

Aber von wem?

Miesel ging in die Hocke und betrachtete die Buchstaben. Sie waren ziemlich klein. Die Worte lauteten:

An den, der das hier sieht. Der Eigentümer dieses Schirms kann weder lesen noch schreiben. Daher ist er nicht in der Lage, diese Nachricht zu verstehen oder zu beantworten. Bitte benutzen Sie die beigefügte Korrekturflüssigkeit, um mich darüber zu informieren, wo sich der Besitzer des Schirms zurzeit aufhält. Der Schirm wird in genau zwanzig Minuten zurückbeordert. Danke.

Aha – wer auch immer das geschrieben hatte, wusste also von Iggy – dem Eigentümer des Schirms. Und wie viele Menschen auf der Welt wussten von Iggys Existenz? Und um die Frage genauer zu formulieren: Wie viele Menschen würden wissen wollen, wo Iggy sich zurzeit aufhielt? Und um es *noch* genauer zu sagen: Wie viele Leute benutzten heutzutage noch weiße Korrekturflüssigkeit?

Und dann erinnerte sich Miesel, dass sein Dad ja keinen Computer hatte – er benutzte immer eine alte Schreibmaschine, wenn er Schreibkram für die Zauberergilde erledigen musste. Computer neigten nämlich dazu, abzustürzen, sobald Zauberer in der Nähe waren. Daher benutzte Sam für seine Berichte und Memos eine alte Schreibmaschine, und falls er sich vertippte, was oft geschah, lag immer ein Fläschchen weißer Korrekturflüssigkeit griffbereit in seiner Schublade.

„Dad?“, flüsterte Miesel vor sich hin und Iggy quiekte aufgeregt und kreischte: „Wo? Wo?“

„Nein, Iggy, er ist nicht hier. Ich glaube aber, dass er es war, der auf deinen Schirm geschrieben hat.“

Iggy starrte auf die Buchstaben. Er konnte damit nichts anfangen und schimpfte nur: „Hey … dasssis nich nett. Sssieh dir dis bloß an, er hat meinen wunnerschönen Segen-Stirn verhunzt mit dem Krikelkrakel. Dis würde ihm aber nich gefallen tun, wenn ich überall an sein Auto krikelkrakele, odder? Dis is einfach nur *Vampirisssmus*!“

„Nein, Iggy, das ist kein Vandalismus. Das ist sogar ziemlich schlau, und ich wünschte, mir wäre diese Idee gekommen.“

„Pah!“, sagte Iggy, verschränkte trotzig die Arme vor seiner schmalen Brust und starrte voller Wut hinauf zu den Sternen. „Dis war so’n wunnerschöner Segen-Stirn. Und jetzt isser putt!“

Miesel gab Iggy keine Antwort. Er war zu sehr damit beschäftigt, die kleine Flasche Korrekturflüssigkeit vom Schirmgriff loszufummeln, wo sie mit Klebeband befestigt war. Als er es endlich geschafft hat, schüttelte er das Fläschchen kräftig und drehte dann den Schraubdeckel ab. Aus der Innenseite des Deckels ragte ein kleiner Pinsel. Miesel beugte sich vor und schrieb direkt unter den vorhandenen Text: *Dad? Bist du das? Hier ist M...*

Und weiter kam er nicht, denn plötzlich machte der Schirm einen Ruck, und da ihn genau in diesem Moment niemand festhielt, flog er hoch in die Luft, bevor Miesel ihn zu fassen bekam. Er und Iggy sahen zu, wie er in der dunklen Wüstennacht himmelwärts segelte und verschwand.

„Ooh!", heulte Iggy empört. „Da mopssst jemand meinen Segen-Stirn! Hah, dis lass nich zu, dass die dis machen! Ich hol ihn mir widder! Gleich jetzt!"

Iggy holte tief Luft und spitzte die Lippen – und er hatte gerade das erste *Twiiiii* gepfiffen, als Miesel, blitzschnell und wendig wie eine Schlange auf Beutezug, seine Hand auf Iggys Mund presste. „Noch nicht, Iggy!", rief er.

„Mmmpfff!", murmelte Iggy wutschäumend und versuchte seinen Kopf von Miesels Hand wegzuziehen. Miesel schüttelte nachdrücklich den Kopf und sagte: „Hör mal, Iggy ... ich bin sicher, dass es mein Dad war, der auf deinen Schirm geschrieben hat, und ich bin mir genauso sicher, dass er es war, der gerade nach dem

Schirm gepfiffen hat. Auch ich habe ihm eine Nachricht draufgeschrieben, verstehst du …“

„Mmmpppfff! Mmmpppfff!“, murmelte Iggy erbost.

Miesel packte fester zu und sagte: „Iggy, du kannst den Schirm ja wiederhaben, aber nicht jetzt. Begreif doch! Wir müssen ihm genug Zeit geben, zu Dad zurückzufliegen … und der muss sich eine neue Flasche von dem weißen Zeug hier besorgen, weil ich nämlich die behalten habe, die er geschickt hat … und dann muss er noch auf den Schirm schreiben …“

„Mmmpppfff!“, ächzte Iggy und versuchte den Kopf zu schütteln zum Zeichen, dass

ihm diese ganze Sache gründlich gegen den Strich ging, aber selbst dafür war Miesels Griff zu fest.

„Hör auf, Iggy! Das ist ungeheuer wichtig! Geht das denn nicht in deinen Schädel – über den Schirm können Dad und ich miteinander Botschaften austauschen! Und vielleicht kann er uns hier raushelfen! Das würde dir doch gefallen, oder?"

Aber Iggy war zu aufgebracht, um auf die Stimme der Vernunft zu hören. Er brabbelte und spuckte weiter in Miesels Hand hinein und wand sich in seinem Griff wie ein unter Strom stehender Aal.

„Iggy, hör zu!", zischte Miesel in Iggys großes Ohr. „Du willst doch Tilly wiedersehen, stimmt's?"

Das Gezappel und Gespucke hörte jäh auf. „Wenn du uns nicht deinen Schirm benutzen lässt, dann siehst du Tilly vielleicht nie wieder", sagte Miesel und schlug dabei einen ruhigeren, sanfteren Ton an. „Also … was ist jetzt wichtiger? Dein Schirm oder Tilly?"

„Mmmpf-mmmpf", murmelte Iggy.

Zwei Silben, dachte Miesel. *Tilly hat zwei Silben. Segen-Stirn hat drei …*

Miesel zog seine Hand von Iggys Mund weg und Iggy sagte leicht trotzig: „Na gut. Ihr dürft meinen Segen-Stirn benutzen, um euer blödesss Krikelkrakel draufzumachen, aber ich will einen neuen haben, wenn du und dein Dad fertig ssseid, ihn zu verhunzen."

„Danke, Iggy", sagte Miessel. Er sah zum Himmel hinauf und fragte sich, wie lange er warten sollte, bevor er den Schirm zurückpfiff. *Zwanzig Minuten? Ja, zwanzig Minuten sollten ausreichen.*

„Iggy, wenn wir … äh … ungefähr drei Squillionen Sekunden gewartet haben, dann können wir den Schirm zurückholen."

„Drei Sssquillionen Sssekunden?", sagte Iggy, der nicht die leiseste Vorstellung davon hatte, wie lange drei Squillionen Sekunden dauern könnten.

„Drei Squillionen, Iggy", sagte Miesel.

„Aber ich tu den Spezialpfiff pfeifen?"

„Ja, Iggy. Aber nicht eine Sekunde eher, okay?"

Miesel überlegte, ob er Iggy allein in der Wüste lassen oder mit in die unterirdischen Räume nehmen sollte. Er brauchte nicht lange, um zu dem Schluss zu gelangen, dass es eine denkbar schlechte Idee wäre, Iggy in die Nähe der Medusa zu bringen, und so beschloss er, das Risiko einzugehen und ihn die paar Minuten alleine zu lassen. Länger würde es nicht dauern, um Polly nach oben zu holen.

Er tätschelte Iggy aufmunternd die feuchte Schulter und flitzte dann zum Schacht zurück. Flink kletterte er den Brunnen hinab und sauste durch die Gänge, bis er endlich den Raum erreichte, wo Medusa und Polly ihre Teeparty abhielten …

Nur dass sie keinen Tee tranken.

Schlimmer geht's nimmer

Medusa und Polly saßen einander gegenüber. Medusa hatte sich von ihrem Platz auf dem Fels nicht fortbewegt und Polly hatte sich auf einen anderen Stein gesetzt. Zwischen ihnen lag ein Gesteinsbrocken, der mehr oder weniger rechteckig war und offenbar als Tisch diente.

Aber es war nichts darauf. Keine Tassen, keine Untertassen, keine Teller, kein Kuchen, keine Sandwiches … Und doch taten sie mit ihren Gebärden so, als würden sie Tee trinken. Miesel beobachtete, wie Polly eine imaginäre Tasse an ihre Lippen führte und imaginären Tee trank. Und er sah, wie Medusa sich nach vorn lehnte und mit einem imaginären Messer ein Stück imaginären Kuchen abschnitt und es sich an den Mund hob. Die Gorgo nahm einen Bissen und kaute, hielt beim Genuss des wundervollen, eingebildeten Geschmacks verzückt die Augen geschlossen.

Diese Gelegenheit nutzte Miesel, um Polly genauer zu betrachten … und er sah, dass sie ihn – über den Rand ihrer imaginären Tasse hinweg – mit angsterfüllten Augen anstarrte.

Irgendwas ist passiert, während ich oben bei Iggy war, dachte Miesel. *Irgendwas Schlimmes! Polly ist dazu gezwungen worden, bei dieser vorgetäuschten Teegesellschaft mitzuspielen.*

Miesel hatte den Verdacht, dass die Medusa vielleicht doch nicht ganz so mütterlich war, wie sie anfangs gewirkt hatte. Und nicht nur das, vielleicht war sie auch ein bisschen durchgeknallt …

„Ah … Miesel Stubbs!", rief Medusa, als sei er ein lang erwarteter Gast. „Willkommen! Du kommst gerade rechtzeitig zum Tee!"

„Äh!", sagte Miesel, der bemerkte, dass Polly ihn flehend anstarrte. „Also, vielen Dank, aber die Sache ist die … wir müssen gehen."

„Gehen?", fragte Medusa und ihre Stimme klang etwas kühl.

„Tja … ja", sagte Miesel. „Etwas ist … äh … etwas ist dazwischengekommen … Tut mir leid."

Miesel grinste entschuldigend und streckte langsam die Hand nach Polly aus. Polly erhob sich und stellte sich mit einem gezwungenen Lächeln auf den Lippen neben Miesel.

Medusas Blick wurde eisig. „Nein."

„Wa... Was?“, fragte Miesel.

„Nein.“

„Verzeihung, ich verstehe nicht ganz ...“

„Ich will nicht, dass ihr geht“, erklärte Medusa unumwunden. „Ich genieße eure Gesellschaft. Ihr werdet bleiben.“

„Nein ... sehen Sie ... Ich bedauere es wirklich, das tun wir beide, nicht, Polly? Aber wir müssen jetzt wirklich los. Es war toll, Sie kennenzulernen ...“

„Wirklich ganz toll“, sagte Polly.

„Aber wir haben nicht mehr viel Zeit, wissen Sie. Nicht wenn wir wieder nach Hause wollen.“

„Nein“, sagte Medusa und jetzt war ihre Stimme so kalt wie Eis.

Sie sah mit einem Mal vollkommen verändert aus – ihr mütterlicher Gesichtsausdruck war verschwunden. Jetzt waren ihre Augen dunkel vor Zorn und eine tiefe Falte zog sich über ihre Stirn. Ihre Lippen wurden zu einer dünnen Linie und ihre Mundwinkel waren in tiefem Grimm nach unten gezogen.

„Nein, ich bin es leid, hier allein im Dunkeln zu hocken. Ich will endlich Gesellschaft haben. Wir haben unseren Tee ausgetrunken, und jetzt werde ich dieses Kleidungsstück von meinem Kopf entfernen, und dann werdet ihr, Miesel Stubbs und du, Polly Williams, bei mir bleiben ... für immer.“

„Hören Sie ...“

Medusa zischte plötzlich so wie eine ihrer Schlangen. Sie erhob sich von ihrem Felsen und Miesel bemerkte zum ersten Mal das goldene Funkeln an ihren Füßen. Es kam von einer dicken Kette, die um den Knöchel der Gorgo gewunden war. Das andere Ende der Kette hing an einem massiven Haken, der in den Boden eingelassen war. Medusa war eine Gefangene!

Kein Wunder, dass sie wahnsinnig ist, dachte Miesel. *Das arme Ding ist schon seit einer Ewigkeit hier unten in der Dunkelheit angekettet.*

Aber jetzt war wohl kaum der richtige Zeitpunkt, die Gorgo zu bemitleiden, da sie sich anschickte, den Schal vom Kopf zu nehmen.

Miesel machte einen Riesensatz nach vorne und riss die Taschenlampe an sich. Er drückte mit dem Daumen auf den Schalter – und schon war der Raum in Dunkelheit gehüllt. Er tastete nach Pollys Hand und zog sie zur Gangtür. Von Medusa war ein wütendes Zischen zu hören, das immer weiter anschwoll und ganz gewiss nicht allein aus ihrer eigenen Kehle drang …

„Gib mir das Licht wieder!“, schrie sie und ihre barsche Stimme hallte an den Felswänden wider. „Her damit!“

Miesel gab keine Antwort. Er hielt Polly fest an der Hand und ertastete sich seinen Weg in den Korridor, indem er die Finger seiner freien Hand über die Wände gleiten ließ. Stolpernd brachte er sich im nächsten Raum in Sicherheit. Hinter ihnen war ein lautes Rasseln zu vernehmen, als die Gorgo an ihrer Kette riss.

„Ich will nur einen Freund haben! Ich brauche nicht mal einen, der spricht! Einer aus Stein genügt mir."

Sorgsam darauf bedacht, der Stimme den Rücken zuzuwenden, flüsterte Miesel: „Schau nicht zurück, Polly. Ich knipse jetzt wieder die Taschenlampe an."

Polly drückte Miesels Hand und er machte Licht. Es war schwächer als früher.

Die Batterien machen schlapp, dachte Miesel. *Wir müssen uns beeilen!*

Sie flitzten in Richtung Schacht, während das Wehklagen der Medusa leise hinter ihnen verhallte. In Windeseile kletterten sie die Leiter hinauf und erreichten nach Atem ringend den Brunnenrand. Iggy wartete dort, die Hände in die Hüften gestemmt, und trommelte ungeduldig mit einem Fuß auf den Boden.

„Ich warte!", schnaubte er ungehalten, „Ich warte hier minnestens schon ssseit zwanzig Sssquillionen Sekunden ..."

„Ja, ja, Iggy", schnaufte Miesel. „Du kannst jetzt pfeifen!"

Iggy spitzte die Lippen.

Twiiiii – twii – twii – twiiiii!

Sie brauchten nicht lange zu warten. Der Schirm tauchte als schwarzer Umriss auf, der sich gegen den Sternenhimmel abzeichnete, und flog rasch auf sie zu.

Iggy streckte seine Hand aus und der Griff des Schirms landete klatschend in seiner Handfläche.

„Oooh, ssseht mal, da is noch mehr von dem blöden Krikelkrakel auf meinem Segen-Stirn! Disssis nich fair! Disssis *mein* Segen-Stirn!“

Miesel riss Iggy den Schirm aus der Hand und legte ihn auf den Boden. Er richtete den schwachen Schein der Lampe auf den schwarzen Schirmstoff.

Miesel, bist du das? Wo bist du? Wo sind Iggy und Tinker? Seid ihr zusammen? Ich werde den Schirm in fünf Minuten zurückpfeifen. Mach du dasselbe! Schreib schnell. In Liebe, Dad.

Miesel schraubte den Deckel von der Flasche mit Korrekturflüssigkeit und kritzelte eilig: *Alle sind in Dispotier. Oder Distopier. Kann's nicht buchstabieren. Rettung nötig! Toby Jugg war's. Komm schnell.*

Alle warteten gespannt und lauschten nur mit halbem Ohr auf Iggy, der noch immer über die mutwillige Zerstörung seines kostbaren Eigentums wetterte. Dann, genau fünf Minuten nach seiner Ankunft, stieg der Schirm in die Luft auf und segelte – *wuuusch*! – auf und davon in die Dunkelheit. Miesel richtete den Lampenstrahl auf seine Armbanduhr und drückte den Schalter der Stoppuhr-Funktion. Er beobachtete nervös, wie der Sekundenzeiger seine Runden drehte. Fünf Minuten schienen eine furchtbar lange Zeit zu sein, aber endlich …

„Alles klar, Iggy. Pfeif noch mal!“

Twiiiii – twii – twii – twiiiii!

Kurz darauf segelte der Schirm wieder in Iggys Hand. Jetzt stand darauf geschrieben:

Schreibt sich Dystopia. *Kann nicht kommen. Nur ich kenne Spezialpfiff, wenn ich* dort *bei euch wäre, könnte* hier *niemand den Schirm zurückpfeifen. Sind Iggy und Tinker mit dem Schirm gekommen? Wenn ja, dann nehmt ihn zuhilfe, um nach Hause zu kommen, einer nach dem andern. Haltet euch gut fest – wollen niemanden verlieren! Miesel – du als Letzter. Werde in fünf Minuten pfeifen.*

Miesel war so in die Nachricht seines Vaters vertieft, dass er nicht bemerkte, was nur wenige Meter hinter ihm geschah.

Plötzlich war ein gellender Angstschrei zu hören. Miesel fuhr herum und sah, wie Polly über den Boden geschleift wurde und ihre Fersen dabei zwei tiefe Furchen im Sand hinterließen. Sie wehrte sich aus Leibeskräften, konnte aber nichts ausrichten gegen die beiden gewaltigen Arme, die sich um ihren Körper geschlungen hatten und sie festhielten wie in einer Zwangsjacke.

Die Arme gehörten Toby Jugg.

Er grinste wölfisch und entblößte seine beiden spitzen Zahnreihen. Hier in der Weite der Wüste hing die große Schwarzer-Hexer-Wolke unmittelbar über seinem Kopf und schickte einen andauernden Regenguss auf ihn und Polly herab, sodass die Haare der beiden patsch-

nass waren. Um seine Taille war das Seil befestigt, und Miesel sah mit großer Bestürzung, wie Toby nach der parallel daneben hängenden Schnur griff und zweimal kräftig daran ruckte. Sogleich straffte sich das Seil und Toby begann, frei mit den Füßen in der Luft baumelnd, aufzusteigen …

„Eine Geisel, Miesel, alter Junge!", donnerte er und hielt die strampelnde Polly, als würde sie nicht mehr wiegen als ein Hundewelpe. „Und du kannssst deine Zeit darauf verwenden, dich zu fragen, wasss mit dem Mädchen passiert ist, während ich versuche, dich wieder ausssfindig zu machen. Wir werden sicher einen Mordssspaß haben! Wiedersssehen! Bisss bald!"

Toby und Polly stiegen nur sehr langsam empor. Offenbar überforderte das zusätzliche Gewicht Mr Needle und Mr Bland ein wenig, denn Toby und Polly hingen noch immer nur wenige Meter über dem Boden ...

Klick, klick, klick, machte es in Miesels wendigem Gehirn.

„Iggy!", rief er und packte den kleinen schwarzen Hexer am Arm. „Los, deinen Zauberspruch! Richte ihn gegen den Knoten!"

„*Noten*?", fragte Iggy und glotzte verwundert auf die beiden Menschen, die sich langsam in den dunklen Himmel erhoben. „Wasss? *Noten*? Mein Zauberspruch kriegt *Noten*?"

„Nein, Iggy! Richte deinen Zauberspruch gegen das Seil um Tobys Bauch. Schnell, ehe sie uns entwischen!"

Iggy runzelte vor Verwirrung die Stirn. Was sollte sein Schlossknacker-Zauber an einem Seil ausrichten können? Aber ... na ja ... Mumps hatte bislang immer Recht behalten, und so starrte er eindringlich das Seil an und schrie: „*Unkasssschriek gorgogassssch plurgholips.*"

Lavendelblaue Funken schossen aus Iggys Augen in die Luft und schlugen zischend in Tobys Seil ein. Ohne dass Toby noch etwas dagegen unternehmen konnte, begann sich der Knoten zu lösen – genau, wie Miesel gehofft hatte.

Mit einer Hand grapschte Toby verzweifelt nach dem sich lockernden Seil, aber sein Gewicht und das von Polly zusammen war selbst für seine starken Muskeln zu viel, und er stürzte ab. Mit voller Wucht knallte er auf den Rücken, und Polly landete obendrauf. Für einen Moment schien Toby außer Gefecht gesetzt, weil er sich nicht rührte. Dann aber rappelte er sich, beide Arme noch fest um Polly geklammert, hoch. Er schaute hinauf und sah, wie das Seil allmählich im nächtlichen Himmel verschwand. Ohne Gewicht sauste es förmlich nach oben, und Miesel stellte sich Mr Needle und Mr Bland vor, die sich vermutlich mit wachsendem Unbehagen fragten, warum das Ding auf ein Mal so leicht war …

„Du Schwachkopf!“, brüllte Toby und funkelte Iggy zornig an. „Du Tölpel! Du Trottel! Was hast du nur getan? Jetzt sitzen wir alle hier fest, bis Needle und Bland das Seil abermals hinablassen … Wobei niemand weiß, wo es dann landen wird! Du … du … du … !“

Tobys Gesicht verfärbte sich knallrot. Ohne Polly loszulassen, tat er zwei riesige Schritte auf den am Boden kauernden Iggy zu. Toby beugte sich über den kleinen schwarzen Hexer und holte tief Luft …

„Nein!“, schrie Miesel, aber es war zu spät.

Toby blies Iggy seinen stinkenden Schwarzer-Hexer-Atem entgegen – und Iggy erstarrte.

Miesel beobachtete mit blankem Entsetzen, wie sich im Nu eine Schicht weißen Raureifs über Iggys Gesicht und Körper verbreitete. Aus Iggys Wolke rieselte jetzt Schnee statt Regen. Dann geriet Iggy langsam aus dem Gleichgewicht. Er kippte vornüber wie ein gefällter Baum und plumpste auf den Boden, wo er stocksteif im Sand liegen blieb.

Miesel stand da wie gelähmt, während Tinker zu Iggy hinübertrottete und an seiner hart gefrorenen Gestalt schnupperte. Dann blickte der Hund Toby an, bleckte die Zähne und begann zu bellen. Verächtlich hauchte Toby dem kleinen Hund seinen eisig kalten Atem entgegen – und schlagartig war Tinker zum Schweigen gebracht. Auf der Stelle gefror er zu einem kleinen Eishund, mit hochgezogenen Lefzen und einem kleinen Spuckeeiszapfen, der ihm aus dem Mundwinkel hing. Weil Tinker auf allen vieren stand, fiel er nicht vornüber. Er stand einfach nur da, eine Hundestatue aus Eis.

Miesel löste sich aus seiner Erstarrung. „Sie … Sie haben sie getötet!“

„Na, was hast du denn erwartet, alter Junge?“, knurrte Toby. „Dieser armssselige Wicht von einem schwarzen Hexer hat unsss alle ans Messer geliefert – und du hast ihn dazu angessstachelt! Wasss glaubst du eigentlich, soll jetzt passieren? Wir stecken hier fessst – vielleicht für immer und ewig."

Toby weiß also nichts von dem Regenschirm, dachte Miesel und sein Herz wurde von einem Hoffnungsschimmer erhellt.

Toby war noch nicht fertig. „Hast du etwa angenommen, ich würde mich nicht rächen? Wie wenig du mich doch kennssst, Miesel! Na ja, jetzt, da ich diesen dämlichen schwarzen Hexer und diese lässstige kleine Töle aus dem Weg geschafft habe, kann ich eigentlich gleich mit dem entzückenden Mädchen hier weitermachen!"

Als Polly gesehen hatte, wie es Iggy und Tinker ergangen war, hatte sie sofort aufgehört sich zu sträuben. Jetzt starrte sie ihren Entführer fassungslos an. Toby holte Luft und pustete seinen Atem geradewegs in Pollys weit aufgerissene Augen. Tiefe Abscheu spiegelte sich in Pollys Gesicht und genau dieser Ausdruck wurde eingefroren. Im Nu hatte sich Raureif gebildet. Auch Polly war nun von Kopf bis Fuß mit einer feinen Eisschicht überzogen. Ihre Augen erloschen und der warme, gesunde Farbton ihrer Haut wurde zu einem kalten, blassen Blauschimmer.

Ganz beiläufig ließ Toby Pollys stocksteifen Körper auf den Boden fallen. Dann wandte er sich mit einem breiten Grinsen an Miesel und sagte: „Weißt du, alter Junge … ich glaube wirklich, dass auch für unsss beide jetzt das Ziel des Weges erreicht ist. Wenn ich hier schon festhänge, dann sollte ich wenigstensss die Genugtuung haben, dass mein Erzfeind Miesel Stubbsss nicht länger unter unsss weilt! Alssso – welchen meiner zahlreichen tödlichen Zauber sssoll ich bei dir anwenden? Oder sssollte ich meinen verheerendsssten Zauber aufsparen, damit ich gewappnet bin gegen die Gefahren, die mir an diesssem schrecklichen Ort auflauern, und dich einfach nur anhauchen, ssso wie ich es auch bei deinen drei kleinen Freunden getan habe? Wie hättest du es denn am liebsssten, Miesel?"

Toby ging auf Miesel zu und sein gelbes Auge funkelte. Miesel sah sich aufgeregt nach allen Seiten um. Hier gab es nirgends Deckung, nirgends Zuflucht.

Na ja, *einen* Ort gab es da schon …

Ohne weiter darüber nachzudenken, machte Miesel auf dem Absatz kehrt und raste auf das Loch im Boden zu. Ohne darauf zu achten, wohin er seine Füße setzte, kletterte er die Leiter hinunter. Er schaute hinauf und sah wie Tobys massiger Körper das Licht der Sterne in der Brunnenöffnung verdunkelte. Kurz darauf spürte Miesel, wie die uralte Holzleiter unter dem Gewicht des schwarzen Hexers erzitterte.

Miesel legte noch einen Zahn zu, während seine Hände und Füße nach den Sprossen tasteten. Einmal verschätzte er sich, und sein Fuß rutschte weg, sodass er für ein oder zwei Sekunden frei in der Luft baumelte, ehe er es schaffte, wieder Halt zu finden. Ein Stein fiel ihm vom Herzen, als er endlich auf dem sandigen Boden des Grabmales stand.

Und dann ging ihm auf, was er getan hatte. Er saß hier unten in der Falle. Der einzige Ausweg war der Schacht, den Toby jetzt versperrte, während er mit jeder Sekunde näher kam. Miesel konnte schon seinen rasselnden Atem hören.

Es war nur noch eine Frage der Zeit. Wie bei allen Menschen, die im Angesicht des Todes stehen, war Miesels einziges Bestreben, sein Leben, so weit es ging, zu verlängern. Deshalb knipste er die Taschenlampe an und lief in die unterirdische Raumflucht. Seine Lampe glomm matt und gelb.

Plötzlich entdeckte Miesel in dem trüben Lichtschein irgendwo vor sich eine Bewegung – das Rascheln eines dunklen Kleides, eine bleiche Hand …

Medusa! In Windeseile und bevor er ihr Schlangenhaupt erblickte, knipste Miesel die Taschenlampe aus.

„Bist du das, Miesel Stubbs?“, rief Medusa mit kummervoller Stimme. „Bist du zu mir zurückgekehrt?“

Und dann hörte er von irgendwo hinter sich Toby rufen: „Hallo, alter Junge, ist da noch jemand bei dir? Ich meinte, eine Stimme gehört zu haben – wer ist das denn, Miesel?“

Noch nie in seinem Leben hatte sich Miesel so bedroht gefühlt. Er konnte nicht die Hand vor Augen sehen. Irgendwo vor ihm war die Gorgo, irgendwo hinter ihm sein ärgster Feind – und er konnte weder gegen den einen noch den anderen etwas unternehmen.

„Eine Männerstimme! Hast du mir etwa einen Gefährten gebracht, um meine Einsamkeit zu vertreiben, Miesel Stubbs? Ja, hast du?“

„Oh ... das ist hochinteressant, alter Junge!“, dröhnte Tobys Stimme, die schon ein gutes Stück näher klang. „Du hast eine Freundin, wasss? Wer um allesss in der Welt kann das bloß sssein?“

Unwillkürlich bewegte sich Miesel immer weiter auf den Klang von Medusas Stimme zu. Alles war besser, als sich in Tobys Nähe aufzuhalten, selbst neben der Gorgo zu stehen. Miesel stand mit dem Rücken an die Wand gepresst – er war sich sicher, dass der letzte Gang jetzt genau vor ihm lag – und tastete nach dem Eingang, indem er mit beiden Händen über den Stein fuhr.

Ah – da war er! Er spürte die raue Kante und schlüpfte vorsichtig in den kurzen Gang hinein.

Miesel hörte ein zischendes Geräusch. Es klang gefährlich nahe. Medusa musste den Spielraum ihrer goldenen Kette bis zum Anschlag ausgeschöpft haben. Miesel versuchte vor seinem geistigen Auge die Länge der Kette abzuschätzen – und er kam zu dem Ergebnis, dass Medusa durchaus nur drei oder vier Meter von ihm entfernt sein konnte. „Was ist das für ein Geräusch?“, murmelte Toby, und seine Stimme verriet, dass er genauso dicht an Miesel dran war wie die Medusa.

„Ein seltsamesss Zischen … Was könnte das bloß sssein, Miesel, alter Junge? Was ist sagenumwoben, weiblich … und *zischt*?“

Für einen kurzen Moment erstarben alle Geräusche, sogar das Zischeln der Basilisken, und dann hörte Miesel, wie Toby tief Luft holte und das unverkennbare Geräusch trappelnder Füße – und gleich darauf war das Knacken von Knochen zu vernehmen, die gegen eine Steinwand prallten.

„Autsch! Mein Kopf!“

Ein paar Sekunden verstrichen – dann ertönte abermals Tobys Stimme, doch diesmal klang sie, als käme sie von weiter hinten.

„Da kommt einem die griechische Mythologie in den Sinn, Miesel. Ich frage mich … ist esss etwa möglich, dass du die Gorgo gefunden hast? Und wenn ja, hat sssie ihre beiden Schwestern bei sich? Nein, das bezweifle ich. Du hast vermutlich von Medusa gehört, aber von Stheno und Euryale wohl eher nicht – dessshalb nehme ich an, dass es nur die eine ist. Klingt ssso, als ob du eine Freundin gefunden hättessst, Miesel! Wie hast du das bloß angestellt? Ohne sie anzusssehen – ich kann nicht glauben, dass du hier im Stockdunkel herumgewandert bist!

Natürlich hattest du meine Taschenlampe, nicht wahr? Und das führt zu der Frage … oh, sssehr schlau, Miesel! Wirklich sssehr schlau!"

Miesel war verwirrt. Ihm fiel beim besten Willen nicht ein, inwiefern er sich schlau angestellt hatte. Dann lieferte Toby die Antwort.

„Du wartessst nur darauf, dass ich etwasss näher komme, stimmt's? Und dann knipssst du die Taschenlampe an, während du vermutlich die Augen schließt oder der Gorgo den Rücken zukehrssst – und ohne den Schutz der Dunkelheit soll ich dann einen Blick in ihr grässliches Antlitz werfen und auf der Stelle zu Stein erstarren, wasss? Oh ja, wirklich sssehr schlau von dir, Miesel!"

Das ist schlau, schoss es Miesel in den Kopf. *Ich wünschte, mir wäre das eingefallen! Aber … aber … das ist es nicht … und jetzt wird sich Toby mit diesem Trick nicht mehr überrumpeln lassen, selbst wenn ich ihn probieren würde.*

Füßescharren war zu hören und dann wieder ein Knallen von Knochen auf Stein. Das „Autsch!" klang diesmal ferner, und Miesel vermutete, dass sich Toby in den übernächsten Gang geflüchtet hatte, um außer Sichtweite der Gorgo zu sein.

Abermals setzte das Zischen ein, unheilvoll nahe. Dann flüsterte Medusa mit schmeichelnder Stimme: „Wo ist er denn hin, dieser Freund, den du mir mitgebracht hast? Warum tritt er nicht vor und begrüßt mich? Was geschieht hier, Miesel Stubbs?“

Offenbar befand sich Toby zu weit weg, sodass er die Medusa nicht gehört hatte, denn seine Donnerstimme übertönte ihre letzte Frage.

„Ich sssag dir was, alter Junge. Ich wollte dich einfach nur anhauchen und meine wahren Zauberkünsssste für später aufheben. Aber da ich nicht wage, näher zu kommen – wirklich verdammt schlau von dir –, werde ich's einfach rissskieren und dich mit einem meiner tödlichen Zaubersprüche bessseitigen. Wasss nehmen wir denn da gleich? Ah ja! Natürlich! Wasss ist das Gegenteil von Eisss? Genau – Feuer! Ich glaube, ich ssstecke dich in Brand, Miesel! Es ist ssso stockfinster hier unten, da wirssst du für ein paar Minuten alles herrlich erleuchten. Eine menschliche Fackel! Bedauerlicherweisssse werde ich diesem Spektakel wegen Medusa nicht beiwohnen können – um's genau zu sssagen, werde ich schon auf und davon sssein, wenn du in Flammen aufgehssst, aber ich habe mir sssagen lassen, dass der Tod durch Verbrennen äußerssst schmerzhaft ist! Alssso – bist du ssso weit, Miesel? Dann kann's jetzt losssgehen ...“

Miesels blankc Todcsangst wurde von einem anderen, noch stärkeren Gefühl überlagert; der eiskalten Wut über die brutalen und kaltblütigen Morde an seinen Freunden ...

Und es war diese eiskalte Wut, die Miesels Gehirn auf Trab brachte, sogar in diesem Moment größter Lebensgefahr.

Klick, klick, klick …

Es war die schrägste Idee, die ihm je gekommen war.

Freiheit!

Miesel fuhr mit der rechten Hand in seine Hosentasche und zerrte die Plastiktüte hervor. Gleichzeitig brachte er mit seiner Linken die Taschenlampe auf Augenhöhe und hielt sie verkehrtherum über seine Schulter. Die Plastiktüte hielt er sich über die andere Schulter. Dann knipste er die Taschenlampe an.

Er hatte es gerade noch rechtzeitig geschafft. Ein paar Meter weiter den Gang hinunter hatte Toby bereits mit seinem Zauberspruch begonnen: „*Ignidrom calorispoot …*“

Aber weiter kam er nicht.

Der Kunststoff der Tüte war zerkratzt und trübe, und der Strahl der Taschenlampe mit ihren verbrauchten Batterien war gelb und matt, aber nichts von alledem hinderte Tobys eingesperrtes Auge daran, direkt in das Gesicht der Medusa zu blicken.

Und für den Bruchteil einer Sekunde, bevor der verheerende Zauber seine Wirkung zeigte, sah Miesel sie auch. Nicht länger als für einen flüchtigen Moment erblickte er die Gorgo als blasse Spiegelung in dem glänzenden feuchten Augapfel, der eingeschlossen in der Plastiktüte lag.

Nichts an der Medusa sah noch mütterlich aus. Ihr Gesicht war zu einer wütenden Fratze verzerrt, ihre dunklen Augen loderten in einem tiefen, zornigen Rot, und um ihren Kopf schlängelten sich Hunderte zischender Bestien, jede von ihnen fingerdick, mit winzigen blutroten Augen.

Jetzt geschahen drei Dinge: Als Erstes erstarb Tobys Stimme mitten in der Beschwörungsformel. Als Zweites wurde die Pupille trüb, und das abscheuliche Spiegelbild verblasste, bis es verschwunden war, und drittens veränderte sich die Farbe des Auges, und der schleimig weiße Farbton wurde zu einem fleckigen Grau. Außerdem schien es ein bisschen schwerer in Miesels Hand zu werden, und als seine Finger die Augenoberfläche durch die dünne Plastikschicht hindurch berührten, fühlte es sich nicht mehr matschig an. Jetzt war es hart … na ja … hart wie Stein.

Toby hatte sein anderes Auge vor dem Blick der Gorgo verschließen können. Aber ohne ein Lid war das Auge in der Tüte gezwungen, das zu sehen, was Miesel ihm zu sehen befahl. Und wenn Tobys Auge in der Plastiktüte jetzt zu Stein erstarrt war, dann war die logische Schlussfolgerung, dass Toby selbst auch …

Miesel knipste die Taschenlampe aus. Es herrschte tiefe Stille. Sogar die Basilisken auf Medusas Kopf spürten anscheinend, dass etwas passiert war, und verstummten. Dann flüsterte Medusa. „Was war das, Miesel Stubbs?“

Miesels dachte schnell nach.

„Äh … na ja … Ich habe einen Freund für dich“, sagte er. „Ich fürchte allerdings, er ist aus Stein. Er befindet sich nur ein paar Räume weiter.“

„Bring ihn her!“

„Äh … Das dürfte wohl ein bisschen schwierig werden. Er … äh … er ist ziemlich schwer.“

„Aber ich will ihn sehen!“, sagte Medusa sehnsuchtsvoll. „Wenn ich mich doch nur … Wenn ich mich doch nur von meiner Kette befreien könnte.“

Über die Kette hatte sich Miesel bereits gewundert, und so fragte er: „Wer hat Sie eigentlich angekettet?“

„Aber Miesel Stubbs“, flüsterte sie traurig, „das war natürlich ich.“

„Sie?“

„Ja. Ich bin nicht bösartig. Ich möchte niemandem Schaden zufügen. Aus diesem Grund habe ich mich selbst hier unten eingekerkert. Als ich merkte, dass die Einsamkeit allmählich meinen Geist verwirrte, musste ich mich selbst daran hindern, mein Versteck zu verlassen. Und so legte ich mir die Kette an. Aber jetzt hast du mir einen Gefährten gebracht – und dazu noch einen, der vor dem Blick meiner Basilisken sicher ist! Jetzt werde ich nie wieder einsam sein. Du musst ihn zu mir bringen!“

„Äh, wie wäre es, wenn ich Sie zu ihm bringe?“, schlug Miesel vor.

Ohne eine Antwort abzuwarten, tastete sich Miesel in den nächsten Raum vor. Dann knipste er die kraftlos funzelnde Taschenlampe aus und hastete zum Schacht.

Auf dem Weg dorthin kam er an einer großen Steinstatue vorbei, ein stattlicher, kräftiger Mann, mit einem Bart und langen, wallenden Haaren. Die Statue saß in der Hocke, den Rücken zur Wand gekehrt, und ihr Kopf war zur Seite gedreht, sodass es den Anschein hatte, als würde das eine blinde Steinauge den langen Flur hinunter bis in Medusas Höhle schauen.

Miesel blieb für einen kurzen Moment daneben stehen. Dann holte er die Plastiktüte hervor, öffnete sie und schüttelte sie vorsichtig. Tobys anderes, körperloses Auge plumpste mit einem dumpfen, steinernen Plopp auf den sandigen Boden.

„Jetzt können Sie's wiederhaben, Toby", flüsterte Miesel.

Nun gab es nur noch eine Sache, die er überprüfen musste.

Miesel rannte zum Fuß des Brunnens und kletterte flink zur Öffnung hinauf. Er reckte seinen Kopf über den Rand und starrte suchend in die dunkle Wüste.

„Mir is ganz doll bibberig, Mumps!", sagte eine weinerliche Stimme hinter ihm.

Miesel drehte sich um, und da hockte Iggy, die Arme um den Körper geschlungen, und zitterte wie Espenlaub. Miesel konnte seine Zähne klappern hören. Neben ihm stand Polly mit vor Kälte blau angelaufenem Gesicht, und zu ihren Füßen schüttelte sich Tinker die letzten Eissplitter aus dem drahtigen Fell.

Genau darauf hatte Miesel gehofft – inständig! Der Fluch eines Zauberers – und der stinkige Atem eines schwarzen Hexers war nichts anderes als ein Zauberfluch – konnte nur durch den Tod desjenigen aufgehoben werden, der den Fluch verhängt hatte. So war es auch mit Basil Trampelbone geschehen. Mit dem tödlichen Sturz aus dem Mansardenfenster war sein Exhalationszauber wirkungslos geworden, und Miesel und alle anderen, die in der Modelleisenbahn gefangen saßen, waren wieder in ihre ursprüngliche Größe zurückverwandelt worden.

Zu Stein zu erstarren war genauso tödlich wie aus dem Mansardenfenster zu stürzen, und so waren Polly, Iggy und Tinker in dem Moment, da Toby versteinert wurde, wieder zum Leben erwacht. In der kurzen Zeit, in der sie eingefroren gewesen waren, hatten sich ihre Körper tadellos gehalten. Abgesehen davon, dass ihnen bitterkalt war, hatte keiner von ihnen durch den Zauberfluch den geringsten Schaden davongetragen.

„Was ... was ist passiert, Miesel?“, fragte Polly, die warme Luft in ihre Hände blies und sie dann kräftig aneinanderrieb.

Miesel war für einen Moment sprachlos. Statt etwas zu sagen, nahm er seine Freunde einfach nacheinander fest in die Arme.

„Puh, du bist ssso *gefühlsdusselig*, Miesel“, sagte Iggy und errötete leicht.

Dann berichtete Miesel ihnen in einem Atemzug, was passiert war, und Pollys Augen wurden immer größer und größer und größer. Iggy hörte zwar zu, war aber nicht wirklich bei der Sache, weil nicht *er* der Held der Geschichte war. Tinker hörte ebenfalls zu, verstand aber kein Wort, und so setzte er sich nach einer Weile in den Sand und fing an, sich hingebungsvoll zu kratzen.

„Und darum, Iggy, musst du jetzt noch mal deinen Zauber anwenden“, endete Miesel.

„Wasss?“, fragte Iggy abwesend.

Miesel seufzte. Es war offensichtlich, dass Iggy kein einziges Wort mitbekommen hatte.

„Deinen Zauber, Iggy. Nur noch ein Mal. Dann können wir nach Hause ... *glaube* ich.“

Miesel führte alle zu der Holzleiter zurück. Dann rief er in den Brunnenschacht und seine Stimme hallte durch das Grab. „Medusa! Wir kommen! Alle! Bitte wickle wieder den Schal um den Kopf – wir kommen, um deine Kette zu lösen.“

Das Licht der Taschenlampe war mittlerweile so kraftlos, dass es kaum noch etwas nützte. Aber Miesel hatte die Räume und Gänge nun schon so oft durchquert, dass er sie eigentlich auch gar nicht mehr brauchte. Er richtete ihren fahlen Schein noch einmal auf die kauernde Statue von Toby Jugg, um sie den anderen zu zeigen, dann eilten sie schnell weiter. Vor dem letzten Raum blieben alle stehen.

„Medusa, hast du den Schal um?“

„Jaja, Miesel Stubbs. Euch kann nichts passieren.“

Sie traten über die Schwelle, und da war die Gorgo, mit Pollys Schal auf dem Kopf, um sie zu begrüßen.

Iggy machte der Anblick der Medusa sehr nervös. Für ihn sah sie aus wie eine etwas dickere Ausgabe von Nanny Flannel – und Nanny Flannel machte Iggy äußerst nervös.

„Hat sssie … hat sssie etwa ’nen Wischmopp dabei, Mumps?“, wisperte er und drängte sich dicht an Miesel heran, während er die Gorgo mit seinen Fischaugen musterte.

„Ich glaube nicht, Iggy.“

„Und … und wasss sind diese ulkigen Huckeldinger, die unter ihrem Hut hin- und herflutschern?“

„Äh … tja … das sind … ähm …“

„Das sind Mäuse“, rief Polly dazwischen und zwinkerte Miesel zu.

„Ach so, Mäussse!“, sagte Iggy, in einem Tonfall, als würde er ständig Leuten begegnen, die Mäuse unter ihren Hüten spazieren trugen.

„Und sie wird deine Freundin werden, wenn du deinen Zauber auf die Kette um ihren Fuß anwendest, Iggy“, sagte Miesel ermunternd.

Iggy schielte auf die Kette und machte ein Gesicht wie ein Einbrecher, der sich einem ungewöhnlich kniffligen Safe gegenübersah.

„Aber Mumps“, jammerte er, „ich kann meinen Zauber nich schon widder machen. Ich hab ihn doch erssst bei Mister Jugg gemacht. Dis kann ich nich widder, nicht in einer Squillion Stunden.“

„Ich glaube, du kannst es doch, Iggy“, versicherte Miesel. „Hier unten schwirrt jede Menge freigesetztes Mana herum, das hat jedenfalls Mr Jugg gesagt, darum glaube ich, dass es funktionieren wird. Probier’s einfach.“

Iggy zuckte mit den Schultern, starrte mit eindringlichem Blick auf die Kette um Medusas Knöchel und sagte ohne große Überzeugung: *„Unkasssschriek gorgogassssch plurgholips!“*

Ein lila Licht zuckte auf, begleitet von einem Zischen, dann war ein dumpfes *Klonk!* zu hören, und die Kette fiel von Medusas Fuß.

„Oh, tausend Dank! Danke! Danke! Danke“, seufzte Medusa.

Iggy grinste selbstgefällig. „Nich der Rede wert“, sagte er leichthin. „Jederzeit.“

Sie führten Medusa durch die Räume bis zu der kauernden Statue. Medusa streichelte der Figur über den Kopf, strich mit den Fingern über ihre versteinerten Locken.

„So … so ein hübscher Kerl!“, flüsterte sie.

Medusa war von ihrem neuen Freund so eingenommen, dass sie nicht bemerkte, wie sich Miesel, Polly,

Iggy und Tinker auf den Rückweg machten. Während des Aufstiegs dachte Miesel insgeheim: *Die Ärmste hockt hier ganz allein im Dunkeln und hat nur eine Statue zum Reden!*

Oben angekommen hielten sie gemeinsam Ausschau nach dem Regenschirm, vergeblich.

„Natürlich!", sagte Miesel. „Dad hat ihn zurückgepfiffen. Er fragt sich bestimmt, was mit uns passiert ist. Mach schon, Iggy, es ist dein Schirm!"

Twiiiii – twii – twii – twiiiii!

Die neue Nachricht auf dem Schirm war kurz und bündig.

Hallo? Jemand da? Fünf Minuten.

Sie einigten sich darauf, dass Polly als Erste gehen sollte. Weil es sein Schirm war, übernahm Iggy die Aufgabe, Polly einzuweisen.

„*Die* Hand kommt hierher … und *die* Hand kommt hierher … und schön fesssthalten … und nich lossslassen … Du machssst die Augen zu und holssst tief Luft, weil du nämlich ins Wasser platschten tussst, und du willssst ja kein Wasser inner Luftröhre haben … und dann nach 'ner Weile bist du da." Iggy legte eine kurze Pause ein. „Und dann lässt du losss."

Miesel beobachtete, wie der Sekundenzeiger seiner Armbanduhr seine Runden drehte. Als der Zeiger zum letzten Mal über die Ziffer zwölf strich, sagte er: „Fertig, Polly? Okay – los!"

Der Schirm machte einen Ruck, dann ließ er sich wieder nieder. Ein erneuter Ruck, diesmal stärker als zuvor. Offenbar passte sich der Schirm an das neue Gewicht an.

„Dis hat er mit mir auch gemacht“, sagte Iggy, der mit Interesse zusah.

Ein dritter, kraftvollerer Ruck und dann erhob sich der Schirm vom Boden. Polly hielt sich mit zusammengekniffenen Augen krampfhaft fest, Arme und Beine ängstlich um den Schaft geschlungen.

„Gib Acht, Polly!“

Mit einem jähen *Wuuusch!* sauste der Regenschirm in den Nachthimmel. Polly schrie auf. Dann war sie verschwunden.

Nach fünf Minuten pfiff Iggy nochmals – und prompt kam der Regenschirm angesegelt. Er zeigte folgende Nachricht: *Ende gut, alles gut. Polly ist in Sicherheit. Nettes Mädchen. Iggy als Nächster.*

Iggy war wahnsinnig stolz darauf, der unangefochtene Experte fürs Schirmfliegen zu sein, und so schlang er lässig seine Arme und Beine um den Schaft und saß dann mit offenen Augen da und wartete, bis es so weit war.

„Tschüss, Mumps!“, rief Iggy. „Bisss bald! Und mach bloß den Mund zu … weil du nämlich insss Wasser platschen tust … und wenn dann dein Mund offen is, kriegsssst du ganz viel Wasser in …“

Iggys Stimme verhallte im nächtlichen Himmel und dann war Miesel allein mit Tinker. Der Strahl der Taschenlampe flackerte ein letztes Mal kurz auf, dann erstarb er. Miesel und Tinker setzten sich im Dunkeln nebeneinander auf einen Fels und betrachteten die Milliarden von Sternen.

Nach fünf Minuten spitzte Miesel die Lippen und pfiff: *Twiiiii – twii – twii – twiiiii!*

Miesel hielt den Schirm fest umklammert, während Tinker vorne unter seiner Jacke steckte. Miesels Arme und Beine waren in einer schraubstockartigen Umarmung um den Schaft gewickelt. Der erste Teil des kurzen Fluges war schon unheimlich genug – Hunderte von Metern über dem Wüstenboden dahinzusausen, aber dann legte sich der Schirm auf die Seite und schwenkte nach oben, hielt genau auf ein pechschwarzes Loch zu, das sich über ihnen auftat. Es schien sich ausdehnen, je näher sie herankamen. Der Schirm schoss direkt hindurch und riss sie hinein ins Dunkel … das sich einen Moment später als *sehr* nass und *sehr* kalt herausstellte. Nässe und Kälte umgaben sie vollkommen und nahmen ihnen den Atem – was natürlich ein Segen war, da sie sich tief unter Wasser befanden. Miesel schloss die Augen und den Mund und kniff sich mit Zeigefinger und Daumen die Nase zu. Er spürte, wie sich Druck auf seinem Trommelfell aufbaute, was allmählich richtig wehtat. Dann spürte er auch noch Stiche in der Lunge.

Der Druck in seinen Ohren und auf seiner Brust verschwand schlagartig, als der Schirm durch die Oberfläche des Limbo-Sees brach und Miesel sog tief die kalte Luft ein. In seiner patschnassen Jacke konnte er Tinker hören, der Wasser spuckte.

„Wir sind fast zu Hause, Tinker!“, schrie er gegen den Wind an. Hier war Nacht, genau wie in der Wüste von Dystopia. *Nur dass es hier in der realen Welt tatsächlich Nacht ist*, überlegte Miesel.

Sie sausten im Tiefflug über das dunkle Wasser, dann stiegen sie ein wenig höher, um den Wipfeln der düsteren Tannen auszuweichen, die den See umstanden. Bald schon wich der Tannenwald ausgedehnten Feldern und dann tauchten auch schon in der Ferne die heimatlichen Lichter von Merlin Manor auf.

Der Schirm drosselte sein Tempo, während sie sich dem Haus näherten. Unten erblickte Miesel eine Gruppe Menschen, die dicht gedrängt vor der Küchentür zum Hof zusammenstanden. Noch ehe er erkennen konnte, um wen es sich handelte, schoss der Schirm im Sturzflug nach unten und hielt direkt auf eine ausgestreckte magere Hand zu …

Das Gewicht von Miesel, Tinker und dem Schirm zusammengenommen war ein bisschen zu viel für Iggy, und in dem Augenblick, als er den Griff des Schirms zu fassen bekam, stellte er erst fest, *wie* schwer er war. Iggy wurde nach hinten gerissen und landete mit einem schmerzhaften Bums auf der kiesbestreuten Auffahrt. Miesel, Tinker und der Schirm lagen ihm quer über der Brust.

„Auuu, aua!“, heulte Iggy. „Du bist so *dollpapschig*, Mumps!“

Ein Paar starker Hände hob Miesel und Tinker von Iggy herunter, und ein Paar weicher Hände wickelte eine große warme Decke um ihre nassen, schlotternden Körper ... und ein Paar rauer, alter Hände drückte Miesel einen großen Becher heißen Kakao in die zitternden Hände.

Der Besitzer der starken Hände sagte: „Hallo, Miesel. Hattest du eine gute Reise?“ Und der Besitzer der weichen Hände sagte: „Jetzt keine Fragen, Sam ... das klären wir alles später! Miesel ist nass bis auf die Knochen und völlig erledigt!“ Und der Besitzer der rauen, alten Hände sagte: „Ganz recht, Lee, meine Liebe, die ganze Bande marschiert jetzt ab ins Bett ... und Iggy darf ausnahmsweise mit nach drinnen und in einem der Gästezimmer schlafen ... Ich lasse nicht zu, dass er sich zu Tode friert, auch wenn er ein gemeiner, nasser kleiner schwarzer Hexer ist, der überall Matsch in meiner schönen sauberen Küche verteilt, sobald ich ihm den Rücken zukehre!“

Am nächsten Morgen saßen alle um den großen runden Küchentisch und verputzten das von Nanny Flannels zubereitete fürstliche Frühstück. Iggy war auch mit dabei, saß aber ein bisschen abseits von den anderen, umgeben von Stapeln alter Handtücher, die den Nieselregen aufsaugten, der aus seiner kleinen schwarzen Wolke herabtröpfelte und von seinem Regenschirm herunterlief. Iggy rührte natürlich keinen Bissen von Nanny Flannels Frühstück an – er stopfte sich lieber eine Handvoll Gummibärchen nach der anderen in den Mund. Tilly saß nicht weit von ihm entfernt in ihrem Hochstuhl, lehnte sich zu Iggy vor und versuchte ihm liebevoll mit einem Holzlöffel den Schädel einzuschlagen.

Polly war anfangs noch ein bisschen schüchtern, aber bald schon taute sie auf und schilderte Sam und Lee in allen Einzelheiten, wie schlau und mutig Miesel gewesen war, worauf Miesel leicht errötete. Daraufhin schilderte Miesel ihnen, wie schlau und mutig *Polly* gewesen war – und dann (da er wusste, wie sehr es Iggy gegen den Strich ging, wenn nicht *er* der Held war) schilderte er, wie schlau und mutig *Iggy* gewesen war. Der kleine schwarze Hexer grinste selbstzufrieden, nickte und stimmte jedem Wort zu. Als die Geschichte schließlich zu Ende erzählt war und jeder seinen Senf dazugegeben hatte, stellte Sam seine Kaffeetasse hin und sagte: „Na, was für ein Abenteuer! Faszinierend! Die Feen, dir ihr uns geschickt habt, waren ja schon ein kleiner Vorgeschmack."

„*Feen*?", sagte Miesel. Und während er einen nervösen Blick durch die Küche warf, fragte er: „Wo?"

„Nanny hat es geschafft, sie einzufangen – sie hat ein altes Handtuch über sie geworfen. Scheußliche kleine Biester – sie schwirrten aus dem Schirm raus, und da wusste ich, dass irgendwas Schlimmes am Werke war. Mach dir keine Sorgen, ich habe sie sicher in einem großen alten Marmeladenglas eingeschlossen. Die Frage ist bloß: Was machen wir mit ihnen?"

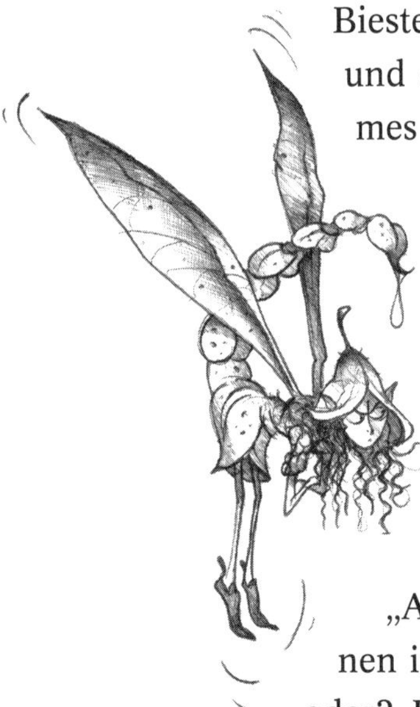

„Ich glaube, wir sollten sie in den Limbo-See werfen", sagte Miesel. „Auf diese Weise haben sie die Chance, wieder nach Hause zu gelangen."

„Alles klar", sagte Sam. „Dann ab mit ihnen in den Limbo-See. Aber sonst niemand, oder? Ich glaube nicht, dass irgendeiner von uns Lust hast, seine Ferien in Dystopia zu verbringen, stimmt's?“

Die Antwort war Kopfschütteln und ein einhellig gemurmeltes „Nein“. Sam grinste und sagte: „Und endlich können wir die Suche nach Toby Jugg einstellen. Aber er hat doch wirklich ein passendes Ende genommen, nicht? Er hat unschuldige Leute mit seinem Schwarzer-Hexer-Atem zu Eis erstarren lassen. Jetzt ist er selbst erstarrt und befindet sich dabei auch noch in guter Gesellschaft. Ich bin mir sicher, dass die Zauberergilde euch sehr dankbar sein wird. Und was Needle und Bland betrifft: Sie werden zweifelsohne irgendwann wieder auftauchen, kleinlaut wie begossene Pudel. Die beiden können wir uns dann vorknöpfen.“

„Und wir können natürlich ein paar orangefarbene Gummibärchen für diese furchterregenden Werwölfe organisieren“, sagte Nanny Flannel, „aber ich bestehe darauf, dass *du* sie in den Limbo-See wirfst, Miesel-Schatz, weil ich Master Niggle zutraue, dass er sie sich auf dem Weg dorthin alle selbst zu Gemüte führt.“

Sam wandte sich um und richtete den Blick auf Polly. „Schön, die Frage lautet nun, was machen wir mit Miss Williams?“

Polly schoss die Röte in die Wangen, und sie murmelte, dass sie es auch nicht wisse.

„Also, ich glaube, ich weiß es“, sagte Sam. „Ich werde mich mit deinen Eltern in Verbindung setzen und fragen, ob sie damit einverstanden sind, dass du für ein paar Tage bei uns bleibst, Polly. Da du offenbar eine echte Zauberin bist, glaube ich, du solltest ein paar Dinge über die Zauberwelt lernen. Und da ich der Primus Magnus der Zauberergilde bin und meine Frau eine mächtige und ruhmreiche Manaquelle ist, wer wäre da besser geeignet als wir, dich in all dies einzuweihen? Würde dir das gefallen?“

Polly errötete und sagte, dass ihr das sehr gut gefallen würde – und Miesel dachte gerade, wie sehr es *ihm* gefallen würde, Polly bei sich zu haben, wenn auch nur für ein paar Tage, als das Telefon läutete. Lee stand auf und nahm den Anruf entgegen.

„Hallo? … Oh ja, hallo … Danke, dass Sie sich die Mühe machen anzurufen …“

Lee warf einen Blick auf die versammelte Mannschaft am Küchentisch. Dann ging sie mit dem Telefon in der Hand in den Flur hinaus und ihre Stimme war nur noch undeutlich zu vernehmen.

Eine Minute später kehrte sie zurück und legte den Hörer auf.

„Das war die Schule“, sagte sie. „Der Rektor höchstpersönlich. Er wollte wissen, ob du wieder auf den Beinen bist, Miesel. Ob du dich von dieser scheußlichen Krankheit erholt hast, von der man ihm berichtet hat.“

„Aha“, sagte Miesel hoffnungsvoll. „Und … ähm … Was hast du ihm gesagt, Mum?“

„Also, ich war natürlich sehr darauf bedacht, nicht zu lügen. Ich habe ihm gesagt, was auch immer das Problem war, es sei nunmehr gelöst und dir gehe es prächtig ..."

„Ach Mum!", stöhnte Miesel. „Warum hast du denn das gesagt? Ich hätte doch noch für den Rest der Woche krank sein können! Ich hätte ..."

„Schule ist wichtig, Miesel!", sagte Sam und gab sich redliche Mühe, streng zu klingen.

„Aber ... aber ... aber!", stammelte Miesel.

Es war so ungerecht! Toby hatte ihm ein einziges Mal etwas Gutes getan, indem er ihm eine erstklassige Ausrede verschafft hatte, ein paar Tage nicht zur Schule zu gehen – und seine Mutter machte einfach alles kaputt!

Lee versuchte angestrengt, sich das Lachen zu verkneifen. „Oh, und noch etwas: Mr Crusoe meinte, es würde dich bestimmt freuen zu hören, dass es Miss Patterson auch wieder gut gehe. Sie hat sich von den Windpocken erholt und wird am Montagmorgen wieder vor der Klasse stehen."

„Oh, Mum, nein!", jammerte Miesel und vergrub das Gesicht in seinen Armen. „Nicht Miss Patterson!"

„Wieso?", sagte Lee mit Unschuldsmiene. „Magst du Miss Patterson etwa nicht?"

„Doofe, doofe Schule! Doofe Miss Popelsssson! Ich hauch sssie an, genau dis mach ich!"

Die Vorstellung, wie Iggy Miss Patterson anhauchte, munterte Miesel für einen kurzen Moment auf, aber dann packte ihn wieder die Verzweiflung.

Warum kann ich bloß nicht zaubern?, dachte er verdrossen. *Wenn ich magische Fähigkeiten hätte, könnte es in der Schule richtig lustig werden! Aber ich kann nun mal nicht zaubern, richtig? Aber … Moment mal! Ich kenne jemanden, der's kann …*

Miesel drehte sich zu Polly um und murmelte: „Äh … Polly?"

„Was?"

„Also, diese Boxhandschuh-Masche von dir, weißt du noch?"

„Ja?"

„Und … ähm … du kennst ja Miss Patterson?"

„Ja?"

„Also …"

Polly runzelte verwundert die Stirn. Dann glättete sich ihre Miene und ihr Mund verzog sich zu einem breiten, strahlenden Lächeln.

„Oh … ja … klar", sagte sie und nickte Miesel freudig zu.

„Nicht direkt auf sie drauf", sagte Miesel und grinste so breit wie Polly.

„Oh nein, nicht direkt", erwiderte Polly.

„Aber schon ziemlich nahe dran, meinst du nicht?"

Sam stellte mit einem Klirren seine Kaffeetasse ab

und warf Miesel und Polly über den Tisch hinweg einen misstrauischen Blick zu. „Moment mal … welche Gemeinheit heckt ihr beide da gerade aus?“

„Ach, nichts, Dad“, sagte Miesel mit einem unschuldigen Lächeln. „Gar nichts.“

Vielleicht, dachte er, *vielleicht ist Schule zusammen mit Polly Williams gar nicht mal so übel.*

Ian Ogilvy ist als Theater- und Filmschauspieler in England und in den USA sehr bekannt. Er hat bereits zwei Romane für Erwachsene und zahlreiche Theaterstücke geschrieben. Mit seiner Frau und seinen beiden Söhnen lebt er im Süden von Kalifornien. „Miesel und der Kakerlakenzauber“ war sein erstes Kinderbuch, dem „Miesel und der Drachenhüter“, „Miesel und die Hexerverschwörung“ und „Miesel und das Glibbermonster“ folgten.